ALEXANDRA
CORDES

Bittersüße
Jahre

AC

ALEXANDRA CORDES

Bittersüße Jahre

Roman

Alexandra Cordes Edition
Schneekluth

Sonderausgabe des
Schneekluth Verlages, München
Schneekluth, ein Verlagsimprint der Weltbild Verlag GmbH, Augsburg
© by Schneekluth Verlag GmbH
Einbandgestaltung und Aquarell: Andrea Schmidt
Gesamtherstellung: Presse Druck Augsburg
Printed in Germany 1999
ISBN 3-7951-1681-3

Sie kam quer über die breite Promenade auf den Alsterpavillon zu.

Sie trug einen Anzug aus sandfarbenem Waschleder und Stiefel in der gleichen Farbe. Ihr goldbraunes Haar wehte im Wind, umspielte die glatten jungen Wangen, die breite Stirn. Eine violette Sonnenbrille verbarg die Augen.

Aber Robert Kane kannte diese Augen ganz genau. Sie waren groß und grau und stets fragend, und manchmal — besonders wenn sie sich freute — wie mit Gold gesprenkelt.

Robert stand auf, als Iris an seinen Tisch trat, sich auf die Zehenspitzen reckte, ihn auf beide Wangen küßte.

»Tag, Paps. Wartest du schon lange? Ich hab' nur wenig Zeit. — Für mich bitte nur einen Campari.« Mit einem kleinen, erschöpften Seufzer ließ sie sich in den weißlackierten Stuhl gleiten, streckte die langen Beine von sich.

Sie zog die Sonnenbrille auf ihre kurze Nasenspitze herab, blickte darüber hinweg in die Runde. Ihre Augen verweilten ein wenig länger — wie Robert mit einem deutlichen Stich der Eifersucht feststellte — auf dem braungebrannten Gesicht eines blonden jungen Mannes, der ihnen schräg gegenüber saß.

Aber schon eine Sekunde später schaute Iris wie gelangweilt über ihn hinweg. Die weißen Zähne des Blonden blitzten umsonst auf. Sie nahm Roberts Hand und rieb ihre Wange darin.

»Nun, wie waren deine Verhandlungen?« fragte sie. »Hast du gewonnen?«

»Die Araber sind Märchenerzähler«, sagte Robert. »Das ganze Leben ist für sie eine ›Fantasia‹.«

»Also fliegst du nicht nach Kairo?«

»Nein, mein Schatz! Du mußt deinen alten Vater noch ein bißchen länger in Hamburg ertragen.«

»Als ob mir das so schwerfiele!« Iris lachte. Es klang hell und vergnügt, aber er, der sie so gut kannte, der sie seit fünf Jahren allein erzogen, jede freie Minute mit ihr verbracht hatte, hörte den falschen, den gezwungenen Ton heraus.

»Warum schaust du mich so an?« erkundigte sich Iris.

Stimmt irgend etwas nicht mit dir, hätte er gern gefragt, aber er sagte nur: »Du siehst hübsch aus.«

»Von deinen Gnaden, Paps. Der Anzug war sündhaft teuer.« Sie lachte wieder. »Auf meinem Konto ist Ebbe, Paps.«

»Wieviel brauchst du?« fragte er.

»Könntest du fünfhundert springen lassen? Es ist so eine hübsche, runde Summe, und ich verspreche, möglichst lange damit auszukommen.«

Das war in diesem Monat schon die zweite »hübsche« Summe, wie sie es nannte.

Aber wenn man gut verdient und eine siebzehnjährige Tochter hat, nur diese eine Tochter und keinen anderen Menschen sonst — Robert Kane zog sein Scheckbuch aus der Jackentasche, füllte schnell ein Formular aus.

»Danke, Paps.« Ein flüchtiger, zärtlicher Kuß war seine Belohnung.

Er bestellte einen Campari für Iris, für sich selbst einen Orangensaft.

»Willst du wirklich nichts essen?« fragte er; bevor sie kam, hatte er schon mit knurrendem Magen die Speisekarte studiert.

»Nein, danke, Paps. Ich paß' sonst nicht mehr in meine Hosen rein. Aber laß dich nicht stören, ich muß sowieso wieder laufen.«

»Wohin?«

»Ach, Paps! Frag bitte nicht. Es soll eine Überraschung sein. Diesmal für dich. Ich glaube, ich krieg' einen tollen Job. Heute abend mehr.«

Iris trank den Campari mit dem schamlosen Durst eines Kindes. Sie schüttelte ihr goldbraunes Haar, war wieder auf den Füßen. Sie federte ein paarmal auf den hohen Absätzen ihrer Stiefeletten, warf dem blonden jungen Kerl abermals einen Blick zu — diesmal blitzte das weiße Gebiß früh genug —, und dann lief sie schon wieder davon, war wenige Minuten später in dem Gewühl der Passanten auf der anderen Seite der Promenade nicht mehr zu erkennen.

So verhielt es sich in letzter Zeit häufig. Sie kam und ging — verlangte lachend Geld, als habe er eigens dafür eine Druckerei. Hatte nie mehr Zeit. Nicht für ihn, nicht für das Appartement, das sie in Langenhorn miteinander teilten: ein großer Wohnraum, zwei Schlafzimmer, Küche und zwei Bäder. In dem ehemaligen Fremdenzimmer hatte er eigens für Iris ein zweites Bad installieren lassen.

Marmor und venezianisches Glas und handgefertigte Bronzehähne aus Florenz — so etwas schenkte man heutzutage seiner Tochter zum siebzehnten Geburtstag.

Als er es vor drei Monaten tat, war es ihm ganz natürlich vorgekommen. Warum berührte es ihn heute anders?

Warum dachte er heute: Wir sind früher mit einem Bad ausgekommen; Cora hat es nie gestört?

Warum empfand er jetzt aus heiterem Himmel ein gewisses Unbehagen?

Er konnte es sich doch leisten, Iris zu verwöhnen.

Es machte ihm doch Freude.

»Haben Sie etwas ausgewählt?« fragte der jugoslawische Ober an seiner Seite.

»Ja. Ich nehme ein Pfeffersteak«, sagte Robert Kane.

Aber der Appetit war ihm vergangen. Er aß, ohne eigentlich zu wissen, was. Nur weil er hungrig war, weil man wenigstens einmal am Tag eine warme Mahlzeit zu sich nehmen sollte und weil er wußte, daß der Eisschrank auch heute abend bis auf Iris' Creme-Tiegel und diverse Getränke leer sein würde.

»Mama war eben eine fabelhafte Frau«, würde Iris dann

mit ihrer Kleinmädchenstimme sagen. »Sie war nicht nur eine große Tänzerin, sondern auch eine fabelhafte Köchin und Hausfrau. Ach, Paps, es ist so schwer, gegen ihren Schatten anzukämpfen.«

Und damit traf Iris genau den einen wunden Punkt.

Bevor Cora vor fünf Jahren starb, hatten sie beide sich um Iris kaum gekümmert.

Bevor Cora starb, war Iris mehr bei ihrer Großmutter Weinberg in Wien gewesen als in Hamburg.

Bevor Cora starb, hatte er manchmal ganz vergessen, daß Iris überhaupt existierte.

Aber Cora war seit fünf Jahren tot.

Und seit fünf Jahren lebte er nur für seine Tochter. Er hatte versucht, alles gutzumachen, was er — und auch Cora — vorher versäumt hatten.

Robert Kane trank einen Kaffee zum Abschluß, rauchte die eine der drei Zigaretten, die er sich täglich noch gestattete.

Eigentlich hatte er mit Iris diesen ersten hellen Frühlingsnachmittag auf dem Boot auf der Alster genießen wollen.

Aber daraus wurde ja nun nichts.

Er fuhr ins Büro zurück.

Er verbrachte die Stunden bis zum Abend über den Berechnungen neuer Bohrfelder vor der Küste von Südafrika.

Gegen sieben Uhr rief er zu Hause an. Iris meldete sich nicht.

Er fuhr nach Hause, fand die Wohnung in Langenhorn leer, dunkel, unaufgeräumt.

Er mischte sich einen Whisky mit viel Sodawasser, schaltete das Fernsehen ein. Immer noch beherrschte die Lage im Nahen Osten Tagesschau und Kommentare.

Robert schaltete das Gerät wieder aus, wanderte ziellos in der Wohnung umher.

Im Bad sah er, daß sein Flakon ›Eau de Sauvage‹ nicht verschlossen war. Aber er wußte genau, daß er es am Morgen zugeschraubt hatte.

Auch seine Haarbürste war benutzt worden; ein paar kurze blonde Haare hingen zwischen den Borsten.

Robert ging in Iris' Zimmer. Das Bett war nur flüchtig zugedeckt, ihr Morgenmantel hing über einem Sessel; Robert erinnerte sich genau, ihn am Morgen im Bad hinter der Tür gesehen zu haben.

Er brauchte nicht dreimal zu raten, was das bedeutete. Iris war inzwischen zu Hause gewesen — und nicht allein.

Mit einem Mann.

Er hatte sich hin und wieder in den letzten anderthalb Jahren gefragt, wie ihm wohl zumute wäre, wenn seine Tochter ihren ersten Liebhaber haben würde. Jetzt wußte er es.

Er war eifersüchtig.

Brennend, rasend eifersüchtig, wie er es nicht einmal Coras wegen gewesen war.

Aber Cora hatte ihm auch nie Anlaß dazu gegeben; sie war ganz und gar seine Frau gewesen.

Doch Iris war nur seine Tochter.

Meine süße siebzehnjährige Tochter! Dem Gedanken hafteten mehr Sarkasmus und Bitterkeit an, als Robert je zugeben hätte.

Und es kam noch eines hinzu.

Sorge. Sorge um das junge Mädchen.

Sie ist noch so unerfahren. Bis jetzt war sie es wenigstens.

Unerfahren? Ihr Blick fiel ihm ein, mit dem sie am Mittag den blonden jungen Kerl taxiert hatte — ja, taxiert wie eine Ware!

Sind Siebzehnjährige heute noch unerfahren?

Bis heute mittag hätte er es von Iris geschworen.

Robert trank seinen dritten Whisky. Sah sein Spiegelbild in der Fenstertür zur Terrasse.

Den dunkelgrauen Anzug aus stumpfer Rohseide — Paps, warum kleidest du dich nicht ein bißchen modischer?

Die schmale dunkelgraue Strickkrawatte — Paps, du siehst wie ein Leichenbestatter aus!

Das graumelierte Haar — Paps, du bist hoffnungslos konservativ, dabei würden dir lange Haare so gut stehen!

Zweiundvierzig Jahre alt, Witwer, Vater einer siebzehnjährigen Tochter, Chefingenieur, mäßiger Raucher, mäßiger Whiskytrinker, ohne besondere Kennzeichen — das bin ich, dachte er.

Das Telefon klingelte, er zuckte zusammen, aber es war nur eine falsche Verbindung. Und inzwischen war es schon Viertel nach elf geworden.

Robert Kane trank seinen vierten Whisky. Iris kam noch immer nicht nach Hause. War es eigentlich richtig, daß er ihr soviel Freiheit ließ? War es richtig, daß sie kommen und gehen konnte, wann sie wollte?

Er nahm eine Schlaftablette und ging zu Bett.

Das Neonlicht spiegelte sich phosphorgrün auf dem mairegennassen Asphalt.

Immer, wenn die grüne Tür der Diskothek aufpendelte, drang ein Schwall orientalisch-dumpfer Zupfmusik heraus.

Der schwarze Mietwagen stand mit laufendem Motor und abgeblendeten Lichtern direkt davor.

Der Mann hinter dem Steuer trug eine Sonnenbrille, einen weißen Pullover und schwarze Hosen. Sein olivhäutiges Gesicht war dem Eingang der Diskothek zugewandt. Er saß reglos, bis die grüne Tür erneut aufschwang.

Das Mädchen schwankte auf der Schwelle, ihre Augen waren halb geschlossen, das goldbraune Haar hing ihr ins Gesicht.

Die Jacke ihres hellen Waschlederanzugs zeigte dunkle nasse Flecken.

Der Mann im Wagen beugte sich vor, klinkte die rechte Tür auf. Das Mädchen taumelte zwei Schritte vor, stolperte, fing sich gerade noch, klammerte sich an die Verstrebung des Wagendachs.

»Taxi . . .« Ihre Stimme war gleichgültig — monoton.

Ohne eine Antwort abzuwarten, beugte sie sich vor, kroch auf allen vieren auf den Sitz.

Der Mann schlug die Tür an ihrer Seite zu, gab Gas, fuhr davon.

Erst als Hamburg schon hinter ihnen lag, als sie über eine schmale, baumbestandene Landstraße fuhren, klickte er das Funkgerät an.

»Kelim eins, bitte melden!«

»Kelim eins hört«, kam es kehlig zurück.

»Sind auf der Fahrt nach Hause«, sagte der Mann. »Alles okay.«

»Verstanden. Ende.«

»Nach Hause«, murmelte das Mädchen. »Paps, ich komme nach Hause.« Dann begann sie zu weinen.

Der Mann lenkte den Wagen rechts unter die Bäume, hielt an. Er klappte das Handschuhfach auf, nahm eine aufgezogene Spritze heraus.

Er stach die Nadel durch das Waschleder in den linken Oberschenkel des Mädchens.

Sie schrie nicht einmal auf, nur ein Wimmern kam aus ihrem halbgeöffneten Mund.

Dann sackte sie in sich zusammen.

Der Mann zog die Schultertasche aus braunem Naturkroko von ihrer Armbeuge, öffnete sie, entnahm ihr eine kleine Brieftasche.

Aus dem Personalausweis lachte das Mädchen ihn an.

Iris Kane hieß sie und war siebzehn Jahre alt.

Er zerriß den Personalausweis methodisch, warf die Schnitzel während der Weiterfahrt aus dem Fenster.

Wenn sie wieder zu sich kam, würde sie einen ganz anderen Namen tragen.

Robert Kane krampfte seine Hand um den Fetzen grauen Leinwanddeckels, der die Paßnummer und den bundesdeutschen Adler trug.

»Wo habt ihr das gefunden?« fragte er heiser.

11

»Auf der Landstraße, in Höhe Quickborn. Zufall. Eine Verkehrsstreife war dort unterwegs. Kannst du dich an die Nummer wirklich genau erinnern? Ist sie identisch mit der von Iris' Paß?« Uwe Karstens, Anwalt und langjähriger Freund, sah ihn forschend an. Er war ein schlanker Mann Ende der Fünfzig, dem Golf und Tennis stets die gesunde Bräune eines Nichtstuers bewahrten, obwohl er mindestens zehn Stunden am Tag arbeitete; dabei viele Fälle umsonst übernahm — Fälle, die ihn um der Menschlichkeit willen interessierten.

»Ja«, sagte Robert. »Das ist Iris' Paßnummer. Kann ich das behalten?«

»Ja, ich glaube schon. Ich werde mich mit dem zuständigen Mann bei der Polizei darüber unterhalten.«

»Iris ist seit fünf Tagen verschwunden, und bisher haben die noch keine Spur«, sagte Robert bitter. »Was tun die Kerle von der Polizei eigentlich . . .?« fuhr er auf. »Wieso höre und sehe ich nichts von denen?«

»Es besteht immer noch die Möglichkeit, daß Iris freiwillig verschwunden ist«, sagte Uwe Karstens.

»Niemals! Warum sollte sie? Sie hatte alles, was sie wollte. Sie war frei — konnte tun und lassen, was ihr beliebte! Ich habe ihr nie Vorschriften gemacht, nie . . .«

»Das weiß ich«, unterbrach ihn Karstens. »Ich schließe die Möglichkeit auch fast aus. Aber nur *fast* — heutzutage verschwinden doch gerade junge Mädchen aus den geordnetsten Verhältnissen, den besten Familien. Ich brauche doch da nicht in Einzelheiten zu gehen, warum und wieso. Hat Iris irgendwann einmal Hasch geraucht?«

Robert blickte auf. »Nein! Nein — das glaube ich nicht.«

»Aber du weißt es nicht? Du bist nicht sicher.«

»Sie ist nicht der Typ dafür.«

»Am Abend vor fünf Tagen ist ein Mädchen vor dem ›Kefir-Club‹ in Harvestehude beobachtet worden. In einem hellen Lederanzug. Das Mädchen war entweder betrunken oder stand unter Rauschgift. Sie fuhr in einem schwarzen

Mercedes davon. Die Beschreibung könnte auf Iris zutreffen, obwohl es dunkel war und der Zeuge außer ungefährer Körpergröße, braunem Haar und hellem Lederanzug nichts weiter anzugeben hatte.«

»Iris trug eine dunkelbraune Krokoschultertasche.« Karstens notierte es.

»Iris trug Stiefel.«

»Die Polizei weiß, wem der Wagen gehört«, sagte Karstens. »Das heißt, sie weiß, daß es ein gestohlener Mietwagen war. — Ich nehme an, daß Iris verschleppt wurde.«

»Warum? Wohin?«

Robert Kane sprang auf. Ratlos lief er im Büro des Freundes hin und her.

»Warum? Iris ist ein hübsches Mädchen. Nordafrika oder der Vordere Orient kommen in Frage.«

»Was ist das für ein Club, dieser ›Kefir-Club‹?« fragte Robert und blieb vor dem alten, von jahrzehntelanger Aktenarbeit gekennzeichneten Schreibtisch stehen.

Karstens zuckte die Schultern. »Eine Diskothek. Die ältesten Gäste sind fünfundzwanzig. Die Polizei hat bisher drei Razzien dort gemacht — jedoch ohne Erfolg. Nach Rauschgift, meine ich. Dennoch, ein ziemlich finsterer Laden.«

»Ich schau ihn mir heute abend an«, sagte Robert Kane entschlossen.

Er zog die alten Blue jeans an, die er sonst nur auf dem Boot auf der Alster trug. Dazu einen schäbigen grauen Pullover. Unter Iris' Sachen suchte und fand er eine runde Nickelbrille, die sie auf dem letzten Fasching in München getragen hatte.

Die Brille veränderte sein Gesicht, machte es jünger und älter zugleich. Er kämmte sein Haar in die Stirn, war froh, daß er es nicht mehr ganz so kurz wie früher trug; im Halbdunkel konnte er wie einer der jungen Kerle mit den alten Gesichtern wirken.

Er fuhr nach Harvestehude, parkte seinen Wagen gegenüber dem ›Kefir-Club‹.

Die grüne Tür war nicht verschlossen; er gelangte in einen kurzen, halbdunklen Flur, in dem es nach scharfen, orientalischen Gewürzen und heißem Öl roch.

Ungehindert betrat er den nur von spärlichen Ampeln in Rot und Grün erleuchteten Raum.

Ein paar junge Leute hockten oder lagen mit ausdruckslosen Gesichtern auf Bänken, die ringsum an den Wänden standen und mit alten, verschlissenen Teppichen bedeckt waren.

In einer Ecke befand sich eine Bar. Dahinter lehnte ein Mädchen, das sein blondes Haar im Afrolook toupiert trug. Unter einer schwarzen, dünnen Bluse trug das junge Ding schon früh erschlaffte Brüste zur Schau.

»Was Scharfes?« fragte sie, als Robert näher kam.

»Was habt ihr denn da?« fragte er zurück.

»Duzo und Arrak.«

»Einen Duzo«, sagte er.

»Mit oder ohne?«

»Mit Wasser.«

Das Mädchen nahm ein Glas aus dem Regal, eine Flasche. Beide waren so schmierig wie ihre Hände.

»Habt ihr hier keine Musik?« fragte Robert.

»Ist noch zu früh.«

»Und sonst?«

»Was sonst?« fragte das Mädchen zurück. Ihre Augen hatten einen seltsam abwesenden und starren Ausdruck zugleich. Es war, als habe sie Mühe, ihn anzuschauen.

»Bist du ein Bulle?« fragte sie gleichgültig.

»Ich such' ein Mädchen.«

»Hier kommt keine allein hin.«

»Aber ich hab' sie vor ein paar Tagen hier gesehen. So 'ne Braunhaarige, in 'nem hellen Lederanzug.«

»Du bist doch ein Bulle«, sagte sie. »Die tauchen immer hier auf und trinken nichts und stellen blöde Fragen.«

Robert kippte den Duzo, obwohl es ihm den Magen herumdrehte.

»Ich muß das Mädchen finden«, sagte er.

»Ist sie deine Tochter?« Und in diesem gleichgültigen Ton, ohne seine Antwort abzuwarten, fügte das Mädchen hinzu: »Die Alten kommen oft hierher, aber finden tun sie ihre Brut nie.«

»Denk doch mal nach«, sagte Robert. »Hast du das Mädchen im hellen Lederanzug vor fünf Tagen hier gesehen? Ich laß' auch was springen, wenn du dich erinnern kannst.«

Für den Bruchteil einer Sekunde sah sie ihn an, dann glitt ihr Blick wieder ab. »Ich war nicht hier, ich hatte frei«, meinte sie gleichgültig.

Robert zog einen Zehnmarkschein aus der Tasche, legte ihn auf die Theke.

Das Mädchen steckte den Schein in den Schlitz einer flachen Blechdose.

Robert wandte sich um; die jungen Leute auf den Bänken saßen regungslos, stierten vor sich hin, Wachsfiguren in einem Geisterkabinett, Schaufensterpuppen auf einer Abfallhalde des Vergnügens. Keiner hatte etwas bestellt oder getrunken, seitdem Robert den ›Kefir-Club‹ betreten hatte.

Sie rührten sich nicht, sahen nicht auf, als er hinausging.

Er stieg in seinen Wagen, ließ den Motor an, fuhr davon — ziellos, enttäuscht und doch mit dem Ziel, später in den ›Kefir-Club‹ zurückzukehren.

Als er an der nächsten roten Ampel hielt, raschelte es hinter ihm im Wagen.

Er wandte sich verblüfft um, sah Kinderhände, die sich an die Sitzlehne klammerten, sah ein tränennasses Kindergesicht unter wirrem schwarzem Haar.

»Nicht anhalten, bitte, bitte, weiterfahren!« stammelte der Kindermund.

Er fuhr um die nächste Ecke auf die breite Ausfallstraße nach Langenhorn und Ochsenzoll.

Er hielt unter einer Laterne.

»Was tun Sie in meinem Wagen?« fragte er.

»Nicht schimpfen, bitte. Ich — ich bin abgehauen«, stammelte das Mädchen.

»Von wo?«

»Aus — aus dem Club.«

»Aus dem ›Kefir-Club‹?«

Das tränenverschmierte Kindergesicht nickte heftig.

»Ich nehme Sie mit nach Hause«, sagte Robert.

»Ja, ja, bitte«, stammelte das Mädchen. »Darf ich — darf ich mich nach vorn setzen?«

»Ja, sicher.«

Sie kletterte über die Lehne, und er sah, daß sie am ganzen Körper zitterte.

Sie kauerte sich auf den Sitz, zog die Beine unter, machte sich ganz klein, als habe sie Angst, von draußen gesehen zu werden.

Sie blieb ganz still, sprach kein einziges Wort, bis er das Auto vor dem Haus parkte, in dem er wohnte.

»Sie — Sie gehören doch nicht dazu?« fragte sie dann.

»Wozu?« fragte er.

»Zu — zu denen vom Club?«

»Nein.«

Er stieg aus, ging um den Wagen herum, öffnete ihr die Tür. Sie glitt folgsam vom Sitz. Sie war sehr zierlich, sehr klein, noch sehr jung und mager. Aber wie jung sie war, bemerkte er erst, als das Licht im Wohnraum voll auf sie fiel.

Höchstens fünfzehn, noch eckig und dünn wie ein Kind. Sie trug Stiefel und modische Gauchohosen aus rotem Samt, dazu eine Weste aus besticktem Schafsleder.

»Möchten Sie etwas essen?« fragte er.

»O ja«, sagte sie eifrig.

»Kommen Sie, wir gehen in die Küche.«

Er machte ihr ein Schinkenbrot zurecht, schnitt Tomatenscheiben und Gurken dazu, schenkte ihr ein Glas Milch ein.

Sie fiel mit kindhafter Gier darüber her.

»Und jetzt erzählen Sie mir Ihre Geschichte, ja?« sagte er, als sie mit dem Essen fertig war.

»Ich habe Ihren Wagen vom Fenster aus gesehen, und Sie — als Sie ausstiegen. Und da bin ich einfach rausgesprungen.«

»Aus was für einem Fenster?«

»Im ersten Stock.«

»Und Sie haben sich nicht weh getan?« fragte Robert verblüfft.

»Nein. Nur ein bißchen.« Sie sah ihn scheu an. »Aber das macht nichts. Das ist gar nicht schlimm.«

»Wie sind Sie überhaupt in den ›Kefir-Club‹ gekommen?«

»Ali hat mich mitgenommen. Als ich — als ich ein Zimmer gesucht hab'.«

»Du bist von zu Hause ausgerissen?« Er wechselte unbewußt zum Du über.

»Ja.« Sie senkte den Kopf.

»Wann?«

»Vor vier Wochen.«

»Willst du mir nicht deinen Namen sagen?« fragte Robert. »Dann redet es sich besser.«

»Angi. Ich heiße Angi.«

»Angi, warum bist du von zu Hause fortgelaufen?«

»Ich weiß es nicht mehr. Ich wollte — ich dachte — ich durfte nie irgendwohin. Mein Vater hätte es ja schon erlaubt, aber meine Mutter — die nie!«

»Wie alt bist du, Angi? Fünfzehn?«

»Ja, fünfzehn«, sagte sie eifrig, und da wußte er, daß sie sogar noch jünger war.

»Ich bin einfach mit dem Zug weg. Ich wollte eigentlich nach München, aber der Zug nach Hamburg fuhr zuerst.«

»Du kommst aus Köln?« fragte Robert, da er es deutlich aus der Klangfärbung ihrer Stimme hörte.

Sie nickte stumm.

»Und wo hast du Ali getroffen?«

»Gleich auf dem Bahnhof. Er hat gesagt, er kann mir ein billiges Zimmer besorgen, bei anderen jungen Leuten. Und dann hat er mich mitgenommen in den ›Kefir-Club‹.«

17

»Und weiter?«

»Dann — da kamen nur Männer hin.« Sie hob den Kopf und sah Robert voll an, plötzlich mit den Augen einer Frau. »Jede Nacht.«

»Und dann . . .«

»Was sollte ich denn tun? Er hat mich immer eingesperrt. Eingeschlossen.« Sie schluchzte.

»Wein nicht«, sagte Robert, »es ist ja jetzt vorbei.«

»Ali hat nur Euridi zu mir gelassen, die mir das Essen brachte. Sie ist eine Griechin. Von den Männern waren auch viele Griechen. Und ein paar Araber.«

»Aber heute abend bist du doch geflüchtet? Warum nicht vorher?«

»Sie haben — mich immer ans Bett gebunden. Nur heute abend — da muß irgend etwas passiert sein, da hat Ali es vergessen. Und da bin ich aus dem Fenster raus.«

»Bist du jemals im Club selbst gewesen, unten im Lokal?«

»Nein, nie.«

»Waren auch noch andere Mädchen eingesperrt, wie du?«

»Das weiß ich nicht. Zweimal mußte ich auf den Speicher. Da gab es so einen Verschlag. Aus Brettern. Da mußte ich mich verstecken. Ganz still sein. Ich glaube, da war Polizei da.«

»Angi, kann man deine Eltern anrufen?« fragte er.

Sie begann wieder zu weinen. Sie preßte beide Hände vors Gesicht.

»Du verstehst doch, daß ich sie so schnell wie möglich erreichen muß, nicht wahr?« fragte Robert. »Deine Eltern machen sich bestimmt furchtbare Sorgen um dich.«

»Ich habe Angst«, schluchzte sie, »ich habe solche Angst.«

»Ich werde deine Eltern bitten, hierher zu kommen, und ich werde mit ihnen sprechen. Weißt du — ich habe auch eine Tochter, und sie ist seit fünf Tagen verschwunden, so wie du vier Wochen lang verschwunden warst.«

Angi gab ihm die Telefonnummer ihrer Eltern.

Robert rief sie in Köln an, berichtete kurz, was er wußte.

18

Angis Vater weinte am Telefon, Robert biß die Zähne zusammen und dachte: Mein Gott, in was für einer Zeit leben wir, daß Kinder ihren Eltern das antun können? Denn Angis Mutter lag im Krankenhaus, Nervenzusammenbruch, Gesichtslähmung durch den Schock. Aber ihr Vater würde noch den Nachtzug nach Hamburg nehmen.

Angi hockte heulend neben dem Telefon auf dem Boden, aber mit ihrem Vater sprechen wollte sie nicht.

Robert schickte sie schließlich in Iris' Zimmer ins Bett.

Da glänzten Angis Augen schon wieder, und sie fragte staunend: »Das gehört alles Ihrer Tochter? Ganz allein? Sogar ein eigenes Bad?«

»Ja«, sagte Robert knapp.

»Aber warum ist sie dann weggelaufen?«

»Ich fürchte, man hat sie verschleppt«, sagte Robert hart.

Ein Schatten fiel über Angis Gesicht. Ihre Augen wurden wieder trüb, ausdruckslos.

Robert zeigte ihr ein Bild von Iris. Sie legte ihre Hände auf den Rücken, als habe sie Angst, es zu berühren.

»Hast du Iris wirklich nie gesehen?« fragte er. Angi schüttelte stumm den gesenkten Kopf.

Das Taxi, das Angi und ihren Vater von Langenhorn zum Bahnhof bringen sollte, verunglückte auf der Fahrt dorthin, prallte frontal gegen einen Lastwagen.

Vater und Tochter waren sogleich tot, der Taxifahrer schwer verletzt.

Vom Fahrer des Lastwagens fehlte seit dem Unfall jede Spur. Er war flüchtig.

Robert Kane las es in der Abendzeitung. Vergeblich hatte er den ganzen Nachmittag auf den versprochenen Anruf aus Köln gewartet.

Im Badezimmer in der Wattetüte fand er schließlich einen zusammengeknüllten Zettel.

Darauf stand in krakeliger Kinderhandschrift: »Ihre Tochter lebt. Sie ist in Athen.«

2

Die Fliegen krochen über die flache graue Mütze und das ölig schweißige Gesicht. Sie krochen über den Hals, der faltig und irgendwie mitleiderregend aus der abgetragenen grauen Uniform ragte.

Der Ventilator über der Holzbox des Paßbeamten vermochte weder die Hitze noch die Fliegen zu vertreiben.

»Sie sind zum erstenmal in Athen?« fragte der breite Mund und ließ schadhafte Zähne sehen. Die dunkelbraunen Augen blickten ausdruckslos und uninteressiert.

»Ja, ich bin zum erstenmal in Athen«, sagte Robert Kane.

Hinter ihm murrte ungeduldig der Amerikaner, der sich seit Frankfurt über die Bummelei der Lufthansa erregt hatte, obwohl diesmal die Fluglotsen daran schuld waren.

»Sie kommen zur richtigen Jahreszeit, Monsieur Kane«, sagte der Paßbeamte. »Noch ist es nicht zu heiß hier. Was haben Sie vor in Athen?«

»Ich will Ferien machen«, sagte Robert.

Endlich bekam er seinen Paß zurück, die breiten Fingerkuppen des Mannes hatten feuchte Flecke darauf hinterlassen.

Robert Kane ging durch den Zoll; sein flacher Wochenendkoffer wurde von zwei Beamten mit der penetranten Sorgfalt kontrolliert, als habe er zwei doppelte Böden und mindestens eine Million Dollar darin versteckt.

Das Taxi brachte ihn endlich ohne Verzug in die Stadt — zur Sofokleous-Straße 14.

Das Haus hatte eine elegantes schmiedeeisernes Portal; dahinter gab es einen kühlen Innenhof mit leuchtend violetten Boungainvillae.

Über eine breite graue Marmortreppe erreichte Robert

Kane, durch den Wechsel von Hitze und Kühle atemlos, den ersten Stock. Er schritt die weißlackierten Türen ab, bis zur Nummer acht. Mattes Läuten ertönte, als er den schmiedeeisernen Knauf unter dem Namensschild ›C. Odissa‹ zog.

Ein Junge von zehn oder zwölf Jahren öffnete Robert die Tür, er trug eine weiße Tunika, weiße Ledersandalen an den nackten braunen Füßen, das rotblonde Haar fiel ihm auf die Schultern. Und dennoch — obwohl er zart und zerbrechlich wirkte — war schon etwas Männliches um ihn; vielleicht in den großen, grauen, kühl musternden Augen.

»Bitte, treten Sie näher, Monsieur Kane«, sagte er in fehlerfreiem und akzentlosem Französisch.

»Ich scheine erwartet zu werden«, sagte Robert und war sich seiner Verlegenheit voll bewußt.

»Natürlich«, antwortete der Junge. »Wir haben schon heute morgen um 11.30 ein Fernschreiben aus Hamburg erhalten. Hatten Sie einen einigermaßen guten Flug?«

»Ja, danke«, sagte Robert lahm.

»Bitte, nehmen Sie doch Platz.« Die schmale Jungenhand wies auf die weißlederne Sitzgruppe unter dem Fenster, davor lag der kühle Hof wie ein Aquarell.

»Ich vergaß, mich vorzustellen.« Der Junge neigte leicht den Kopf. »Ich bin Henri Odissa. Darf ich Ihnen eine Erfrischung anbieten, Monsieur? Ich werde dann sofort Bescheid geben, daß Sie eingetroffen sind.«

»Ja, etwas Kaltes wäre gut«, sagte Robert und zündete sich eine Zigarette an.

Er bekam einen eiskalten Pimps mit frischen Gurkenscheiben und allem, was sonst noch dazu gehört, einschließlich des Blättchens grüner Pfefferminze.

»Das schmeckt ja ganz ausgezeichnet«, sagte Robert ehrlich nach dem ersten Schluck.

»Freut mich.« Der Junge lachte zum erstenmal, kindlich, offen und stolz. »Ist meine besondere Spezialität — bis gleich.«

Er verschwand durch eine schmale Tapetentür. Für den

Bruchteil einer Sekunde war das Ticken eines Fernschreibers zu hören, zwei, drei Silben einer orientalischen Sprache, von weicher Frauenstimme gesprochen.

Dann herrschte Stille.

Robert wandte sich wieder dem wohltuend beruhigenden Ausblick auf den Hof zu.

Heute morgen noch im Nebelnieselregen Hamburgs.

Jetzt in Athen.

Nur mit dieser einen Adresse ausgerüstet. C. Odissa . . .

»Sie wird dir weiterhelfen«, wie sein Freund und Anwalt, Uwe Karstens, versprochen hatte.

Und dem Wissen: Iris lebt. Meine Tochter ist in Athen.

Halt, das war vor vier Tagen.

Vor vier Tagen sind Angi und ihr Vater den angeblich so häufigen Unfalltod gestorben. In Hamburg. Nachdem Angi sich aus dem ›Kefir-Club‹ befreit hatte. Und der Fahrer des Lasters, der den Unfall verursachte, ist flüchtig.

Angeblich also Unfalltod — wenn es nicht Mord war.

Mord . . .

»Bonjour, Monsieur«, sagte die weiche Frauenstimme hinter ihm, die er eben zwischen Öffnen und Schließen der Tapetentür gehört hatte.

Robert wandte sich um.

Er sah in große grüne Augen — kühl und fremd und doch so vertraut.

Sah die violettschimmernde Haut der Rothaarigen, sah das rotblonde Haar, den Mund, auf dem das Lächeln erstarb.

»Cora . . .«, sagte er heiser.

»Monsieur? Robert Kane, nicht wahr?« Sie kam rasch auf ihn zu, streckte ihm die Hand entgegen, schlanke, kühle Finger, und doch traf es ihn wie ein Schlag. »Ich bin Circe Odissa.«

»Sie sind . . .« Er verstummte, räusperte sich.

Sie lachte leise auf, fragte: »Gilt das Erstaunen der Tatsache, daß ich eine Frau bin — oder meinem Namen?«

»Beidem«, sagte er heiser, »und . . .«

22

»Ja«? Sie sah ihn fragend an.

»Sie haben eine unglaubliche Ähnlichkeit mit einem Menschen, der — mit meiner verstorbenen Frau.«

Die Lider zuckten, sie feuchtete die Lippen an, sagte dann einfach: »Es tut mir leid. Aber ich konnte es nicht ahnen, nicht wahr?«

»Nein, das konnten Sie nicht. — Aber Karstens sprach von einem Kollegen? Von einem Freund? Und Sie . . .«

»Mein Mann war Karstens Freund. Seit seinem Tod führe ich die Firma weiter. Ich habe — unsere ausländischen Geschäftspartner im Glauben gelassen, daß ich ein männlicher Kompagnon sei. Die Frauen Griechenlands sind nicht sehr emanzipiert. Gerade in dem Beruf eines Anwalts hält man gewiß nicht viel von ihnen. Und ich wollte und will die Firma aufrechterhalten für Henri.«

»Das kann ich verstehen«, sagte Robert. »Er ist ein patenter Junge.«

»Ja, das ist er. Und mein einziges Kind.« Sie lächelte flüchtig und ein wenig traurig.

»Aber setzen wir uns doch«, sagte sie dann mit dieser weichen und doch geschäftlichen Stimme.

Robert gab ihr Feuer für ihre Zigarette. Sie lehnte sich zurück, kreuzte die schmalen Knie unter dem kurzen, in zarten Violettönen gehaltenen Puccikleid.

»Sie suchen Ihre Tochter in Athen?« fragte sie dann.

»Ja.« Robert gab ihr ein Bild von Iris, berichtete, wann er sie zum letztenmal in Hamburg gesehen hatte, unter welchen Umständen sie aus dem ›Kefir-Club‹ verschwunden war.

»Wir werden in die ›Plaka‹ gehen, die Altstadt, heute abend«, sagte Circe, als er geendet hatte. »Ich habe da ein paar Kontakte. Wenn Iris noch hier ist, werden wir sie finden.«

»Sind Sie sicher?« fragte Robert.

»Ich bin ganz sicher«, sagte sie. »Meine Freunde in der ›Plaka‹ sind verläßlich. Und sie haben eines nie verlernt seit dem Krieg: Augen und Ohren offenzuhalten. — Kennen Sie

Athen?« fragte sie. »Wissen Sie schon, wo Sie wohnen werden?«

»Nein«, sagte Robert zögernd.

»Dann werde ich Sie bei mir unterbringen.«

Henri erschien im gleichen Moment durch die Tapetentür, als habe Circe ihn herbeigewünscht.

»Sei so lieb und führe Monsieur nach oben. Gib ihm das grüne Gästezimmer und bitte Helena, einen leichten Lunch für Monsieur zu richten«, sagte Circe lächelnd. »Wir sehen uns dann um sechs.«

»Ja, Maman.« Henri neigte den Kopf und nahm Roberts kleinen Koffer.

»Bitte Monsieur.« Er öffnete ihm die Tür in das hohe kühle Entree.

Sie fuhren mit einem lautlos funktionierenden Aufzug in den achten Stock hinauf.

Eine weite Dachterrasse tat sich vor ihnen auf. Das Penthouse darauf war gewiß nicht älter als ein, zwei Jahre, und dennoch fügte es sich nahtlos in seine im verschwenderischen Stil der Jahrhundertwende gehaltene Umgebung ein.

»Bitte, Monsieur.«

Henri ging voran; Robert betrat sein Zimmer durch eine Terrassentür.

»Dort geht es zum Bad . . .« Eine Tapetentür wurde geöffnet, ließ goldgeäderten Marmor sehen. »Und dort in die Wohnräume.« Eine zweite Terrassentür öffnete sich auf einen Patio, der unter einem grün-weiß-gestreiften Sonnensegel erfrischende Kühle behielt.

»Wenn Sie etwas brauchen, Monsieur, klingeln Sie nach Helena. — Bis später, Monsieur.« Wieder das kleine Neigen des schmalen Jungenkopfes, dann war Robert allein.

Er zog das Jackett seines leichten, grauen, rohseidenen Anzugs aus, lockerte die Krawatte, streckte sich auf dem breiten Bett aus.

Die fremde Stadt, dieser sonderbare Junge, der so souve-

24

rän in diese luxuriöse Umgebung paßte — nein, das alles war es nicht.

Das alles war es nicht, was ihn mit Ungeduld und Nervosität erfüllte.

Iris zu suchen — und Cora wiederzusehen.

Das war es.

Mach dir nichts vor! Sie ist es nicht.

Cora ist tot.

Diese hier heißt Circe und ist eine Griechin und, wenn mich nicht alles täuscht, eine überaus tüchtige Anwältin.

All das war Cora nicht.

Cora war eine Tänzerin, ein Schmetterling, der sich die Flügel verbrannte, eine Flamme, die sich selbst verzehrte.

Er drehte sich auf den Bauch und preßte das Gesicht in die weißen Kissen.

Er dachte nicht mehr an Iris, nicht mehr an die verschwundene Tochter, deretwegen er überhaupt hier war.

Er sah Cora lächeln und hörte sie sagen, während sie schon starb, an jenem Winterabend — und sie haßte den Winter so —: »Fürchte dich nicht, ich komme wieder. Ich kann dich doch gar nicht verlassen.«

Cora, dachte er, Cora, Cora. Und dann: Circe Odissa.

Und er konnte es kaum erwarten, bis es Abend wurde, sechs Uhr, um sie wiederzusehen.

Der Tisch hatte eine einfache, dunkelbraun gebeizte Platte. Die Teller waren aus braunglaciertem Ton, wie man sie auf dem Lande findet. Aber der siebenarmige Kerzenleuchter aus Bronze war alt und seine Patina echt.

»Man sagt, er stammt von Masada«, erklärte der Wirt der ›Taverne des Assos‹, den Circe den ›Roten‹ nannte. Sein Haar war rot, er hatte die weiße Haut und diese sonderbaren Augen eines Albinos.

»Wenn es stimmt, was man von meiner Familie erzählt, so stamme ich von einem der Jungen ab, die eine alte Zauberin von Masada, dem Berg in der Wüste Judahs, herabführte, nachdem die Römer die letzten Juden dort oben drei Jahre lang belagert hatten. Neunhundert meiner Vorfahren brachten sich um, bevor sie in die Hände der Römer fielen. Nur eine Handvoll Kinder wurden gerettet. Und dieser Leuchter hier« — die großen weißen Hände des Roten berührten beinahe ehrfürchtig den Bronzefuß —, »diesen Leuchter entzünde ich nur am Shabath — oder wenn Circe mich besucht.«

»Du erzählst, gut, Roter, und ich weiß, daß jedes Wort die lautere Wahrheit ist — aber heute abend laß mich dir ein paar Fragen stellen«, bat Circe.

»Frage«, sagte er einfach und setzte sich ihr gegenüber an den Tisch.

Die Unterhaltung wurde, damit auch Robert sie verstand, diesmal in Englisch geführt. Bewundernd nahm er wahr, wie leicht Circe von einer Sprache in die andere wechselte.

Sie saß neben ihm, und jedesmal, wenn sie ihn unabsichtlich berührte, jedesmal, wenn sie ihn ansah, gab es ihm einen heißen Stich.

Er mußte sich zwingen, überhaupt daran zu denken, warum er hier war.

»Hast du das Mädchen gesehen?« fragte Circe und schob dem Roten das Foto der lachenden Iris zu.

»Ja«, sagte er einfach.

»Wo?« stieß Robert hervor.

»Sie war hier. In der ›Taverne des Assos‹.«

»Wann?«

»Vor vier Tagen.«

»Allein?«

»Nein. Ein großer blonder Mann war bei ihr. Sie sprachen Englisch.«

»Wie sah sie aus? Wie wirkte sie?«

»Gut sah sie aus. Ein junges schönes Mädchen, das seinem Vater gleicht. Und wie sie wirkte? Glücklich, zufrieden. Vielleicht verliebt!«

»Hast du ihre Unterhaltung hören können?« fragte Circe.

»Ja. Meine Ohren sind gut.«

»Worüber sprachen sie?«

»Über Schwimmen und Segeln und ein Haus am Meer.«

»Wo?«

»Bei Laurion, sie wollten es mieten. In der neuen Ferienkolonie, die ›Odysseus‹ heißt.«

»Das ist nicht weit. Wir fahren dorthin.« Circe stand auf. Der Rote küßte ihre Hand. »Komm bald wieder. Und bring Henri mit. Ich werde ihm ›Dolmádes‹ servieren, die mag er so gern.«

»Ich werde es ihm sagen. Dir sei gedankt.«

Circe nahm Roberts Arm, als sie die Steinstufen zur Gasse hinaufstiegen.

»Sehen Sie«, sagte sie, »meine Freunde haben gute Augen und Ohren.«

»Ja«, sagte er und blieb stehen.

Sie sah verwundert zu ihm auf, ihre Hand ließ seinen Arm los.

»Ich . . .«

»Ja?« antwortete sie leise.

»Ich sehe Sie heute zum erstenmal, aber — wenn das vorbei ist, ich meine mit Iris — ich meine, darf ich dann . . .«

»Ja, Robert«, sagte sie ganz leise auf Deutsch.

»Du sprichst Deutsch?«

»Ein wenig.«

»Du bist wirklich Circe.« Mit einemmal konnte er lachen. Er fühlte sich so frei, so gelöst — so glücklich.

»Ich — habe dich — wie sagt man — sympathisch gedacht?«

»Weißt du, was du da sagst?«

»Ja, Robert.«

»Es ist kein Spiel, nicht von mir aus.«

»Nein — es ist — kein Spiel.«

Er nahm Circe in die Arme; sie war ganz leicht und zart und irgendwie unwirklich.

Cora — vor fünf Jahren.

Nein, Circe. Heute, hier in Athen.

»Laß uns noch ein bißchen zusammenbleiben«, sagte er. »Irgendwo draußen. Jetzt — Iris hat jetzt Zeit. Sie kann warten.«

Er sagte das letzte hart, und er dachte: Verdammt noch mal, sie ist schließlich nur meine Tochter. Und sie hat mich zum Narren gehalten. Während ich mich halb umgebracht habe vor Sorgen um sie, ist sie hier mit ihrem blonden Kerl zusammen und macht Ferien.

»Komm«, sagte Circe nur.

Der Sand leuchtete weiß im Mondlicht. Die Felsen darüber gaben kühlen, windgeschützten Schatten.

So müßte es immer sein, dachte Robert. Und er ließ seine Hände über Circes Haut gleiten, die er erhitzt hatte.

Sanfte, erst kühle, dann warme und nun heiße Haut.

In ihren Augen glitzerte es — die Lippen schimmerten voll und fast schwarz.

Seltsam — ein uraltes und doch ganz junges Gesicht.

»Ich bin fünfunddreißig«, sagte sie. »Nicht zu alt für dich?«

»Nie zu alt«, sagte er.

Sie lachte leise, zufrieden.

»Du bist wunderschön«, sagte er, »meine wunderschöne Circe.«

»Du bist unersättlich und ziemlich — schwer.«

Er rollte ein bißchen von ihr fort, aber sie schmiegte sich sofort wieder an ihn.

»Wo willst du leben?« fragte er.

»Hier«, sagte sie verwundert.

»Wir können nur im Urlaub hierher kommen«, sagte er. »Sonst muß es irgendwo in Deutschland sein.«

»In einem Wald?« fragte sie eifrig. »Der Wald in Deutschland ist schön, nicht wahr?«

»Ja — wunderschön.«

»Schenkst du mir ein Haus im Wald? Und kann Henri auf die Jagd gehen?«

»Alles, was du willst.«

»Nein, im — Ernst? Sag mir, Robert . . .«

»Alles, was du willst.«

»Dann haben wir zwei Kinder.«

»Ja.«

»Aber ich möchte . . .« Sie verstummte, rieb ihre Wange an seinem Arm.

»Ich auch«, sagte er. »Von dir, mit dir.«

»Vielleicht ist es bereits passiert?«

Er küßte ganz leicht ihren halbgeöffneten Mund.

»Und wenn nicht, werden wir sehr rasch dafür sorgen.«

»Abgemacht«, sagte sie und sah jetzt wie ein halbwüchsiger Junge aus. Wie Henri.

Mit einem Wort, mit einer Geste konnte sie sich selbst verzaubern.

»Du bist wirklich . . .«

Das Heulen einer Polizeisirene unterbrach ihn, kam schnell näher.

Zuerst beachteten sie es noch nicht.

Aber dann reagierten ihre Körper schneller als ihr Bewußtsein.

Sie standen, schon wieder angezogen, bei ihrem Wagen oben auf der Straße, die die Klippen entlang nach Laurion führte, als der Polizeiwagen vorbeiraste.

»Ist das — etwa die Richtung?« fragte Robert nur.

Er wußte, daß Circe das gleiche dachte wie er.

»Ja«, sagte sie nur.

Sie stiegen in den Wagen, Circe ließ den Motor anspringen, holte raus, was auf dieser gewundenen engen Straße aus dem MG herauszuholen war. Nach fünf Kilometern sahen sie den Feuerschein am Himmel.

Nach zwei Kilometern tauchte das Feriendorf ›Odysseus‹ auf, dessen Häuser allesamt brannten, aus deren Fenster und Türen die Flammen gelb und rot und blau loderten.

Hundert Meter von der Brandstätte entfernt hatte die Polizei eine Absperrung errichtet.

Mit Drahtseilen und schnell in die Erde getriebenen Pfählen.

Sonst geschah nichts.

Davor standen etwa drei Dutzend Menschen, noch entsetzensstarr.

Nackte und Halbbekleidete, im Pyjama und ganz angezogen.

Ihre Gesichter waren eine einzige weite weiße Maske des Schreckens und des Schocks.

»Iris!« schrie Robert. Er warf sich in die Menge, drängte sich hindurch, zwang Gesichter, die sich abwandten, ihn anzusehen.

»Iris!«

»He, Sie, jetzt ist aber Schluß!«

Ein großer Mann in rußgeflecktem Trikot hielt Robert auf. Er verstellte ihm den Weg, ergriff ihn bei den Armen, zwang ihn, stehenzubleiben.

»Ich suche meine Tochter«, keuchte Robert. »Blond, siebzehn Jahre alt.«

Ihm fiel nicht einmal auf, daß der andere Deutsch sprach.

»Meine Tochter«, sagte er, »ich suche meine Tochter. Sie ist hier, mit einem blonden Kerl!«

»Tut mir leid, Mann, aber das muß ein Irrtum sein. Wir sind alle ein Klub. Ein Kegelverein aus Dinslaken.«

Robert starrte ihn an, bis zur Hysterie ernüchtert.

»Ein Kegelverein aus Dinslaken«, wiederholte er ungläubig. Dann begann er zu lachen.

Krümmte sich in diesem Lachen, bis der Mann erneut seine Arme packte und ihn schüttelte.

»Hören Sie auf! Los, hören Sie sofort auf!«

Robert verstummte. Der Mann ließ ihn los.

»Wie viele Mitglieder haben Sie?« fragte Robert.

»Sechsunddreißig — einschließlich der Kinder unserer Junioren.«

»Und Sie hatten die ganze Ferienkolonie gemietet?«

»Ja«, sagte der Mann. »Ja, das habe ich Ihnen doch schon erklärt.«

»Komm«, sagte Circe neben Robert. Sie nahm seinen Arm. »Bitte, komm jetzt.«

Als sie wieder in ihrem Wagen saßen, zündete sie ihm eine Zigarette an. »Es waren vierzig Leute in der Kolonie«, sagte sie.

»Woher weißt du das?«

Sie öffnete das Handschuhfach, nahm eine Flasche Ouzo heraus.

»Trink einen Schluck«, sagte sie.

Er dachte blitzartig an den ›Kefir-Club‹ und das Mädchen im blonden Afrolook und schob die Flasche zurück.

»Was ist mit den beiden anderen?« fragte er. »Die nicht zu dem Verein gehören?«

»Sie sind tot«, sagte Circe leise.

Sie griff nicht nach seiner Hand, sie tat nichts, saß einfach nah neben ihm. Und es war gut so, es war besser als alles andere, was sie hätte tun können.

»Woher weißt du das?« fragte er noch einmal.

»Der untersuchende Kommissar ist mein Freund.«

»Du hast viele Freunde«, sagte Robert, und mit einemmal war das Mißtrauen da. »Wie kommt das?«

»Ja«, sagte Circe einfach, »ich habe viele Freunde, weil sie die Freunde meines Mannes waren.«

»Was weißt du noch?« fragte er.

Sie drehte sich um und nahm etwas vom Rücksitz auf.

Im gleichen Augenblick wurde Robert bewußt, daß es im Wagen nach verbranntem Leder roch.

Er sah die angekohlte Schultertasche aus Naturkroko — sah gleichzeitig, wie Iris sie geschwenkt hatte, so unbekümmert, so lebendig noch an dem letzten hellen Maisonnentag auf dem Jungfernstieg.

»Es ist ihre Tasche«, sagte er, und dann preßte er die Hand vor den Mund.

Circe nickte nur, legte die Tasche wieder auf den Rücksitz.

Sie ließ den Wagen anspringen, wendete und fuhr nach Athen zurück.

Circe hatte die Lichter in seinem Zimmer gar nicht erst angezündet.

Sie hatte ihm geholfen, sich auszuziehen, weil seine Hände ihm einfach nicht gehorchen wollten.

Sie hatte ihm eine Beruhigungstablette gegeben.

Und sich dann neben ihn gelegt.

Sie lag ganz still neben ihm; sie hatte schon seit dem Augenblick, als sie den Wagen wendete, nichts mehr gesagt.

Nach einer Weile begann er, von Iris zu sprechen.

»Sie war noch so jung«, sagte er. »Sie war noch so unerfahren. Vor dem Kerl, vor diesem Blonden, hatte sie keinen Mann gehabt. Ich weiß es, ich hätte es gemerkt — so wie ich es schließlich an dem letzten Tag gemerkt habe, daß sie jemanden mit in die Wohnung gebracht hatte.

Sie hat mir immer alles erzählt. Sie hatte wirklich Vertrauen. Und natürlich habe ich sie verwöhnt. Ich hatte einiges gutzumachen. Solange Cora lebte, habe ich mich nicht sehr viel um Iris gekümmert. Sie hat meistens bei ihrer Großmutter in Wien gewohnt.

Du hättest sie gern gemocht. Sie war so frei, so offen, sie sagte immer, was sie dachte.

Sie wollte Journalistin werden. Das hätte gut zu ihr gepaßt. Sie war so neugierig. Und ihre Neugier ist ihr zum Verhängnis geworden.«

Robert spürte, daß seine Sprache schwer wurde. Die Worte kamen nur noch verwaschen, und tröstlich spürte er Circes Wärme in sich fließen, und endlich, endlich schlief er ein.

Als der Schrei ihn weckte, war es schon hell.

Der Schrei schwoll an und an und brach nicht mehr ab.

Robert Kane schoß mit einem Ruck hoch, sah, das Bett neben ihm war leer.

Drüben lag ein Bademantel über einem Sessel; er warf ihn über, stürzte aus dem Zimmer in den Patio.

Der Junge lag mit dem Gesicht im Marmorbecken der Fontäne. Naß klebte die weiße Tunika an seinem schmalen Rükken, jeder einzelne Wirbel, jede Rippe war zu sehen.

Seine weißen Sandalen lagen wie fortgeschleudert rechts und links von ihm auf den Marmorfliesen.

Helena, das Mädchen, war es, die so schrie.

Circe trat langsam von rechts her, wo sich ihr Schlafzimmer befand, Schritt für Schritt auf Henri zu.

Ihr Gesicht war schneeweiß, ihre Augen wie blind auf den Jungen geheftet.

Als sie ihn endlich erreichte, hob sie mit einer ganz langsamen sanften Bewegung seinen Kopf, bettete ihn an ihre Brust.

Sie strich über das nasse Haar, über das Gesicht.

Schließlich sah sie zu Robert auf.

Er beugte sich hinunter, nahm ihr den Jungen aus den Armen. Circe ging voran, führte ihn in Henris Zimmer.

Es war spartanisch eingerichtet; nur ein wunderschöner uralter Jagdbogen hing an der Wand über dem Bett.

»Du mußt einen Arzt rufen«, sagte Robert und legte den Jungen nieder.

»Es ist sinnlos«, sagte Circe tonlos. »Sie haben ihm das Genick gebrochen.«

»Wer sind *sie*?« fragte er und sah sie über den Jungen hinweg an.

»Dieselben, die deine Tochter getötet haben.«

»Woher weißt du das?«

»Es gibt keine andere Erklärung.«

»Aber wie kamen sie hierher — wie kamen sie herein? Warum haben sie Henri . . .«

»Weil er mein Liebstes war«, sagte Circe still. »Sie haben mich gewarnt.«

Circe brach nicht zusammen, sie stand alles durch.

Den ersten Schock, die Verhöre durch die Polizei, das Begräbnis.

Es war nur, als werde sie immer schmaler, immer durchsichtiger. Die ungeheure Kraft, die sie brauchte, um das alles durchzustehen, zehrte sie sichtbar auf.

Sie schloß die Anwaltskanzlei, bat einen Kollegen, einen Käufer dafür zu finden.

Aber das Penthouse wollte sie behalten.

»Ich werde hier auf dich warten«, sagte sie zu Robert.

»Woher weißt du, daß ich fortgehe?« fragte er.

»Du bist ungeduldig, ich spüre es. Auch mußt du gehen. Du willst doch die Mörder finden. Nicht wahr, du wirst sie doch finden?« Es war das einzige Mal, daß sich ihre Stimme hob.

»Ja«, sagte er. »Ja, ich verspreche es dir.«

Aber er wußte gleichzeitig, daß er es nicht allein schaffen konnte. Er wußte, daß er Hilfe brauchte.

Und es gab nur einen Mann, auf den er sich verlassen konnte.

Das war Uri Ben Naam.

3

In einem steilen Bogen hob das zweisitzige Flugzeug vom Flughafen Arkia ab. Das Meer kippte weg, dann das Betonmeer von Tel Aviv. Schließlich die Vororte, weiß blendende Hochhäuser in der Sonne — und dann flogen sie über grünes Land.

Robert Kane saß neben dem Piloten, einem »Sabra«, nach den stacheligen Kakteenfrüchten benannt, deren Inneres so wundersam süß ist. Früchte der Wüste — aber unter ihnen lag keine Wüste mehr. Unter ihnen lag sattgrünes, bebautes Land und sattbraune Schollen, weizengelb und silbrigglänzend dort, wo die Plastikbahnen über die Erdbeerkulturen gespannt waren.

Ilan, der Pilot, sprach Deutsch, akzentfrei, nur in der Wahl der Worte ein wenig altmodisch, so wie man bei uns in den dreißiger Jahren gesprochen hatte.

»Wo stammen Sie her, Ilan?« fragte Robert.

»Aus Herzlia!«

»Nein, ich meine . . .« Robert zögerte.

»Ach so, Sie meinen Deutschland? Meine Eltern kamen aus Koblenz. Sie haben Glück gehabt. Sie waren in der zionistischen Jugendbewegung und kamen noch vor Dreiunddreißig herüber. Wir haben überhaupt Glück gehabt. — Und Sie, Robby?«

»Ich bin in Aachen geboren. Im Schatten des Kaiserdoms«, sagte Robert Kane.

»Mein Bruder studiert dort. Findet's prima.«

»Das freut mich.«

»Besonders die Kneipen. Und das Bier.«

Sie lachten beide.

»Aber unser Bier ist auch prima«, sagte Ilan. »›Cold Star‹.«

»Ich weiß«, sagte Robert.

»Also sind Sie nicht zum erstenmal hier?«

»Nein. Ich war Dreiundsechzig schon hier. Wegen der Be-wässerungsanlage in der Wüste Negev.«

»Klasse«, sagte Ilan. »Hat sich seitdem sehr verändert un-ser Land, was?«

»Ja, es wird viel gebaut.« Und Robert dachte: Wo nehmen sie den Mut her, die Energie, jeder einzelne von ihnen? Denn Ilan beispielsweise unterrichtet an der Uni von Tel Aviv und arbeitete nebenher noch als Pilot für Arkia.

»Das war übrigens die frühere Grenze«, erklärte Ilan und deutete nach unten. »Sie lief genau entlang der Straße. Rechts ist Israel, links war Jordanien.«

Und man sah es heute noch: Rechts von der Straße, die an der Festung Latrun vorbeiführte, grünte und blühte es, links von der Straße lag ödes, hitzeverbranntes braunes Land; deutlich waren auch noch Bombenkrater zu erkennen. Nie-mand hatte sich die Mühe gemacht, die Äcker von Felsbrok-ken und Steinen zu säubern, niemand hatte die Krater zuge-worfen.

Als sie in Jerusalem landeten, färbte die Sonne die Mauern der alten Stadt kupferrot.

»Shabath Shalom«, sagte Ilan, als sie sich vor dem Flug-hafengebäude verabschiedeten.

Ilan ging hinüber in den Coffeeshop, Robert stieg in eines der Cheroud-Taxis.

›Shabath Shalom‹ — es bedeutet soviel wie ›einen fried-lichen Sonntag‹.

Und die Stadt war still und friedlich — die neue Stadt. Der Himmel war hoch und klar, die Wolken, wenige nur, lagen dicht auf den Häusern. Ein einzelner Stern stand am Him-mel — der Abendstern, mit dem der Shabath beginnt.

Sie kamen an einer Synagoge vorbei, am Rande von ›Mea Shearim‹, dem Viertel der Orthodoxen, deren Männer in den langen schwarzen Kaftanen und den schwarzen Hüten mit den breiten fuchspelzverbrämten Krempen noch Schläfenlocken trugen. ›Naturei Karta‹ wurden sie auch genannt.

Und Robert dachte an jenen Oktober im Jahre 1963, als er hier gewesen war und Fotos machen wollte, und wie sie ihn mit Steinen beworfen hatten. Aber das galt nicht ihm, dem Deutschen, das galt allen Ausländern, die neugierig waren.

»Sie mögen den Fortschritt nicht«, sagte der Taxifahrer, als habe er Roberts Gedanken erraten. »Sie leben mit ihrem Kopf, nicht mit ihrem Bauch.«

Eine Frau, so schön, daß es einem den Atem nahm, überquerte die Straße. Gleitende Schritte, den Kopf hoch erhoben, als trage sie einen jener alten Wasserkrüge aus braunem Ton darauf, wie man sie in Nazareth und Bethlehem gefunden hatte.

»Sie trägt eine Perücke«, sagte der Fahrer.

Robert zuckte unwillkürlich zusammen.

»Warum?« fragte er verblüfft.

»Weil sie darunter kahlgeschoren ist.«

»Aber . . .«

»Ein alter Brauch«, erläuterte der Fahrer und steckte ein Stück Kaugummi in den Mund. »Geht bis ins Mittelalter oder noch weiter zurück. Die wirklich Frommen schoren ihren Frauen die Haare, damit sie durch die Locken nicht in Versuchung geführt werden sollten. Und nur in der Öffentlichkeit gestattete man den Frauen Perücken oder Kopftücher. Aber es gibt natürlich auch noch eine andere Auslegung.«

»Und wie lautet die?« fragte Robert ehrlich neugierig.

»Daß die Frauen in den alten Gettos von Rußland und Polen hoffnungslos verlaust waren. Das soll in den besten Familien vorkommen«, sagte der Taxifahrer, und Robert grinste. Er hatte diesen Zustand am Westwall erlebt. Kleiderläuse, die Biester starben nicht, auch wenn man die Uniform kochte und anschließend in klirrendem Frost aufhing, daß sie steif wie ein Brett wurden.

»Sind Sie zum erstenmal in Israel?« fragte der Taxifahrer.

»Nein . . .«

»Na, dann brauch' ich Ihnen ja nicht zu erzählen, daß am Shabath alles dicht ist. Die Amerikaner sind meistens fuchsteufelswild, daß sie weder ihre Hot dogs noch ihre Souvenirs kaufen können.«

Sie hielten vor dem ›King David Hotel‹. Eine festlich gekleidete Menge von Gästen durchwogte die Halle, Sprachen und Stimmen aus aller Herren Ländern woben ein manchmal schrilles, manchmal melodisches Klangmuster.

»Mein Name ist Kane«, sagte Robert am Empfang. »Sie müßten eine Nachricht für mich haben.«

»Ja, Sir.«

Ein kleiner, versiegelter Umschlag wurde ihm ausgehändigt.

»Willkommen in Jerusalem, erwarten Dich zum Essen, Shalom — Moishe und Hanna«, las Robert.

Er spürte, wie wohl das tat. Es war gut, erwartet zu werden, es war wie eine Heimkehr.

Dabei hatte er nur ein Telegramm von Athen an Moishe Katzbach gesandt, den Journalisten, den er seinerzeit im ›King David‹ kennengelernt und zweimal gesehen hatte. Obwohl sie einander nur hin und wieder geschrieben hatten, waren sie gute Freunde geworden.

Robert nahm erneut ein Taxi, ließ sich zur Rachel-Imenu-Straße fahren.

Das Haus der Katzbachs lag ein wenig zurückgebaut in einem blühenden Garten. Nur das Zirpen der Grillen war zu hören und das sanfte Schnurren einer Katze.

Robert blieb einen Augenblick lang unter dem von Pfeilern gesäumten Eingang stehen, sog tief die kühle, trockene Abendluft ein.

Klare, reine Luft Jerusalems. Wie wohl das tat.

Dann läutete er, und Moishe öffnete, ein bißchen älter geworden, das Haar ein bißchen grauer, die braunen Augen jedoch lebhaft wie eh und je.

»Shalom, Robert, Shalom!« Ein kräftiger Händedruck, deutlich spürbare Schwielen. »Hanna — Robert ist da!«

Sie kam erhitzt aus der Küche. Die großen blauen Augen glänzten, das blonde Haar schien zu knistern und zu sprühen, sie war ein wenig rundlicher geworden; kein Wunder bei der guten Küche, die sie pflegte und hegte, wie ihre Mutter und Großmutter es sie gelehrt hatten.

»Robert, du hast dich überhaupt nicht verändert!« Sie ließ sich auf beide Wangen küssen. »Komm herein, komm herein.«

In dem mittelgroßen Wohnraum brannte der siebenarmige Shabath-Leuchter auf dem festlich gedeckten Eßtisch, Rosen dufteten in einer bauchigen, wie gebrochenes Perlmutt schimmernden Vase.

»Wir können gleich essen, aber sicher willst du vorher einen Drink?« fragte Hanna.

»Ja, gern, einen Brandy. Aber bitte von hier.«

»Etwas anderes kriegst du auch nicht. Der französische ist zu teuer«, lachte Moishe. »Wir bauen nämlich, weißt du, drüben am Rand der alten Stadt. Eine Villa. Nächstes Jahr kannst du bei uns wohnen. Das Land hab' ich gewonnen, wie in einer Lotterie. Das Haus baue ich selbst. Sieh nur«, Moishe zeigte lachend seine Schwielen, »manchmal sind meine Hände abends so stocksteif, daß ich keine Schreibmaschinentaste mehr bewegen kann.«

»Le Chaim.« Sie prosteten sich mit dem Brandy zu, der schon fast wie französischer Kognak schmeckte und von den Hängen des Karmelgebirges kam. Dann setzten sie sich zu Tisch, und Hanna trug den ›gefillten Fisch‹ auf; aus Karpfen bereitet, süßsauer, unnachahmlich die Sülze, sie zerging auf der Zunge. Eine Suppe mit Matzenknödeln gab es hinterher, und dann gegrillte Hühnerschenkel. Danach eine Schokoladen-Mousse, so köstlich, daß Robert ein zweites Mal davon nahm, und schließlich türkischen Kaffee, süß und pechschwarz.

Und Moishe sagte, tief seufzend: »Der zieht einem mal wieder die Schuhe aus — danke, Hanna, du bist doch die Beste«, und küßte sie auf den lächelnden Mund.

»Wie bringt ihr das nur fertig, so zufrieden zu sein, so glücklich?« fragte Robert spontan.

Sie sah ihn verwundert an. Lächelten beide und sagten dann, verlegen und gleichsam wie aus einem Mund — es klang fast entschuldigungheischend —: »Oh, wir haben auch ein paar Probleme.«

»Aber ihr laßt euch nicht davon unterkriegen.«

»Nun ja — manchmal schon —, aber davon wollen wir gar nicht reden. Sprechen wir lieber von dir. Was führt dich nach Israel, Robert? Wie lange bleibst du? Du wohnst doch bei uns?«

»Aber ich mache euch Umstände?«

»Ach was, wir quartieren Abi aus. Er kann bei seiner Freundin schlafen.«

»Schockiert dich das?« fragte Hanna, die Roberts Überraschung bemerkte. »Abi ist einundzwanzig. Natürlich schläft er mit einem Mädchen. Vielleicht werden sie heiraten, vielleicht auch nicht. Wie soll man das wissen? Was macht deine Tochter?«

»Deswegen bin ich hier.«

Moishe und Hanna sahen ihn aufmerksam abwartend an.

»Iris — Iris ist tot«, sagte Robert und sprach es zum erstenmal aus. Er hörte selbst, wie unwirklich es klang, er bemerkte, wie seine Freunde blaß wurden. Hanna legte ihre Hand auf die seine.

»Wann?« fragte Moishe leise.

»Vor ein paar Tagen. In der Nähe von Athen. In einem Feriendorf. Vorher war sie — von zu Hause ausgerissen. Ich war auf der Suche nach ihr, glaubte sie schon gefunden zu haben. Aber . . .«

»Wieso bist du dann deswegen hier?« fragte Moishe.

»Sie ist — vielleicht ermordet worden.«

»Von einem Israeli?«

»Nein. Bestimmt nicht. Es deutet alles darauf hin, daß eine Bande von Rauschgiftschmugglern dahintersteckt.«

»Und die willst du hier finden? Wir haben so gut wie kein Problem mit Rauschgift — noch nicht.«

»Nein, ich suche Uri Ben Naam.«

»Uri?« Jetzt klang Moishes Stimme geschockt. Hanna senkte den Kopf.

»Was ist mit ihm?« fragte Robert hastig.

»Weißt du es nicht?«

»Nein!«

»Uri ist vor einem Vierteljahr auf eine Mine gefahren. Bei S'Fad. Er ist mit dem Leben davongekommen, aber erblindet. Und sein einziger Sohn — erinnerst du dich an Zwi? — wurde dabei getötet.«

Robert biß die Zähne zusammen.

»Verdammt, verdammt«, murmelte er. »Der arme Kerl. Das arme Schwein.«

»Du wirst ihn sehr verändert finden«, sagte sie still. »Wenn er dich überhaupt sehen will.«

»Er lebt ganz allein. Nur Myriam läßt er zu sich«, ergänzte Moishe.

»Aber vielleicht ist es sogar gut, wenn du zu ihm fährst. Vielleicht . . .« Hanna verstummte, sie stand auf, strich sich das weiche blonde Haar aus der Stirn, begann den Tisch abzuräumen.

»Ich bring dich morgen hin«, sagte Moishe.

Robert lag auf Abis schmalem Bett, nur ein Laken über sich gezogen. Das Licht der Straßenlaterne fiel herein und erhellte das schwarzweiße Poster an der Wand.

Ein riesiges schwarzes Gesicht war darauf zu sehen, Mund und Augen von weißen Blumen gebildet.

›Flowerpower‹, stand darunter.

Daneben klebten Zeitungsausschnitte vom Sechstagekrieg und Ansichtskarten aus Europa und Amerika. Eine Gitarre lehnte in der einen Ecke. Ein Stoß Schallplatten lag daneben, und Bücher, Bücher, wohin man sah. Und sie hatten alle ein gemeinsames Thema: Elektronik.

Robert konnte nicht schlafen. Er starrte das Flowerpower-gesicht an und fragte sich, ob es nicht am besten war, nach Hamburg zurückzukehren, einen Schlußstrich zu ziehen.

Iris war tot.

Henri war tot.

Uri blind.

Aber Circe lebte.

Circe, in Athen. Circe, die gesagt hatte: »Du mußt die Mörder finden.«

Die Mörder, wer immer sie auch sind.

Die eine ganze Ferienkolonie in Brand steckten, um zwei Menschen zu töten, die vielleicht zuviel wußten oder nicht mehr mitspielen wollten, um welches Spiel es sich auch immer handeln mochte.

Sechsunddreißig Personen, die Mitglieder des Kegelklubs aus Dinslaken, waren in der Ferienkolonie ›Odysseus‹ gewesen und mit dem Leben davongekommen. Aber Circe hatte ihm die Zahl vierzig genannt. Blieben außer Iris und ihrem blonden Kerl noch zwei weitere Personen, deren Anwesenheit dort festgestellt worden war, die aber seither flüchtig waren.

Zwei Meuchelmörder.

Die sich nicht mit dem Tod von Iris zufriedengegeben hatten.

Die auch noch das Kind, den Jungen, Henri umgebracht hatten. Ertränkt in der Fontäne von Circes Penthouse.

Wie soll man da schlafen, wenn man an solches denken muß?

Wie soll man Ruhe finden?

Die Tür öffnete sich leise. Moishe trat ein, brachte ihm ein Glas Wasser, zwei Tabletten.

»Nimm die, du mußt morgen fit sein«, sagte er.

Robert nickte nur, er brachte kein Wort heraus.

»Gute Nacht«, sagte Moishe, dann ging er wieder hinaus.

Eine Weile konnte Robert noch gedämpftes Murmeln aus

seinem und Hannas Schlafzimmer hören. Und darüber schlief er endlich doch ein.

Sie benutzten die neue Straße nach Tel Aviv, an der Festung Latrun vorbei, die hinter Ramla auf den ›Deresh Haifa‹, die Autobahn Tel Aviv—Haifa, einmündet.

Was vor Jahren eine halbe Tagesfahrt gewesen war, schafften sie nun in gut einer Stunde.

Moishe fuhr schnell, zügig, manchmal ein bißchen zu waghalsig, wie die meisten Israelis.

In Herzlia bogen sie in die schattige maulbeerbaumbestandene Allee ein, in der Uris Haus lag. Ende der zwanziger Jahre erbaut, ockerfarben verputzt mit ochsenblutfarbenen Fensterrahmen und Türen, hätte es ebensogut in der Provence oder der Oberrheinischen Tiefebene um Freiburg und Straßburg stehen können.

»Weißt du eigentlich, daß Uris Mutter eine sehr begabte und bekannte Tänzerin in Berlin war?« fragte Moishe, während sie ausstiegen.

»Ich weiß«, sagte Robert und mußte an Cora denken. Und wenn er an Cora dachte, dachte er auch an Circe, und er spürte mit einemmal ein Verlangen nach ihr, dessen Heftigkeit ihn überraschte.

»Na, komm«, sagte Moishe, »laß uns unser Glück versuchen.« Sie gingen über den von Akazien beschatteten Weg zum Haus hoch.

Sie hatten es noch nicht erreicht, als drinnen zornig-wachsames Hundegebell erscholl.

»Das ist Ari«, sagte Moishe. »Er hat Uri das Leben gerettet. Er hat ihn aus dem brennenden, zerstörten Wagen gezerrt.«

Myriam öffnete ihnen die Tür. Sie war alt geworden, aber das schmale Gesicht mit den sehr dunklen Augen hatte nichts von seinem Ebenmaß verloren.

»Shalom«, sagte sie, »seid willkommen.«

Sie nahm Roberts Hand, sah zu ihm auf.

43

»Er will dich sehen, Uri hat deine Stimme erkannt. — Bitte, nimm dir inzwischen etwas zu trinken, Moishe, du weißt ja hier Bescheid.«

Sie führte Robert durch einen kurzen, schmalen, halbdunklen Gang, öffnete eine Tür.

Der Wintergarten, in den sie traten, war von grüngoldgeflecktem Licht erfüllt.

Uri saß am Fenster, die erloschenen Augen hinter einer Sonnenbrille verborgen. Kaum noch sichtbare Narben bedeckten seine Wangen und Stirn, sein Haar war schlohweiß.

»Shalom, Alter«, sagte er mit seiner kräftigen Stimme. »Hast dir lange Zeit gelassen, mich zu besuchen. Glatte acht Jahre, wie?«

Er griff mit so sicherer Bewegung nach Roberts Hand, daß dieser einen Moment lang glaubte, Uri könnte sehen.

»Shalom, Alter«, sagte auch er. »Prima Wetter habt ihr hier. Endlich mal wieder *sunny old Israel.*«

Myriam zuckte zusammen, und Robert schämte sich seiner Taktlosigkeit.

»Ich spüre, wie hell die Sonne scheint«, sagte Uri und lachte.

Myriam hatte Tränen in den Augen und wandte sich ab.

»Hol uns bitte was zu trinken, Myriam«, sagte Uri. »Ist es immer noch Scotch bei dir, Alter?«

»Immer noch.«

»Steh nicht herum — setz dich. Mach's dir bequem, zieh dein Jackett aus.«

Robert tat, wie ihm geheißen.

»Ein Brief ist für dich gekommen«, sagte Uri, als Myriam Whisky und Soda gebracht hatte und wieder gegangen war.

»Ein Brief?« fragte Robert verwundert. »Aber niemand weiß, daß ich bei dir bin?«

Uri reichte ihm einen blauen Luftpostumschlag.

Er kam jedoch nicht aus Athen, er war in Jerusalem abgestempelt.

Rober riß ihn auf.

Nur zwei Zeilen.

»Brauche dringend Geld, Paps. Bitte hinterlege es morgen um fünf Uhr im Hotel St. George, Jerusalem. Küßchen, Iris.«

Es war ihre Schrift. Da gab es keinen Zweifel.

Uri trank von seinem Whisky, zündete sich dann eine Zigarette an.

»Der Brief ist von meiner Tochter«, sagte Robert heiser. »Aber er muß eine Fälschung sein, denn Iris ist tot.«

»Erzähle«, sagte Uri nur.

Robert begann mit dem ›Kefir-Club‹ in Hamburg, endete mit dem, was er in Athen und dem Feriendorf ›Odysseus‹ erlebt hatte.

»Eine verkohlte Handtasche und die verkohlte Leiche eines blonden Mädchens sind noch keine Beweise«, sagte Uri. »Paß auf, wir fahren nach Jerusalem.«

Es war ungewöhnlich, es war bedrückend und ermutigend zugleich, mit Uri die Altstadt von Jerusalem, den ›Souk‹, zu durchstreifen.

»Wo sind wir jetzt?« fragte er zum Beispiel in der Straße der Fleischer. Blaßrote Hammelseiten hingen in den offenen Geschäftslauben, Girlanden von Hühnern reckten nackte gelbe Hälse mit orangefarbenen, aufgesperrten Schnäbeln. Federn schwammen wie Schaum auf dem schnell dahinspülenden Wasser der Rinnsteine.

»Ich rieche Geflügelleber — jetzt müßten es noch zehn Schritte bis zur Straße der Korbmacher sein«, sagte Uri. Und es stimmte genau.

Schließlich gelangten sie zu einer kleinen Teestube, die hinter einem schmalen, dunklen Torbogen lag. Uri trat ohne zu zögern so sicher wie ein Sehender ein, obwohl er sich auch hier nur auf seinen Geruchssinn verlassen haben konnte.

Der Boden bestand aus blankpoliertem Stein — blankpoliert von Tausenden von Füßen in Tausenden von Jahren.

Ein Junge von etwa fünfzehn bediente zwei ältere Araber in dunklen Anzügen und schwarzen spitzen Schuhen, die jedoch sehr selbstbewußt den traditionellen Kopfschmuck der Jordanier trugen.

Sie tranken grünen Tee aus winzigen Porzellanschalen, die in Kupferbechern steckten, und rauchten Wasserpfeife.

»Du bist hier, Hagib?« fragte Uri bei ihrem Eintritt, obwohl keiner der beiden ein Wort gesagt hatte.

»Ja — Uri«, antwortete der kleinere, magerere der beiden. »Sei gegrüßt, Sidi.«

»Sei gegrüßt«, antwortete Uri. »Ich habe einen Freund mitgebracht. Es ist Robert aus Deutschland.«

»Oh, Deutschland«, sagte Hagib. »Mein Sohn studiert in Deutschland.«

»In Hamburg, nicht wahr?« fragte Uri.

»Ja, in Hamburg. Er wird Schiffe bauen, große Schiffe. Tanker für das Gold der Wüste, für das Öl.«

»Schreibt er dir häufig?« fragte Uri.

»Das tut er. Ich habe einen braven, fleißigen Sohn.«

»Aber er ist jung. Er wird auch Vergnügen suchen?«

»Das tut er.« Hagib lachte leise, amüsiert. »Er ist ein kräftiger junger Mann. Die Mädchen in Hamburg sind blond und schön und freigiebig.«

»Hat er dir nicht eine Freundin geschickt?«

»Mir? — O nein, Sidi. Wie sollte er?«

»Ein guter Sohn denkt auch an seinen Vater, besonders, wenn er weiß, wie er ihm Freude bereiten kann.«

»Ich bin alt, Uri«, sagte Hagib. »Mir bleiben nur die Lüste des Alters. Meine Pfeife, mein Tee . . .«

Uri legte Iris' Foto auf den kleinen, runden, aus Olivenholz gedrechselten Tisch.

»Aber dieses Mädchen hat dein Sohn hierher geschickt.«

»O nein, Sidi — wie sollte er?«

»Überleg es dir gut, Hagib, du weißt, wo du mich finden kannst. Du weißt auch, daß ich deine Gedanken kenne wie meine eigenen«, sagte Uri. Dann nahm er Roberts Arm. »Komm . . .« Und sie verließen die Teestube, ohne den grünen Tee angerührt zu haben.

46

»Was waren das für sonderbare Kekse, die da auf der Theke lagen und die der Junge so rasch verschwinden ließ?« fragte Robert.

»Grüne Kekse?«

»Ja.«

»Haschgebäck.«

»Du willst mich wohl auf den Arm nehmen?«

»Nein, mein Lieber. Leider nicht!« sagte Uri.

Vor dem Jaffator nahmen sie ein Taxi zum ›Hotel St. George‹.

Sie hinterlegten am Empfang fünfhundert Mark in einem geschlossenen Umschlag für Iris.

Dann gingen sie in die Halle, setzten sich in den Schatten eines der aus Bastfasern geflochtenen Wandschirme.

Robert schob das Geflecht mit seinem Taschenmesser an einer Seite etwas auseinander. Auf diese Weise konnte er — selbst unbemerkt — die Eingangstür sowie einen Teil des Empfanges im Auge behalten.

Um zehn nach fünf trat sie ein.

Es war das lange blonde Haar, es war derselbe Wildlederanzug, den Iris an jenem letzten Mittag in Hamburg getragen hatte. Es war dieselbe riesige Sonnenbrille.

Aber ihr Gang war anders, nicht so geschmeidig, nicht so graziös.

Als sie aus seinem Gesichtswinkel am Empfang verschwunden war, sprang Robert auf und lief hinunter.

Sie steckte soeben den Umschlag mit dem Geld in ihre Handtasche, als er mit beiden Händen ihre Schultern packte, sie zu sich herumzog.

Aber es war nicht Iris — er sah es, noch bevor sie die Sonnenbrille abnahm.

Ihre Augen waren schmal und tiefbraun. Ihr Haar war blond gebleicht.

»Kommen Sie mit«, befahl er und ließ ihren Arm nicht aus seinem Griff.

Sogar ihre Lippen waren blutleer, als er sie neben Uri in den Sessel schob.

»Wer sind Sie?« fragte er. »Wieso geben Sie sich als meine Tochter aus?«

Das Mädchen antwortete nicht.

Ihre Lippen blieben blutleer, und ihre Augen waren geweitet und stumpf vor Angst.

»Wer sind Sie?« wiederholte Robert. Er verstärkte seinen Griff um ihren Arm. Es mußte ihr weh tun, es sollte ihr weh tun.

Nur ein seltsam krächzender, seltsam rauher und dumpfer Laut kam aus ihrer Kehle.

Und im gleichen Augenblick wußte er, was mit ihr los war, im gleichen Augenblick dachte er daran, was mit Verrätern im Jemen geschah, wie man sie bestrafte.

»Sie können nicht sprechen?« sagte Robert.

Sie nickte.

»Wer hat das getan?«

Sie schüttelte wild den Kopf.

»Man hat ihr die Zunge herausgeschnitten«, sagte er zu Uri.

»Gib mir ihre Handtasche«, meinte dieser.

Uri stülpte den Inhalt der Tasche auf den Tisch.

Robert nahm den Umschlag mit dem Geld, auf dem Iris' Name stand, hielt ihn dem Mädchen unter die Nase.

»Das ist meine Tochter.«

Nur das Kopfschütteln war die Antwort.

»Wir nehmen sie mit«, sagte Uri. »Wir werden sie schon weichkriegen.«

Sie nahmen das Mädchen in ihre Mitte.

Uris Wagen, ein ziemlich zerbeulter VW, stand um die Ecke herum auf einem Trümmergrundstück, das als Parkplatz diente.

Ein paar Halbwüchsige spielten Fußball mit einer Konservendose.

48

Uri öffnete die rechte Tür. Robert schob das Mädchen ins Wageninnere.

Im gleichen Augenblick röhrte ein Motor auf, ein Auto schoß heran, direkt auf sie zu.

Uri und Robert sprangen instinktiv zur Seite — das Mädchen war mit einem Satz aus dem VW, rannte davon.

Die schwarze amerikanische Limousine raste hinter ihr her, stoppte mit kreischenden Reifen, eine Tür flog auf, eine Hand zerrte das Mädchen in den Wagen, dann schoß das Auto auf die Straße.

»Ich hab' die Nummer — wenigstens das«, sagte Robert. Seine Hand zitterte noch, als er sie in sein Notizbuch schrieb.

»Es war ein grünes Nummernschild, also aus dem besetzten Gebiet.« Er nannte die Zahlen.

»Ein Wagen aus Ramallah, falls das Kennzeichen nicht gefälscht ist«, sagte Uri. »Ich glaube, wir müssen uns auf eine lange Jagd einstellen.«

Das blonde Mädchen wurde in einen Keller in Nablus gebracht.

Die Mauern des Kellers waren gut einen Meter dick. Die Luken, durch die Tageslicht in schmalen Streifen fiel, konnten durch feste Holzläden verschlossen werden. In dem Keller standen ein Tisch und ein Stuhl. Sonst nichts.

Ein Mann saß dort, dessen Äußeres sich durch nichts Besonderes auszeichnete.

Er war weder einer bestimmten Rasse noch einem bestimmten Menschentyp zuzuordnen.

Wo immer er einem begegnete — man würde ihn kaum bemerken, sich später kaum an ihn erinnern.

»Laßt mich mit ihr allein«, sagte er zu den beiden Arabern, die das Mädchen hereingebracht hatten.

Sie gehorchten stumm und sofort.

»Also«, sagte der Mann, »was hast du mir mitgebracht?«

Sie sah ihn nur angstvoll an, schüttelte dann langsam den Kopf.

»Kein Geld, keine Information?«

Wieder die verneinende Bewegung des Kopfes.

»Überlege es dir gut.«

Diesmal nickte sie.

»Ich weiß, daß du trotz allem noch aufsässig bist. Das scheint bei euch Engländerinnen so was wie eine Charaktereigenschaft zu sein. — Mit wem hast du in Jerusalem gesprochen?«

Sie hob nur die Schultern.

»Na schön«, sagte er. »Du wirst für die nächsten acht Tage keinen Stoff mehr kriegen. Und die übrige Behandlung kennst du.«

Sie wurde noch blasser, als sie ohnehin schon war.

»Achmed!« Die Tür öffnete sich, einer der beiden Männer erschien.

»Bring sie zu den anderen«, sagte der Mann am Tisch. »Keinen Stoff für eine Woche, ansonsten das Übliche.«

»Gilt das auch für die anderen Täubchen?« fragte Achmed.

»Ja«, sagte der Mann. »Sie sollen wie die Ratten übereinander herfallen. Ansonsten nichts Neues, für euch viel Vergnügen.«

4

Die Hitze lag beklemmend über dem Land. Der Himmel, niedrig gewölbt, ohne Wolken und dennoch stahlgrau, wirkte wie ein Hohlspiegel für den unsichtbaren Brand der Sonne. Kein Windhauch regte sich, und doch schien es, als müsse jeden Moment ein Sturm losbrechen.

Es war, als drückten sich die weißen und gelben Häuser von Herzlia niedriger in die sandige Ebene von Sharon. Auf den Dünen standen Zedern und Akazien schwarz und schräg gegen den Horizont, schon wie unter der Last des Windes gebeugt.

»Es wird ›Chamsin‹ geben«, sagte Uri Ben Naam. Er, Robert Kane und Myriam saßen auf der dem Meer zugewandten Terrasse seines Hauses.

Uris Gesicht, das seit seinem Unfall, als er sein Augenlicht verloren hatte, mehr denn je dem eines Mannes aus dem Alten Testament glich — und daran konnte auch die große Sonnenbrille nichts ändern —, war von einem Schweißfilm bedeckt. Dünne tiefe Kerben um seinen Mund verrieten Erschöpfung.

»Ihr solltet bis morgen warten«, meinte Myriam, die zwischen den beiden Männern saß. Sie schenkte mit diesen ruhigen, stets gelassenen Bewegungen, die ihr so eigen waren, Tee nach. »Wenn ihr bei Morgengrauen losfahrt, seid ihr mittags in Eilat. Die Straße ist doch sehr gut. Und Robert kenn sich ja aus.«

»Wir fliegen«, sagte Uri nur. »Wie spät ist es jetzt?«

»Gleich zwölf«, antwortete Robert. Er zündete sich eine Zigarette an. »Ilan muß jeden Moment kommen.«

Der junge Pilot war pünktlich auf die Sekunde.

Er trug, wie am ersten Tag von Roberts Ankunft in Tel Aviv, ein blendendweißes Hemd mit offenem Kragen. Er

51

wirkte robust und gesund, und der drohende ›Chamsin‹, der heiße Sandsturm aus der arabischen Wüste, schien ihm nicht das geringste auszumachen.

»Können wir?« fragte er.

»Wir können«, sagte Uri. Er stand auf. Wie so häufig hatte er ein ausgebleichtes Khakihemd und Khakihosen an. Diese simple Kleidung wirkte an ihm respekteinflößender als jede Generalsuniform.

»Shalom, Myriam.« Er küßte sie auf die Wange.

»Shalom, Uri.«

Es ist sonderbar, dachte Robert, als sie hinaus zu Ilans Wagen gingen, ebenfalls einem alten VW, kein Wort drückt mehr aus, sagt mehr als dieses einfache ›Shalom‹ — was nichts weiter heißt als ›Friede‹.

Aber wie nötig wir alle den Frieden brauchen.

Den Frieden vom Krieg unter den Völkern, den Frieden in der Gesellschaft, den Frieden in den Sippen und Familien und den Frieden zwischen zwei Menschen.

Sie fuhren zum Flughafen Arkia am Rand von Tel Aviv hinaus. Eine Viertelstunde später flogen sie schon in Richtung Jerusalem.

Dort gab es einen kurzen Aufenthalt, weil Ilan etwas in der Stadt zu besorgen hatte. Dann ging es weiter nach Eilat am Roten Meer.

Wie ein Smaragd hob sich die Bucht von Eilat aus den braunen und kupferfarbenen Bergen von Sinai und Edom.

So klar war das Meer hier, daß man selbst aus der Luft die berühmten farbigen Korallenriffe und Fischschwärme zu erkennen glaubte — und mit einem guten Feldstecher auch erkannte.

Der Strand war umsäumt von blendendweißen Privathäusern und Hotels, die aus der Luft wie aus weißglühendem Silber gestanzt wirkten.

Ilan kreiste einmal über der Bucht, dann ging er auf dem Flugfeld von Eilat nieder.

Ein Freund von Ilan begrüßte sie, kaum daß die viersitzige Maschine zum Stillstand gekommen war. Yakov war gerade aus der Armee entlassen worden und jetzt als Ingenieur auf dem Flughafen tätig.

»Ihr könnt meinen Wagen nehmen«, sagte er. »Euer Bungalow ist der letzte, unten in der neuen Kolonie. Ilan weiß den Weg. Dahinter kommen nur noch die Schlafsäcke der Hippies.«

Wegen der Hippies kamen sie hierher.

Wegen der jungen Menschen als aller Herren Ländern, die auf allen möglichen Wegen in dieser Bucht des ewigen Sommers zusammengeströmt waren.

Die an einem Strand lagerten, der an Schönheit seinesgleichen sucht, unter einer Sonne, die niemals unterzugehen scheint.

Was die Hippies zum Essen und Trinken brauchten, erbettelten sie sich von Touristen — vor allem Amerikanern, für die sie ebenso exotisch wirkten wie eine Zigeunersippe. Zum Schlafen genügte ihnen der Sand des Strandes.

Schon am gleichen Abend konnte Robert von der winzigen Terrasse ihres Bungalows aus die kleinen Feuer sehen, auf denen die Hippies Fische brieten und die ihnen Wärme und Licht gaben.

Ein leichter Wind wehte Gitarrenklänge herüber, manchmal Stimmen, die in Deutsch, Englisch oder Schwedisch sangen.

Iphrit, das neue Hebräisch, hörte man unter den jungen Leuten nicht. Die Sabras, die jungen ›eingeborenen‹ Israelis, taugten nicht zum Hippiedasein, sie gehörten ja auch nicht einer Gesellschaft an, die mehr oder weniger lautlos an sich selbst zugrunde ging.

Robert hatte das Essen für sich und Uri gerichtet, eine Dose gebackener Bohnen in Tomatensoße geöffnet und erhitzt, dazu Steaks gebraten.

Ilan war noch auf einen Sprung vom Flughafen zu ihnen gekommen, ehe er nach Tel Aviv zurückflog. Er hatte ihnen einen kleinen, batteriebetriebenen Eisschrank von Yakov gebracht, gefüllt mit Orangensaft und Wein vom Karmelberg.

Ilan war es auch, der ihnen noch in Herzlia den Tip gegeben hatte: »Kommt mit mir nach Eilat. Da wimmelt es von Haschern. Und natürlich kriegen sie ihren Stoff von den Arabern. Wenn du eine internationale Bande von Rauschgiftschmugglern suchst, Robert, wirst du ihr da vielleicht noch am ehesten auf die Spur kommenn.«

Robert schenkte jetzt Uri Wein nach, trank selbst noch einen Schluck. Hier war die Luft wesentlich klarer als in Herzlia, und das Atmen fiel nicht so schwer. Es roch salzig nach Meer, Tang und Fischen. »Ich glaube, es wird langsam Zeit für mich«, sagte er.

Uri nickte. »Die Musik, die die Hippies machen, ist irgendwie gut«, meinte er nachdenklich. »Alt und doch neu. Möchte wissen, was in den Köpfen der jungen Leute vor sich geht. Kann man mit ihnen sprechen? Konntest du mit deiner Tochter reden?«

»Heute weiß ich, daß wir eigenntlich nie miteinander geredet haben«, sagte Robert. »Nicht wirklich.«

»Bereust du es?«

»Ja — aber ich wüßte nicht, wie ich es hätte ändern sollen.«

»Ihre Lieder, das sind doch meist alte Balladen, die sie auf neu und modern getrimmt haben, oder?«

»Ja«, stimmte Robert zu. »Da, hör nur: das sind die ›Zwei Königskinder‹.«

»Romantik — das ist es, was sie suchen und wovor sie gleichzeitig flüchten«, sagte Uri.

»Genau.« Robert mußte an Iris denken, die schnoddrig darüber hinweggegangen war, als eine Freundin von ihr tödlich verunglückte, die jedoch beim Anblick eines Vogels, der gegen die in der Sonne blitzende Wohnzimmerscheibe geflogen und tot herabgefallen war, sich vor Weinen nicht mehr zu fassen gewußt hatte. Ja, sogar eine Depression bekam, die Tage, fast eine Woche andauerte.

54

Vielleicht hatte diese Sentimentalität, die Suche nach einer unbekannten Romantik, Iris das Leben gekostet?

Er würde es nie erfahren.

Nur ihre Mörder konnte er noch suchen.

Um ihren Tod zu rächen — und den von Henri, Circes Sohn, die in Athen auf ihn wartete.

Robert stand abrupt auf. »Ich mach' mich jetzt fertig.«

Er ging ins Haus.

Er wählte die Verkleidung, die er schon in jener Nacht in Hamburg getragen hatte, als er Iris im ›Kefir-Club‹ gesucht hatte.

Alte Blue jeans und nur ein T-Shirt, dazu die runde Nickelbrille.

»Bleibst du noch auf?« fragte er Uri, als er auf die Terrasse zurückkam.

»Ich warte auf dich«, antwortete dieser einfach.

»Shalom«, sagte Robert.

»Shalom.«

Die kleinen Holzfeuer glommen niedrig auf dem nächtlich bleichen Sand des Strandes. Die Glut warf rötlichen Schein in die jungen und doch irgendwie alten Gesichter. Sie waren meist schmal, Haut und Knochen, tiefe Augenhöhlen zeichneten sich asketisch unter dem gescheitelten langen Haar ab.

Mädchen oder Jungen, es war kaum zu unterscheiden.

Die Einheitskleidung bildeten Jeans, Sandalen und lose fallende Blusen oder Hemden.

Nur hier und da waren auf den ersten Blick weibliche Rundungen zu entdecken.

Und je länger Robert durch ihre Gruppen und Grüppchen schritt, um so uniformer schienen auch ihre Gesichter zu werden, auf deren Wangen oder Stirn sie Blumen gemalt trugen.

Zu einer Einheit verschmolzen auch die Klänge ihrer vielen Gitarren — es waren keine einzelnen Melodien mehr zu unterscheiden, nur noch eine Folge von Zupftönen, die kein bestimmtes Muster ergab.

Hier und da hatten sich schon ein paar der jungen Leute schlafen gelegt: in zerlumpte Armeeschlafsäcke oder Parkas gehüllt oder einfach zusammengerollt im noch tagwarmen Sand.

Brauchte man wirklich so wenig zum Leben? Robert wußte es mit einemmal nicht mehr.

Er erreichte das letzte der kleinen Lagerfeuer, dann trat er auf dunklen Sand. Er blieb stehen, blickte aufs Meer hinaus, das nur den schmalen Mond widerspiegelte.

Dann kehrte er um.

Bei der Gruppe, bei der es noch am lebhaftesten herging, ließ er sich nieder.

Hier zupfte ein Mädchen die Gitarre, ein junger Mann erzählte eine lange Geschichte von einer Tour durch die Pyrenäen, im Winter; Wölfe hatte er heulen gehört. In einem Dorf war er gewesen, wo die Leute nicht wußten, was Butter war.

»But they were happy, man, I tell you, they were just absolutely happy. — Sie waren einfach glücklich und zufrieden, diese Leute.«

Der Junge grinste. Er hatte ein breites sommersprossiges Gesicht. Er stammte deutlich hörbar aus dem Süden der USA.

»Hey, Jimmy, bist du neu hier?« fragte er Robert völlig übergangslos.

Er hatte blaue Augen, die Robert lächelnd und doch skeptisch musterten.

»Ja«, sagte Robert, »heute abend erst angekommen.«

Ein paar der anderen Hippies sahen ihn nun auch an, mehr oder weniger gelangweilt. Sie fuhren fort in dem, was sie eben taten: zu essen, zu trinken, sich zu liebkosen, so unbekümmert wie junge Tiere; zu rauchen, sich zu unterhalten oder, wie das Mädchen mit der Gitarre, sich einen Joint anzuzünden.

»Du hast uns doch ein paar Jahre voraus«, sagte der Amerikaner zu Robert.

»Kann sein.«

»Junge, du stinkst auf 'ne Meile gegen den Wind normal. Wie ein Bürgerlicher stinkt.«

»Laß ihn in Ruhe«, schaltete sich das Mädchen mit der Gitarre ein. Sie lächelte Robert zu. Es war ein weißes Geisterlächeln in dem weißen, gleichsam blutleeren Gesicht mit dem tiefroten, rautenförmigen Mal auf der Stirn. Ihr Haar war pechschwarz und reichte bis auf ihre Hüften.

»Ich bin Moni«, sagte sie. »Und wie heißt du?«

»Robert.«

»Setz dich neben mich«, sagte sie und bot ihm einen Zug aus ihrer Haschzigarette an.

Robert nahm den Zug, behielt den Rauch nur im Mund, schmeckte das Süßlich-Seifige des Rauschgifts, und Ekel schwappte in seinem Magen auf.

Ich bin tatsächlich stinknormal, dachte er. Für mich ist das einzige vertretbare Gift eine Zigarette und ein Scotch pur. Danach hört es auch schon auf.

»Was suchst du hier?« fragte Moni.

»Mich selbst«, sagte er, in dem Versuch, sich den meist abstrakt geführten Unterhaltungen seiner Umgebung anzupassen.

»Der Mond ist hier weit weg, aber die Sonne ist ganz nah.«

Sie schmiegte sich an ihn, er spürte knochig ihre Schulter und ihre Hüfte.

Er nahm ihre Hand und zog sie hoch.

Sie sah ihn kaum verwundert an, lächelte wie eine Schlafwandlerin und folgte ihm.

Sie hatten den Joint zu einer winzigen Kippe heruntergeraucht, bis sie sich beinahe die Lippen verbrannt hatte. Sie ging mit seltsam lockeren, wie gelenklosen Bewegungen neben ihm her, ihre Füße schürften bei jedem Schritt kleine Sandfontänen auf.

»Wo kommst du her, Moni?« fragte Robert.

»Aus Deutschland. Wie du.«

»Wie lange bist du schon hier?«

»Ich weiß nicht.«

»Gefällt es dir in Israel? In Eilat?«

»Ich weiß nicht.«

»Warum gehst du so einfach mit mir?« Er blieb stehen und sah sie an.

»Ich weiß nicht«, sagte sie verständnislos. Und nach einer Weile: »Muß es denn einen Grund haben, wenn ich mit dir gehe?«

»Normalerweise, wenn ein Mädchen mit einem Mann geht...«

Sie lachte leise, ihr Haar hob sich einen Moment lang von ihren Schultern, ließ einen schmalen, sehr weißen Hals sehen.

»Wie alt bist du eigentlich? Bist du ein alter Onkel?«

Mit einemmal kicherte sie wie ein Schulmädchen. »Du hast dich ja verkleidet.«

Sie hob die Hände und nahm ihm ganz sanft die Nickelbrille ab.

»Was suchst *du* hier, Robert?«

»Vielleicht dich?«

»Du könntest doch mein Vater sein, oder?«

»Sucht dein Vater dich?«

»Er ist froh, daß er mich los ist«, gab Moni lachend zurück.

»Und deine Mutter?«

»Hab' keine. Nie gekannt. Geschieden und so. Schuldig und so. Du weißt schon...«

Sie ging weiter, jetzt mit gesenktem Kopf.

»Ich wohne mit einem Freund zusammen«, sagte er.

»Ich brauche nicht viel Platz«, sagte sie. »Es muß kein Bett sein. Hast du Stoff? Na — Hasch?« fragte sie ungeduldig, da er nicht sofort antwortete.

»Nein.«

»Aber du hast Geld?« Diesmal blieb er stehen.

»Ja«, sagte er zögernd.

»Gut.« Sie lächelte wieder, sehr sanft und sehr süß. »Das ist sehr gut, Robby.«

Auf der Terrasse, mit Uri, benahm sie sich wie ein kleines, wohlerzogenes Mädchen, das nach langer Zeit zum erstenmal wieder zu seinen Lieblingsverwandten auf Besuch kommt.

Sie bewunderte die Aussicht auf den Golf von Eilat, bewunderte die Wolken, die niedrig, fast zum Greifen nah über das Wasser glitten und sich über den Bergen in Nichts auflösten.

Sie spielte Uri auf ihrer Gitarre eine ›Hora‹ vor, den israelischen Nationaltanz.

Sie lief in die winzige Küche, um eine neue Flasche Wein zu holen, aber sie selbst trank nur Wasser und rauchte noch einen der Joints, den sie aus den Falten ihrer weiten, mit bunten Stickereien verzierten bulgarischen Bauernbluse zog.

»Die letzte«, sagte sie, »dann bin ich pleite«, und gab Robert diesmal keinen Zug.

Als Uri gegen Mitternacht meinte: »Es ist Zeit, schlafen zu gehen«, stand Moni folgsam auf.

Sie sagte lächelnd: »Ich wünsche eine gute Nacht. Und vielen Dank für den schönen Abend. Wenn es euch recht ist, schlafe ich auf der Terrasse.«

Uri ging sofort zu Bett, Robert brachte Moni noch ein paar Decken und ein Kissen nach draußen.

Sie hatte sich schon ausgezogen, kniete nackt auf dem Boden, zupfte sanfte Töne von der Gitarre. Ihr Körper war deutlich unterernährt.

»Morgen werden wir dich mal anständig füttern«, sagte Robert. Sie lachte leise, und diesmal schien ihr Lachen ihm voller Geheimnis zu sein.

»Schlaf gut, Robert«, sagte sie.

Sie glitt unter die Decken und schloß sofort die Augen.

Auf Zehenspitzen kehrte er ins Haus zurück, legte sich angezogen auf das Feldbett, das seine Schlafstatt war.

»Es ist besser, wenn wir Wache halten«, sagte Uri nach einer Weile vom anderen Bett. »Ich wecke dich gegen vier Uhr. Dann löst du mich ab.«

Robert verbiß sich gerade noch die Frage, wie Uri wissen wollte, wann es vier Uhr war. Denn in den letzten Tagen hatte er mehrere Male Gelegenheit gehabt, das ungeheuer deutliche Zeitgefühl Uris zu bewundern, das keineswegs durch seine Blindheit gelitten hatte.

»Ja, ist gut«, sagte Robert deshalb nur. Und schloß die Augen.

Aber schlafen konnte er nicht.

Wie sollte er auch?

Moni, wahrscheinlich hieß sie Monika, gab ihm Rätsel auf.

Warum war sie mit ihm gegangen?

Was wollte sie von ihm?

Was erwartete sie?

Sie war noch ein Kind, wie Iris es gewesen war: vertrauensvoll, so schien es, leicht zu lenken.

Aber was verbarg sich hinter der hohen weißen Stirn unter dem gescheitelten nachtdunklen Haar?

Was ging in diesem Mädchen vor, das über Tausende von Kilometern als einzigen Besitz eine Gitarre mit sich herumschleppte und sich so einfach, so selbstverständlich einem Fremden anschloß?

Robert mußte doch eingeschlafen sein, denn die Berührung einer Hand weckte ihn.

»Pst«, machte Uri. »Sie ist aufgestanden. Sie kommt gleich herein.«

Gleich einem Schatten glitt Uri zu seinem Bett zurück. Drehte sich darauf, seufzte wie im Schlaf.

Minuten später zeichnete sich die schmale Silhouette des Mädchens in der offenen Tür ab.

Lautlos kam Moni näher.

Nicht einmal ihr Atem war zu hören.

Sie beugte sich über Robert. Unter den halbgeschlossenen Lidern konnte er sehen, daß sie immer noch nackt war. Sie lauschte, ob er schlief. Schien befriedigt.

Sie richtete sich wieder auf, tastete über den Nachttisch.

Er hatte seine Uhr dort abgelegt, seine Brieftasche mit dem Paß.

Er hörte, wie sie die Brieftasche an sich nahm, dann wiederum ohne das geringste Geräusch durch den Raum zu Uris Bett glitt.

Auch hier war abermals nur das vorsichtige Tasten ihrer Hand über das Holz des Nachttischs zu hören.

Im gleichen Moment grellte ein Handscheinwerfer auf, erfaßte Moni.

Sie schrie erschreckt auf, es war mehr ein Stöhnen.

Uris Hand schoß vor, packte zielsicher ihren Arm.

Robert sprang hoch, war mit wenigen Schritten an der Tür des Bungalows, schmiß sie zu, verriegelte sie.

Dann ging er zu Uris Bett hinüber.

Moni stand ganz still davor, wehrte sich nicht, hatte den Kopf mit dem langen schwarzen Haar gesenkt.

Robert zog das Laken von seinem Bett, warf es ihr über.

Er stieß sie auf den Stuhl, der zwischen den beiden Nachttischen stand.

Moni hatte seine Brieftasche fallen gelassen. Ihr Inhalt lag halb herausgerutscht auf dem Boden.

»Wohinter bist du her?« fragte Robert.

Moni antwortete nicht.

»Hinter unserem Geld?«

Moni nickte stumm.

»Das hättest du einfacher haben können. Du hättest bloß danach zu fragen brauchen. Wir hätten dir welches gegeben.«

Sie weinte jetzt; es sah irgendwie rührend und pathetisch zugleich aus, wie ihre Tränen auf das Laken tröpften, das sie umhüllte.

»Du brauchst nicht zu heulen. Du kannst deine Sachen nehmen und abhauen«, sagte Robert ungerührt.

»Warte«, sagte Uri. »Robert, geh hinaus, durchsuch ihre Sachen.«

Das Mädchen sprang auf. »Nein!«

Robert stieß sie auf den Stuhl zurück.

Uri griff wieder zielsicher nach Monis Arm, drehte ihn so, daß Robert die Innenseite sehen konnte.

»Sind da Einstiche?« fragte Uri.

»Ja. Eine ganze Menge. Im Ellenbogen. Ja, die Haut ist schon entzündet.«

Es sah abstoßend und ekelerregend aus.

»Wenn du so weitermachst, krepierst du bald«, sagte Robert zu Moni.

Sie hob den Kopf, blickte ihn mit naßglitzernden hassenden Augen an.

»Wer hat dich ans Fixen gebracht?« fragte er.

»Los, antworte«, befahl Uri.

Moni schwieg.

Robert war mit einemmal so wütend, daß er sich zurückhalten mußte, um nicht in dieses kindlich-böse, mit kindlicher Inbrunst hassende Gesicht zu schlagen, das ihn da anstarrte.

Aber die Schläge hätten Iris gegolten. Die Schläge wären nichts als ein Ausdruck seiner Ohnmacht, seines Versagens gewesen, weil er seine Tochter verloren hatte.

»Ich schau mir jetzt ihre Sachen an«, sagte er zu Uri und ging schnell hinaus.

In den Kleidern fand er nichts als zwei, drei abgegriffene israelische Pfundnoten, einen Kamm und ein kleines Medaillon, das das Bild einer jungen Frau enthielt, die eine gewisse Ähnlichkeit mit Moni hatte.

Robert schüttelte die Gitarre, klopfte auf das Holz; es gab nur einen schwingenden hohlen Ton. Er schob die Saiten zur Seite, griff in die runde Öffnung des Instrumentes, tastete von innen her das Holz ab.

Er entdeckte tatsächlich etwas. Einen kleinen Zettel, der mit einer weichen Masse, wahrscheinlich Kaugummi, dort festgeklebt war.

Robert zog den Zettel heraus.

Nur ein einziges Wort stand darauf: *Kefir.*

Die Erinnerung kam wie eine jähe Brandungswelle. Der ›Kefir-Club‹ in Hamburg.

Iris, die dort — das heißt davor — zum letztenmal lebend in Hamburg gesehen worden war.

Sein Besuch in dem Laden, ein paar Tage später, auf der Suche nach Iris. Das blonde Mädchen mit dem im Afrolook toupierten blonden Haar und denn schlaffen Brüsten unter der schwarzen, durchsichtigen Bluse.

Angi, die kaum fünfzehnjährige Ausreißerin aus Köln, die in seinem Wagen Zuflucht gesucht und die er mit nach Haus genommen hatte. Und die am anderen Morgen bei einem Verkehrsunfall — dem Zusammenstoß des Taxis, das sie und ihren Vater zum Bahnhof bringen wollte, mit einem Lastwagen — gestorben war.

Der ›Kefir-Club‹ in Hamburg, mit dem alles angefangen hatte.

Und hier, Tausende von Kilometern entfernt, stieß er wieder auf diesen Namen.

»Wann warst du zum letztenmal im ›Kefir-Club‹?« fragte er Moni.

Sie sah ihn verständnislos an.

Sie weinte nun nicht mehr, saß beinahe ergeben und demütig auf dem Stuhl.

»Wann?« schrie Robert sie an.

»Ich weiß nicht.«

»Das habe ich in deiner Gitarre gefunden«, sagte er und hielt ihr den Zettel vor die Nase.

»Ich weiß nicht.«

»Rede endlich!« verlangte Uri scharf.

»Ich weiß nicht.«

»Wer ist Kefir?«

»Ich weiß nicht.«

»Ist es ein Ort oder eine Person. Ein Mann?«

»Ich weiß nicht.«

»Wir werden dich der Polizei übergeben, wenn du nicht redest«, sagte Uri. »Und du weißt, was dann mit dir passiert. Du wirst abgeschoben!«

Moni lächelte nur.

»Los, mach endlich den Mund auf. Sag uns, was der Name Kefir bedeutet«, brüllte Robert sie an.

Moni lächelte. Ihre Stimme klang wie die einer Schlafwandlerin, als sie sagte:

»Der Mond ist kalt,
Die Sonne ist warm.
Schlaf nur, mein Baby,
Ich halt' dich im Arm.«

»Gib ihr Geld«, sagte Uri. Seine Stimme klang ganz anders jetzt. Nichts mehr von Schärfe war darin, nur noch Mit-
leid. »Und laß sie laufen.«

Monis Augen glitzerten gierig, als Robert ihr die fünfzig
israelischen Pfunde gab.

»*Toda rabah*«, sagte sie zu Uri.

Dann glitt sie zur Tür.

Sie wandte sich noch einmal um, sah jetzt wie ein Engel
in einem Kinderweihnachtsspiel aus, das Mondlicht auf ihrem Haar, die zarte weiße Gestalt im Laken.

»Shalom«, sagte sie sanft.

Und dann war sie verschwunden.

Ein paar Sekunden lang war noch ihr leichter Schritt auf
der Terrasse zu hören, wie sie sich anzog, das Rascheln ihrer
Kleider. Schließlich zupfte sie noch zwei, drei Akkorde auf
ihrer Gitarre, und dann war es sehr still.

»Warum hast du sie laufenlassen?« fragte Robert. Er
setzte sich auf Uris Bettrand.

»Schreib den Reim auf«, sagte Uri. »Finde heraus, ob du
das Wort ›Kefir‹ aus seinen Buchstaben bilden kannst — und
ob du den Namen einer Stadt findest.«

Es dauerte insgesamt eine Viertelstunde.

Das Wort ›Kefir‹ fand Robert sofort.

Als nächstes Amman, dann Beirut oder — wenn man die
Buchstaben auch anders zusammensetzte — Nablus.

»Kefir in Amman, Beirut oder Nablus.«

»Ein Mann oder Ort namens Kefir befindet sich also wahrscheinlich in einer dieser drei Städte«, sagte Robert.

»Einen Schritt weiter sind wir schon: Amman, Beirut oder
Nablus.« Uris Stimme klang sehr zufrieden.

»Aber womöglich ist das alles nur ein Zufall?« wandte Robert ein. »Vielleicht hat sie nur Unsinn geredet.«

»Nein«, sagte Uri, »sie wußte genau, was sie tat.«

»Aber sie schien doch nicht ganz beieinander. Sie war doch halb verrückt vom Hasch oder vom Fixen.«

»Nein. So verrückt war sie keineswegs«, sagte Uri. »Vergiß nicht, ich habe ihren Arm gehalten. Als du ihr den Zettel zeigtest, sie ausfragtest, wurde ihr Puls bereits schneller. Als sie dann den Namen ›Kefir‹ hörte, flatterte ihr Puls ganz unregelmäßig.«

»Na und?«

»Vielleicht hatte sie Angst. Vielleicht aber strengte sie sich auch nur an, sich uns mitzuteilen.«

»Warum sollte sie?«

»Ein letztes Restchen von Anstand vielleicht. Aber zerbrich dir nicht den Kopf darüber, Robert. Du hast sie gut bezahlt.«

»Sie wird sich neues Hasch davon kaufen — neuen Stoff.«

»Bildest du dir etwa ein, du hättest sie davor bewahren können?« fragte Uri.

»Nein«, sagte er hart und doch völlig nüchtern.

»Mach dir keine Illusionen. Du hast deine Tochter geliebt, das weiß ich, aber mit all deiner Liebe hast du sie nicht davor bewahren können, dich zu belügen und zu verlassen. Diese Sucht nach dem Rauschgift, nach einem Mittel, um gar nicht erlebte Niederlagen zu vergessen, das ist eine Krankheit, von der sich die Jugend, wenn überhaupt, selbst befreien muß.«

»Aber wenn wir ihr nicht dabei helfen . . .«

»Sei ein Realist, Robert«, sagte Uri. Dann drehte er sich zur Wand.

Robert ging still zu seinem Feldbett zurück.

Er lag im Dunkeln und dachte daran, wieviel Mühe Uri sich gab, ein Realist zu bleiben. Uris Härte war verständlich, verzeihlich für ihn, den Blinden, der einzige Ausweg.

Wenig später träumte er von Beirut.

65

5

»Uri, du wirst mir fehlen«, sagte Robert Kane. Sie standen im Flughafen Lod von Tel Aviv, am Fuß der Treppe, die hinauf zu der internationalen Abflughalle führt.

Uri trug wieder das alte, abgeschabte Khakizeug, er trug auch die beinahe schwarzen Gläser, die seine zerstörten Augen verbargen. Myriam hielt nur ganz leicht seinen Arm, zog ihn sanft zur Seite, wenn eilige Touristen mit riesigen Kasten und prallen Handtaschen vorbei wollten; höchstens ein ganz scharfer Beobachter hätte Uri für einen Blinden gehalten.

Roberts Maschine nach Athen wurde zum zweitenmal aufgerufen. Nur über Athen — oder einen anderen europäischen Flughafen — konnte er Beirut erreichen. Natürlich hatte er sich für Athen entschieden.

»Du mußt gehen«, sagte Myriam. »Komm mit Circe wieder, du hast uns so viel von ihr erzählt — und grüße sie.«

Robert küßte Myriam auf beide Wangen.

Uri gab ihm einen festen Händedruck.

»Viel Glück«, sagte er, »und Shalom. Komm bald wieder. Und hoffentlich unter erfreulicheren Umständen.«

»Ja, bestimmt. Ja — ich verspreche es.«

Ein letztes Winken, dann waren Uri und Myriam in der quirlenden Menge der anderen Flughafengäste verschwunden.

Robert stieg die Treppe hinauf.

Sein Gepäck wurde kontrolliert, er selbst der — seit den Flugzeugentführungen üblichen — Leibesvisitation unterzogen.

Die Sonne versank, eine reife rote Wassermelone, im Meer, als die Boeing von der Piste abhob.

Zurück also nach Athen. Circe, die dort schon auf ihn wartete. Wunderschöne, zärtliche und traurige Circe.

Dann ein, zwei, vielleicht auch drei Tage ausruhen, während er sich den notwendigen zweiten Paß und das Visum für den Libanon besorgte.

Und dann Beirut.

Mit nichts als dem geheimnisvollen, vielleicht sogar sinnlosen Gedicht der rauschgiftsüchtigen Moni als Hinweis:

»Der Mond ist kalt,
Die Sonne ist warm.
Schlaf nur, mein Baby,
Ich halt' dich im Arm.«

Woraus sich drei Städtenamen bilden ließen: Beirut, Amman und Nablus. Zuerst also Beirut.

Und warum das alles?

Seine Tochter Iris war tot. Selbst, wenn er ihre Mörder fand — oder die, die sie verdorben hatten —, sie würde dadurch nicht wieder lebendig werden.

Niemals würde er mehr ihr sorgloses Lachen hören, niemals mehr ihr wehendes goldbraunes Haar sehen, wie an den wenigen schönen Tagen des letzten Frühjahrs bei der Segeltour auf der Alster.

Zum erstenmal in seinem Leben wurde es Robert deutlich bewußt, daß er ganz allein war.

Keinerlei Familie mehr hatte.

Seine Eltern waren tot, sein einziger älterer Bruder war in Südwestafrika, wo er Karakulschafe gezüchtet hatte, vor zehn Jahren auf einer Safari, in einem der Sümpfe verschollen.

Nur in Wien gab es noch Coras alte Mutter, Oma Weinberg. Sie lebte jedoch schon so sehr in der Vergangenheit, daß sie ihn bei seinem letzten Besuch gar nicht mehr erkannt hatte.

Aber in Athen wartete Circe auf ihn.

Circe, die wie er ihr einziges Kind verloren hatte.

Henri, der aussah wie ein Königspage der Antike und doch schon die Klugheit und das Auftreten eines Mannes besaß.

Henri, den Meuchelmörder in Circes eigenem Haus ertränkt hatten. Und alles deutete darauf hin, daß Henris Mörder auch Iris getötet hatten.

Deswegen, ja, vor allem deswegen, durfte er in seiner Suche nicht nachlassen.

Deswegen mußte er Iris' Mörder finden, die auch die Mörder Henris waren.

Die kleinen Lichttafeln ›No smoking‹ und ›Fasten seat belts‹ leuchteten schon wieder auf, und im gleichen Moment gab die Stewardeß den Anflug auf Athen bekannt.

Was dann passierte, geschah so schnell, daß es sich eigentlich nur in ganz dürren Worten erzählen läßt:

Ein junger Mann, der direkt vor Robert saß, stand auf, ging nach vorne. Vor dem Durchgang zum Erster-Klasse-Abteil trat ihm der Steward in den Weg.

Im gleichen Moment zog der junge Mann eine Spraydose; dünner Nebel wallte dem andern ins Gesicht.

Der Steward wich hustend zurück und sackte in sich zusammen.

Der junge Mann war in dem Erster-Klasse-Abteil verschwunden — noch ehe irgend jemand sich von dem Schock erholen konnte.

Das Flugzeug ging in die Anflugschleife; unten waren schon deutlich die Akropolis zu erkennen, der Flughafen und die Positionsleuchten der Landepisten.

Robert war aufgesprungen, zu dem Steward gelaufen.

Eine scharfe Stimme aus der Sitzreihe neben ihm befahl: »Leave him alone! Er kommt von allein wieder zu sich!«

Robert blickte auf, in stechend blaue Augen. Eine Spraydose wie sie der erste Entführer gehandhabt hatte, war nun in schmaler, ringgeschmückter Hand auch auf ihn gerichtet.

Roberts erster Impuls war, in das schmale, braune Gesicht mit den stechend hellen Augen zu schlagen. Der zweite Impuls war vernünftiger. Er sagte nichts, tat nichts.

Er ging zu seinem Sitz zurück, wußte: Was immer er auch

sonst hätte tun können, es hätte die anderen Passagiere und ihn selbst mehr gefährdet als so.

Über die Funksprechanlage kam jetzt die trotz allem noch beherrschte und gelassene Stimme des Flugkapitäns:

»Meine Damen und Herren! Ich habe Ihnen die bedauerliche Mitteilung zu machen, daß wir auf einen anderen Kurs gezwungen werden.«

Die Passagiere lauschten; niemand sagte auch nur ein Wort, alle saßen wie festgeschmiedet.

»Um Ihre Sicherheit nicht zu gefährden, werde ich den Befehlen der Entführer gehorchen.«

»So eine Schweinerei«, knurrte der Mann neben Robert.

»Wir werden also nicht in Athen landen. Ich darf Sie bitten, Ruhe und Besonnenheit zu bewahren. Ich danke Ihnen allen.«

Hinter Robert begann eine Frau leise und dünn zu weinen. Es war das einzige, was er hörte, außer dem üblichen Dröhnen der Motoren und dem Rauschen der Klimaanlage.

Die Maschine beschrieb einen Kreis über Athen — nahm dann Kurs nach Osten.

Der weitere Flug dauerte genau drei Stunden und zehn Minuten.

Längst war es dunkel geworden. Nur die Sterne waren zu sehen sowie ein blasser, schmaler Mond — und hin und wieder tief unten kleine Lichtpunkte: Feuer von Beduinen, wie Robert nicht zu Unrecht annahm.

Und dann kam noch einmal die Stimme des Kapitäns über die Intercom.

»Meine Damen und Herren! Wir werden in wenigen Minuten zur Landung ansetzen. Ich bitte, sich wieder anzuschnallen und das Rauchen einzustellen.«

Wie aus dem Nichts tauchten plötzlich unter ihnen die gelben Positionslampen einer Landebahn auf, und schon wenige Minuten später setzte die Maschine sicher auf, rollte aus.

Und abermals behielten die Passagiere die Nerven. Keiner

erhob sich aus seinem Sitz, sie alle warteten ab, daß der Kapitän sich wieder melden würde.

Aber der zweite der Entführer übernahm nun das Kommando.

Er war groß und schlank, er wirkte drahtig und auf eine beherrschte Weise brutal.

Ein Gangster, dachte Robert nur.

»Wenn Sie alle unseren Befehlen gehorchen, wird Ihnen nichts geschehen«, sagte er.

»Sie werden jetzt die Maschine über die Notrutschen verlassen. Leider können wir Ihnen hier draußen keine Gangway zur Verfügung stellen.« Er lächelte schmal und hielt sie alle mit dieser Spraydose in Schach, deren Inhalt nicht ungefährlich sein konnte, denn der Steward lag immer noch betäubt am Boden.

Robert gehörte zu den letzten, die das Flugzeug verließen. Die Klimaanlage war abgestellt worden; sein Anzug und sein Hemd waren schweißdurchtränkt, als habe er darin eine Dusche genommen.

Dennoch war die Hitze im Flugzeug noch erträglich gegenüber dem Brandatem der Wüste, der ihm draußen entgegenschlug.

Es war dunkel, nicht viel zu sehen — nur soviel, daß es außer dem Landestrip mit den gelben Positionsleuchten, einem Lastwagen mit einem Dutzend abenteuerlich uniformierter, aber mit Maschinenpistolen bewaffneten Männern nichts gab als Sand.

Sie waren mitten in der Wüste gelandet.

Und wo?

Syrien? Irak? Jordanien?

Robert wußte es nicht. Niemand von den Passagieren wußte es, und die Entführer würden es gewiß nicht verraten.

Auch in Athen war es an diesem Abend sehr heiß. Schwüle lagerte über der Stadt; es würde bestimmt noch ein Gewitter geben.

Circe Odissa hatte sich an die Bar des Flughafens gesetzt. Vor einer Stunde war bekanntgegeben worden, daß Roberts Maschine Verspätung habe.

Sie hatte einen Kaffee getrunken, dann noch einen, aber das bekam ihrem Herzen nicht; sie spürte den flatternden, unregelmäßigen Schlag in ihren Handgelenken. Sie war eben keine Zwanzig mehr — und auch keine Dreißig; sie lächelte unbewußt. Das Leben einer Frau beginnt erst mit Dreißig, hatte Robert gesagt.

Circe zündete sich eine Zigarette an, spielte mit den dünnen weißgoldenen Armreifen, die sie um beide Handgelenke trug. Sie war nervös, versuchte vergeblich, ruhig zu sein, machte sich Sorgen, wollte es nicht — und konnte doch nicht anders, dachte: Es darf ihm nichts passieren! Er muß sicher landen! Robert ist das einzige, was noch zählt. Wieder zählt!

Sie bestellte sich einen Kognak, netzte jedoch nur ihre Lippen damit. Ihr Magen war wie eine kleine harte Faust.

Und dann sah sie Alexander Dophilis — einen Freund ihres verstorbenen Mannes und einer der Sicherheitsbeamten der Flugleitung. Ein großer, blonder Grieche — vielleicht hätte Henri eines Tages so ausgesehen?

Auch Alexander entdeckte sie, nickte grüßend und fragend zugleich; Circe hob leicht die Hand, bat ihn näher.

»Schön wie immer«, sagte er und beugte sich über ihre Hand. »Wie geht es dir, Circe?«

»Es ginge mir besser, wenn die Lufthansa-Boeing aus Tel Aviv schon gelandet wäre.«

»Du erwartest jemanden damit?« fragte er noch lächelnd. Das Lächeln blieb um seinen Mund. Und doch verriet ein Zucken seiner Augenlider seine plötzliche Vorsicht — und eine gewisse Unsicherheit.

»Was ist mit der Maschine, Alexander?«

»Sie hat Verspätung.«

»Ist das alles?«

»Wen erwartest du?« erkundigte er sich.

»Einen sehr guten Freund, Alexander.«

»Mister Kane?«

»Woher weißt du?« fragte sie überrascht.

»Komm bitte mit mir«, sagte er.

Er nahm sanft ihren Arm, führte sie zu einem kleinen grüngetünchten Büro, in dem gerade ein schmaler Schreibtisch und zwei Stühle Platz hatten. Ein Ventilator drehte sich träge, vermochte die Schwüle nicht zu vermindern, den Schwarm blauschillernder Fliegen nicht zu vertreiben.

»Was ist passiert?« fragte Circe leise, und dann, mit einmal ruhig: »Ist das Flugzeug — abgestürzt?«

»Nein«, sagte Alexander. Er schüttelte den Kopf und legte leicht seine Hand auf ihre Schulter. »Entführt worden.«

Sie sog nur tief den Atem ein; es war so unendlich schwer auf einmal, überhaupt zu atmen. »Wohin?« fragte sie ebenso leise und ruhig wie zuvor. »Wohin ist das Flugzeug entführt worden?«

»Das wissen wir leider nicht. Seit einer Stunde haben wir keinen Funkkontakt mehr.«

»Was kann man tun?« fragte Circe.

»Nichts«, sagte Alexander, »nichts von hier aus. Abwarten. Wir stehen natürlich im Funk- und Telexkontakt mit allen umliegenden Flughäfen. Das ist im Moment alles. — Bist du mit dem Wagen hier, Circe?«

Sie nickte stumm.

»Kannst du selbst fahren, oder soll ich dir jemanden mitgeben?«

»Nein, danke, es wird schon gehen.«

»Du verstehst, ich selbst muß — hierbleiben.«

»Aber natürlich. Danke dir, daß du es mir — so gesagt hast. Ich gehe jetzt. Fahre nach Hause.«

»Ich rufe sofort an, wenn ich etwas Neues erfahre.«

»Ja, bitte, tu das. Ich werde die Nacht über wach bleiben.«

»Kannst du wirklich selbst fahren?« fragte Alexander Dophilis noch einmal, weil sie nicht ganz sicher auf den Füßen war, als sie aufstand.

»Ja, danke, Alexander.«

Circe steuerte langsam und vorsichtig in die Stadt zurück, parkte ihren Wagen vor dem Haus, in dem sie wohnte, fuhr mit dem Aufzug in ihre Wohnung hinauf.

Sie hatte dem Mädchen freigegeben.

Sie hatte mit Robert allein sein wollen.

Ganz allein.

Im Speisezimmer war der Tisch gerichtet, in der Küche alles bereit für das typische griechische Abendbrot, wie Robert es sich gewünscht hatte: Brot und Wein, zarter Eselsschinken und weißer Schafskäse. Tiefblaue, fast schwarze Trauben und natürlich Oliven. Und als einzigen warmen Gang die in Weinlaub gewickelten Reis- und Fleischklößchen, die sie eigenhändig zubereitet hatte.

Circe ging auch in ihr Schlafzimmer, wo das breite Bett stand, in dem sie seit so vielen Jahren allein geschlafen hatte und das nur Robert hätte teilen sollen.

Vor dem Spiegel streifte sie die dünnen weißgoldenen Reifen von beiden Handgelenken, löste den schweren Knoten ihres roten Haares, zog den Anzug aus weißem Seidenjersey aus.

Sie warf einen schlichten Mantel aus naturfarbenem Leinen über, der sie wie eine Büßerin aussehen ließ.

Als sie zum Bett ging, trugen ihre Füße sie kaum mehr.

Sie streckte sich auf dem Laken aus, tastete mit einer Hand zum Telefon.

Sie weinte nicht, und sie haderte auch nicht mit dem Schicksal. Sie lag einfach da und dachte: Gib auf dich acht, Robert, gib auf dich acht, damit dir nicht noch mehr passiert!

Sie war immer noch seltsam ruhig und ergeben, vielleicht, weil sie wußte, sie hätte es gespürt, wenn man auch Robert Kane getötet hätte.

Die beklemmende Hitze in der Wüste hielt bis kurz vor Morgengrauen an. Dann, mit einemmal, wurde es schneidend kalt — obwohl kein Wind zu verspüren war.

Die achtunddreißig Passagiere der entführten Maschine hatte man in einer Art Verschlag oder Gatter aus rohen Brettern zusammengetrieben.

Hier lagen und hockten sie, nah beieinander, einer beim anderen Wärme und wenigstens die Illusion der Sicherheit suchend.

Die ganze Zeit über war der Schein eines starken, wahrscheinlich mit einem Dynamo betriebenen Scheinwerfers auf sie gerichtet.

An den vier Ecken des Gatters standen jeweils drei mit Maschinenpistolen bewaffnete Männer und bewachten sie.

Von hier aus war das Flugzeug nicht zu sehen.

Denn nachdem es die Passagiere abgesetzt hatte, war es weitergetaxit, ans Ende der Landebahn.

»Vielleicht befand sich ein Goldtransport an Bord oder Diamanten? Sie wissen ja — Israel hat große Diamantenschleifereien«, sagte der magere kleine Mann neben Robert. Er war nur mit einem leichten Sommeranzug bekleidet; Robert hatte ihm seinen Pullover gegeben, den er stets im Handgepäck bei sich trug.

»Vielleicht ist es auch eine Entführung, um auf irgendeine Regierung Druck auszuüben«, meinte Robert. »Das ist ja schon oft genug praktiziert worden in letzter Zeit.«

»Glaub' ich nicht.« Der dünne kleine Mann schüttelte den Kopf. »Die fummeln da hinten an der Maschine 'rum, sehen Sie doch.« Er spähte durch die Ritze zwischen zwei Brettern.

»Jetzt führen sie den Piloten ab«, flüsterte er.

»Sie schlagen ihn«, fügte er atemlos hinzu. »Wenn sie den Piloten umbringen, kommen wir hier nie mehr lebend weg.«

»Lassen Sie das doch sein«, sagte Robert und zog den Mann von der Bretterritze fort. »Es hat keinen Zweck, daß Sie sich und andere nervös machen. Ewig können die uns hier nicht festhalten. Die Entführung des Flugzeuges ist doch längst bekannt. Man wird Rettungstrupps ausschicken, wenigstens für die Passagiere.«

Eine Frau begann zu weinen. Eine andere betete laut, mit

klarer, melodiöser Stimme, eine Nonne des Karmeliterordens.

Robert verkroch sich tiefer in seine Lederjacke, die er sich in Tel Aviv bei Iwanir gekauft hatte. Er zündete sich eine Zigarette an. Es war die letzte, er teilte sie mit dem kleinen mageren Mann.

Im Osten zeigte sich ein erster blasser grüner Schein, und dann, fast ohne Übergang, wurde es wieder hell.

Die Sonne warf ohne Gnade ihr Feuer auf sie herab.

Durst und Hunger, schon während der Nacht gewachsen, wurden jetzt schnell unerträglich.

Ein paar der Passagiere hatten Schokolade, Kekse oder Obst dabei. Sie aßen hastig, verstohlen, hinter der hohlen Hand.

Es war wie in einem Gefangenenlager, dachte Robert. Genau wie damals. Nur daß damals Schnee lag. Und die Kälte noch beißender war als jetzt die Hitze. Damals gab es vier Tage lang nichts zu essen, und sie stopften sich voll mit Schnee. Als die Russen sie in einer Scheune übernachten ließen, kauten sie Heu und Stroh.

Scharfe Kommandos rissen Robert aus seinen Gedanken.

»Come on, let's go, let's go!«

Die eine kurze Seite des Gatters wurde geöffnet, die Passagiere ungeduldig herausgewinkt.

Der Trupp der martialischen Gestalten von dem Lastwagen zwang Männer und Frauen und Kinder in Reih und Glied.

Noch schoben und schubsten sie nur, die Schläge würden wahrscheinlich später kommen.

»Alle herhören«, sagte da eine weibliche Stimme in scharf akzentuiertem und doch irgendwie heiser-weichem Englisch.

Aus der Kabine des Lastwagens war eine junge Frau gestiegen.

Sie war rothaarig und weißhäutig, und für einen Moment dachte Robert: Circe. Aber natürlich war es nicht Circe. Diese hier war jünger, irgendwie gröber das Gesicht.

Sie trug einen Fallschirmjägeranzug, wie er auch heute noch bei der berühmten Fallschirmelitetruppe der Franzosen üblich ist.

Sie hatte schmale Hüften und breite Schultern wie ein Mann.

»Wir haben diese Maschine entführt, weil wir an die Freiheit glauben«, sagte sie und ließ ihren Blick ungerührt über die erschöpften Gesichter der Passagiere streifen.

An was für eine Freiheit? dachte Robert bitter. An eine, die ihr mit Gewalt erzwingen wollt?

»Euch allen wird nichts geschehen«, sagte die junge Frau mit der seltsamen Stimme. »Aber *einer* ist unter euch, der weiß, was wir suchen. Wenn er uns aushändigt, was wir haben wollen, werden wir alle anderen Passagiere und auch ihn selbst sicher nach Athen bringen.«

Der Laut der Hoffnung kam von den Frauen, ging wie ein tiefes Seufzen durch die Reihen.

»Dieser Mann hat die Chance, sich innerhalb von fünf Minuten selbst zu stellen«, fuhr die junge Frau fort. »Wenn die fünf Minuten um sind, werden wir jeden von euch durchsuchen. Finden wir dann das Gesuchte, habt ihr immer noch Glück gehabt. Finden wir es nicht, werden wir euch in der Wüste eurem Schicksal überlassen.«

»Das können Sie doch nicht tun!« rief eine Frau aufgeregt. »Es sind Kinder dabei, alte Leute unter uns.«

»Was sucht ihr denn?« rief jemand anders. »Los! Sagt's schon!«

»Wenn ihr uns hier sitzenlaßt« — das war wieder ein anderer, diesmal ein Amerikaner —, »hetze ich euch unsere Botschaft auf den Hals!«

Die rothaarige Frau im Fallschirmjägeranzug lächelte schmal.

Sie sagte etwas zu einem ihrer Untergebenen, einem großen semmelblonden Kerl. Der entsicherte seine Maschinenpistole.

Zu einer arabischen Freiheitsbewegung gehören die wahrscheinlich nicht, dachte Robert, denn Araber würden sich kaum von einer Europäerin und anderen Weißen anführen lassen.

»Ihr habt noch vier Minuten Zeit«, beschied die junge Frau. »Und ihr haltet jetzt alle euren Mund! Ich hoffe, der unter euch, den wir suchen, wird so vernünftig sein, sich zu melden!«

Vier Minuten unter glühender Sonne, in glühendem Sand, dessen Hitze die Schuhsohlen durchdrang.

Ein alter Mann wurde ohnmächtig; Passagiere, die neben ihm standen, sich um ihn bemühen wollten, wurden durch die ›Freiheitskämpfer‹ daran gehindert.

Vier Minuten — eine Ewigkeit, und doch waren sie mit einemmal um. Die Durchsuchung, die Leibesvisitation der Entführten begann.

Männer und Frauen, einer nach dem anderen, wurden gezwungen, sich auszuziehen.

Als die Reihe an Robert kam, trat die Rothaarige nah an ihn heran.

»Sind Sie der Verräter?« fragte sie, diesmal in Französisch.

Robert anwortete nicht, sah einfach an ihr vorbei. Sie zuckte verächtlich die Schultern, ging weiter.

Er zog sich aus, seine Sachen wurden untersucht, ihm dann wieder vor die Füße geworfen.

Vorbei.

Seltsam, dachte er, daß man in einem solchen Augenblick gar nichts mehr spürt, daß alles egal ist.

Bei dem kleinen mageren Mann, der in der Nacht neben Robert gehockt hatte, fanden die Rebellen, was sie suchten.

Papiere waren es, Blaupausen — irgendwelche physikalischen Formeln, nahm Robert an. Der Magere hatte sie in einer Leibbinde unter dem Oberhemd getragen.

Die Hände der Rothaarigen griffen gierig danach.

»Gut«, sagte sie zufrieden lachend.

77

Dann hob sie wieder ihre Stimme: »Ihr könnt jetzt alle zum Flugzeug zurückgehen.«

Den kleinen mageren Mann stießen die ›Freiheitskämpfer‹ zu ihrem Lastwagen.

Als sie an Robert vorbeikamen, warf der Schmächtige ihm stumm den Pullover zu, den Robert ihm in der Nacht geliehen hatte.

Ein kleines, trauriges Lächeln zuckte um seine Augen, dann war es vorbei.

Robert zögerte, folgte jedoch den anderen Passagieren zum Flugzeug. Was hätte er auch sonst tun sollen?

Zwanzig Minuten später hob die Maschine von der Landepiste ab.

Robert saß mit dem Pullover auf den Knien.

Oben am Halsausschnitt, unter dem Etikett von Lenius, dem Hamburger Herrenausstatter, wo er den Pullover gekauft hatte, spürte er etwas Hartes, Flaches und dennoch Flexibles.

Robert schaute nicht nach, um was es sich handelte.

Er würde es erst tun, wenn er in Athen war, sicher gelandet. Zu Hause, bei Circe.

Circes Penthouse hoch über den Dächern von Athen, das Antikes mit Modernem so nahtlos verbindet.

Es ist so warm in dieser Nacht, daß sie draußen im Patio sitzen könnten. Aber dort ist Henri gestorben, und deswegen hat sie den Tisch auf der äußeren Terrasse gedeckt, von wo aus man die Akropolis sehen kann.

Wie aus Gold gestanzt, steht der Tempel vor dem schwarzen Tuch der Nacht.

Aber Robert sieht es nicht.

Sieht nur Circe. Sieht ihre Augen. Sie sind groß und dunkel und leidenschaftlich und sanft zugleich.

»Daß du wieder da bist«, sagte sie ein ums andere Mal.

Wieder da.

Zu Hause.

Bei Circe. Sie hat Reis mit Gewürzen und Fleisch gemischt und in Weinlaub gedünstet. Er trinkt Wein von den Sonnenhängen Griechenlands.

Robert hat den Pullover vergessen, den er dem kleinen mageren Mann geliehen hatte.

Aber als es kühler wird, geht Circe ihn holen.

Als Robert ihn überzieht, spürt er wieder dieses kleine harte, flache Etwas unter dem Firmenetikett.

Jetzt zieht er es heraus. Es ist ein Dia — von einer Kleinbildkamera.

Nur zwei Worte stehen darauf: *Kefir* und *Beirut*.

Robert spürt, wie sich sein Rücken und seine Arme fröstelnd mit Gänsehaut überziehen.

»Was hast du da?« fragt Circe lächelnd, aber schon angstvoll.

»Ich muß morgen weiter«, sagte er nur. »Circe, jetzt muß ich erst recht nach Beirut.«

Sie konnten beide nicht schlafen in dieser Nacht. Er hielt Circes Hand, sie hatte ihr Gesicht an seinen Arm geschmiegt, er konnte deutlich den Bogen ihrer kurzen Nase spüren und ihren warmen Atem.

Etwas kindlich Schutzsuchendes lag darin, und er dachte daran, wie einsam sie war.

Nimm mich wenigstens mit: Er wußte, daß sie das dachte, er spürte es ganz genau. Aber er wollte nicht ja sagen, wollte nicht darauf antworten.

Er wußte nicht, was ihm in Beirut bevorstand, er hatte nichts als diesen einen Hinweis, das verhaßte Wort ›Kefir‹.

Es verfolgte ihn, wohin er auch ging, wohin er auch kam.

Was hatte der kleine magere Mann ihm damit ausrichten wollen?

Der kleine magere Mann, der außerdem irgendwelche Blaupausen eines wichtigen Objektes — um was auch immer es sich gehandelt haben mochte — mit sich geführt hatte!

War er ein Spion gewesen, der in Israel irgend etwas herausgefunden hatte? Und wenn ja — was?

Es geht mich nichts an, dachte Robert. Ich will auch nichts damit zu tun haben.

Aber am anderen Morgen, während Circe das Frühstück bereitete, fuhr er hinunter, lief zum nächsten Zeitungsstand und kaufte alle verfügbaren Zeitungen, die über die Flugzeugentführung berichteten.

Darunter auch die ›Jerusalem-Post‹.

Die Flugzeugentführung wurde des langen und breiten erwähnt, aber nirgendwo war auch nur ein Wort über den kleinen mageren Mann zu entdecken, der sich in der Hand der ›Freiheitskämpfer‹ in der Wüste befand.

Und auch das Land, in das die Maschine entführt worden war, wurde verschwiegen; es war nur von ›der Wüste‹ die Rede.

Circe blieb still und in sich gekehrt während des ganzen Tages.

Aber sie brachte es fertig, Robert an diesem einen Tag einen neuen Paß mit dem Visum für den Libanon zu besorgen.

Am nächsten Tag um 11.30 Uhr würde er nach Beirut fliegen.

Sie verbrachten den Abend in der ›Plaka‹, der Athener Altstadt, in einer der kleinen Tavernen.

Circe war so schön an diesem Abend, daß es Robert jedesmal einen Stich gab, wenn er sie ansah.

Er wollte bei ihr bleiben.

Er wollte seine bisher so fruchtlose Jagd nach den Mördern nicht länger fortsetzen.

Er hatte Angst, darüber Circe zu verlieren.

Am nächsten Morgen kam sie nicht mit zum Flughafen.

»Ich hasse Abschiede«, sagte sie. »Geh, Robert, und komm bald wieder.«

Wieder Paß-, Gepäck- und Körperkontrolle auf dem Flughafen, diesmal besonders sorgfältig.

Es dauerte insgesamt eine volle Stunde, bis Robert schließlich im Flugzeug saß, neben sich zwei glutäugige junge

Mädchen, die aus einem Internat in England zurück zu ihren Eltern nach Beirut flogen.

Sie zwitscherten und lachten und malten sich aufgeregt aus, wie es wohl sein würde, wenn man sie entführte.

Kinder waren sie noch, naiv und unerfahren, und wie alle jungen Menschen heute eher die Gefahr suchend als ihr ausweichend.

»Mister Kane?« Die Stewardeß beugte sich lächelnd zu ihm herunter. »Sie werden in der Ersten Klasse erwartet.«

Er stand auf, er folgte der Stewardeß.

Der Hauch von Circes Parfüm wehte ihn an, noch ehe er sie sah.

Sie blickte mit diesen großen violetten Augen zu ihm auf.

»Verzeih mir, Robert«, sagte sie leise, »aber ich konnte dich wirklich nicht allein fortlassen. Vielleicht — vielleicht kann ich dir in Beirut sogar ein wenig von Nutzen sein.«

6

Die Nacht von Beirut, das ist die weiße Stadt in den Vor-
hügeln des schneebedeckten Libanon, das ist der lichter-
flirrende Bogen der weitausschwingenden Bucht, das sind die
Smaragdaugen der Swimming-pools der großen Hotels am
Strand. Das sind kupfer- und bronzefarbene Felsen, von
unsichtbaren Scheinwerfern scharf aus dem Dunkel geschnitten. Das sind die Fenster der Luxushotels, wo man sich zum
späten Dinner umzieht. In den Grillrooms, die Grotten gleichen, nur von Kerzen erhellt, riecht es nach den Gewürzen
des Orients und denen der französischen Küche. Flambierte
Lammspieße nach Drusenart — so steht es auf der Speisekarte —, in Joghurt und Öl gesottene Nieren, Hummer Piri-
Piri und schwarzer türkischer Kaffee, Mandelgebäck und Se-
samkuchen, frische Feigen in Wachsblau und Wachsgrün aus
dem Landesinneren und Trauben aus den Gewächshäusern
von Brüssel. Beirut ist eine europäische und orientalische
Stadt zugleich.

Im Bazar, dessen Gewölbe geheimnisvoll dunklen, lider-
losen Augen gleichen, die sich nie schließen können, gibt
es Gold und Edelsteine in exotischer Fülle und die berühmten Brokate und Seiden aus Damaskus. Der Bazar bei Nacht
ist wie eine riesige Schatzkammer, von Aladins Wunder-
lampe gezaubert.

Beirut ist eine Stadt des Schmuggels und der Agenten,
Umschlagplatz für große und kleine Geschäftemacher, die
häufig das Tageslicht scheuen.

Was aber war Beirut in der Nacht für Robert und Circe?

Was war es in dieser dritten Nacht, seit sie aus Athen
hierher gekommen waren? Auf der Suche nach dem geheimnisvollen ›Kefir‹, mit dem alles angefangen hatte, das

unbegreifliche Ränkespiel um Iris, das mindestens schon zwei Menschenleben gefordert hatte.

Robert hatte den Stadtplan von Beirut auf dem breiten, mit grüner Seide bespannten Bett in ihrer Suite im Hotel ›Condorra‹ ausgebreitet.

Er hatte die Karte in Planquadrate unterteilt: in solche, die sie schon zu Fuß durchstreift hatten — und die nun rot durchkreuzt waren —, sowie in andere, die ihnen noch bevorstanden.

Keine Bar, kein Restaurant, kein Hotel trug hier den Namen ›Kefir‹.

Wo sollten sie anfangen, wo aufhören, den Ort oder die Person namens ›Kefir‹ suchen?

Er blickte empor, sah Circe an, die reglos im Schatten der tiefgrünen Damastvorhänge am Fenster lehnte. Das Grün ließ ihr Haar wie glühendes Kupfer leuchten.

»Er steht immer noch da unten«, sagte sie, so als habe sie Roberts Blick und Frage gespürt.

»Ist es der gleiche Kerl?« fragte er.

»Er ist noch ein Junge. Vielleicht fünfzehn, höchstens sechzehn.«

»Bildest du dir nicht nur ein, daß er uns beschattet?«

»Wo immer wir auch hingehen, er war in unserer Nähe«, sagte Circe.

Robert stand vom Bett auf. Der Stadtplan glitt raschelnd zu Boden.

Er trat neben Circe. Legte ihr den Arm um die Schultern.

»Sieh, jetzt schaut er herauf«, sagte sie leise. »Er spürt, daß wir ihn beobachten.«

Der Junge hatte ein kleines hohlwangiges Gesicht auf einem mageren Hals. Das schwarze Haar fiel ihm lockig in die Stirn. Von hier oben, aus dem sechsten Stock des Hotels ›Condorra‹, konnten sie natürlich seinen Gesichtsausdruck nicht erkennen, aber seine ganze Haltung wirkte wachsam und angespannt. Bekleidet war er mit einem weißen Hemd und schwarzen Hosen wie die meisten der Kellner in den

Cafés und Hotels der Stadt. Er trug auch die schwarzen, spitzen Schuhe mit den überhöhten Absätzen, wie sie vor zehn Jahren in Europa modern gewesen waren und heute noch von den Arabern bevorzugt wurden.

»Er beschattet uns, gut. Aber warum?« fragte Robert. »Wer weiß denn schon, daß wir in Beirut sind? Und was wir hier suchen?«

»Hast du nicht von den seltsamsten Leuten Hinweise bekommen, hierherzukommen?« fragte Circe. »Von der rauschgiftsüchtigen Moni in Eilat, von dem kleinen mageren Mann aus dem Flugzeug, mit dem du entführt wurdest? Hast du diese Leute vorher gekannt? Wußtest du, daß du sie treffen würdest?«

»Nein, natürlich nicht.«

»Wir sind im Orient, Robert. Gerüchte, Neuigkeiten reisen hier rasch von Mund zu Mund. Sei sicher: Derjenige, der wissen will, daß du hier bist, weiß es längst.«

»Manchmal glaube ich, daß alles, was in den letzten Wochen passiert ist, nur seltsame Zufälle waren«, sagte er.

»Zufälle gibt es hier nicht.«

»Aber warum nicht?« Er packte ihre Schultern fest. Die Haut war kühl unter der dünnen weißen Seide des Hausmantels, den sie trug. »Was soll Iris' Entführung und vielleicht Tod mit Henris Tod zum Beispiel zu tun haben? Wie soll der Bogen gespannt sein, von Hamburg über Athen, hierher? Immer war Rauschgift mit im Spiel. Gut, zugegeben, das ist ein Bindeglied . . .«

»Eines der stärksten heutzutage«, sagte Circe.

»Aber warum sollte jemand ein Interesse daran gehabt haben, mich nach Beirut zu locken? So siehst du es doch, oder?«

»Könnte es nicht sein, daß jemand Druck auf dich ausüben will? Einen so grausamen Druck, daß du in Angst und Schrecken versetzt und daher wehrlos wirst? Daß diese Angst dich so zermürbt, daß du eines Tages blindlings in eine Falle läufst?«

»Aber warum? Ich bin kein reicher Mann. Ich besitze nichts, woran jemand Fremdes Interesse haben könnte.«

»Du hast einen interessanten Beruf.«

»Ich bohre nach Öl — und manchmal nach Wasser, na und? Ich habe mit Pipeline-Projekten zu tun. Aber das haben Tausende von anderen Ingenieuren auch.«

»Vielleicht sind diese Leute — nennen wir sie ruhig ›Kefir‹ —, vielleicht ist ›Kefir‹ an einer ganz bestimmten Untersuchung, einer Versuchsbohrung, die du gemacht hast, interessiert?«

»Aber die Bohrungen, die meine Firma durchführt, sind keine Geheimnisse. Du kannst fast immer jede Einzelheit darüber in den Fachzeitungen lesen. Wir sind eine unabhängige Firma. Beispielsweise haben für uns Politik und irgendwelche Machtkämpfe kaum eine Bedeutung. Es sei denn, wir arbeiten gerade in einem Land der Dritten Welt, in dem plötzlich eine Revolution ausbricht oder die Regierung gestürzt wird. Dann behindert uns das natürlich.«

»Wirst du bald nicht wieder beruflich nach Israel gehen?« fragte Circe.

»Woher weißt du das?« fragte er verblüfft.

Sie lachte leise, es klang ein bißchen traurig. »Ein Zufallsschuß ins Schwarze, nichts weiter. Auf Sinai gibt es Öl. Soviel weiß ich. Wenn nun die Israelis dieses Öl bergen wollen, dann brauchen sie doch Leute wie dich. Und wäre es nicht für die umliegenden Staaten interessant, zu erfahren, wieviel Öl dort gefördert wird?«

»Nein«, sagte Robert, »nein. Was immer auch im Sinai passiert, das läßt sich doch gar nicht geheimhalten. Nein, ich glaube, daß wir es einzig und allein mit einem Rauschgiftring zu tun haben. In einem gebe ich dir allerdings recht: Vielleicht bin ich auf meiner Suche nach Iris oder ihren Mördern, ohne es zu wissen, auf irgendeine besonders heiße Spur gestoßen, die man jetzt wieder verwischen will. — Aber wie dem auch sei, heute abend lösen wir das Problem nicht mehr.«

Er zog Circe ein wenig vom Fenster weg, küßte sie auf die Wange. »Laß uns schlafen gehen. Es ist spät.«

Sie lächelte ihn an, nickte.

Sagte sanft und ergeben, wie es ihre Art war: »Du hast recht.«

Sie ging noch einmal ins Bad.

Er legte sich schon zu Bett. Ließ nur die ambrafarbene Nachttischlampe brennen.

Er hörte das leise Klirren von Glasflakons, hörte das Rauschen des Wassers, er vermeinte Circe vor dem Spiegel zu sehen, wie sie mit großer Aufmerksamkeit die winzigen Fältchen um ihre Augen massierte, wie sie ihr Haar bürstete, bis es knisterte und Funken zu sprühen schien.

Es war gut, wieder diese femininen Dinge um sich zu spüren.

Er hatte sie lange genug vermißt.

Circe kam herein, trug jetzt nicht mehr als ein kurzes, glattes, weißes Hemdchen — ihre Knie waren kindlich, ihre Taille so schmal, daß Robert meinte, sie mit einer Hand umspannen zu können.

Sie glitt neben ihm ins Bett, schmiegte sich in seinen Arm, ihr Gesicht unter sein Kinn.

»Morgen gönnen wir uns einen freien Tag«, sagte er schläfrig und zufrieden. »Morgen gehen wir schwimmen, und ich kaufe dir den schönsten Brokat des ganzen Bazars.«

Circe wartete, bis Robert schlief.

Sie wartete, bis sein Atem tief und regelmäßig ging und er nicht einmal merkte, wie sie leicht und lautlos von ihm fortglitt; nicht einmal die Laken knisterten.

Auf Zehenspitzen schlich sie ins Bad.

Dort, zwischen zwei der weichen, flauschigen Badetücher versteckt, lag der Anzug aus nebelfarbener Seide. Leicht und unauffällig, geschnitten wie eine Pilotenmontur. Rasch zog sie ihn an und verbarg ihr Haar unter einem Turban des gleichen Materials.

Die Taschen des Anzuges hatten Reißverschlüsse, und sie waren so geschnitten, daß Circe die flache Pistole unauffällig mit sich führen konnte.

Sie schlüpfte in bequeme Mokassins.

Als sie noch selbst die kleine zweisitzige Sportmaschine flog, zu Lebzeiten ihres ersten Mannes, und als sie die langen Wanderungen — Märsche waren es eher — durch das Innere Griechenlands machten, hatte sie sich diesen Anzug anfertigen lassen. Er garantierte ein Höchstmaß an Bequemlichkeit und Bewegungfreiheit.

Laufen konnte man darin, wenn es notwendig war, sehr schnell davonlaufen.

Einmal war es bitter notwendig gewesen, als sie auf das Nest der Rebellen in Zypern gestoßen waren.

Da war sie um ihr Leben gerannt.

Circe glitt aus dem Bad, durch den kurzen, dunklen Vorraum. Behutsam — bemüht, kein Geräusch zu machen — drehte sie den Messingknauf der Tür zum Gang.

Im Flur brannten nur die Nachtleuchten, kleine Kristalllampen, die honigfarbenes Licht gaben.

Circe ging zum Lift, mußte eine Weile darauf warten. Der Aufzug entließ ein lärmendes, fröhliches, amerikanisches Ehepaar, das bis zu seinem Zimmer rock-and-rollte und dies sogar im Bett fortsetzte, wenn man den allgemeinen und besonderen Neurosen, wie sie die amerikanischen Psychiater ihren Patienten attestierten, Glauben schenken wollte.

Der Lift trug Circe lautlos hinunter.

Unten war die riesige Halle mit ihren Palmen und Marmorsäulen leer bis auf einen Engländer, der sich am Empfang beschwerte, daß er keinen ›Pink Gin‹ mehr bekommen konnte. Die Bar hatte soeben geschlossen.

Circe trat hinaus auf die Straße.

Der Salzgeruch des Meeres hing in der Luft, Dunst wallte über die Uferpromenade herauf. Weit draußen auf See glitzerten die Laternen der Fischerboote. Und über der Stadt die weißen Kappen des Mount Libanon.

Drüben, vor der Snackbar — nun auch geschlossen, lichtlos —, lehnte der junge Libanese im Schatten des nächtlicherweise nutzlosen Sonnensegels.

Der Kopf war ihm auf die Brust gesunken, er schlief im Stehen.

Erst als Circe seinen Arm berührte, zuckte er zusammen.

Sein Kopf fuhr hoch, das Gesicht war blaß, die Augen sahen sie an, große feuchte Tieraugen — ein Blick, noch ganz weit weg, dann plötzlich hellwach.

»Du hast lange genug gewartet«, sagte sie beinahe mitleidig. Und fügte befehlend hinzu: »Führ mich dort hin, wo man mich erwartet.«

Sie hatte Französisch gesprochen, was von fast allen Libanesen verstanden wird, zumindest, wenn sie gebildet sind.

»Oui, Madame«, sagte der Junge unterwürfig. »Aber wir müssen einen Wagen nehmen. Der Weg ist weit.«

»Gut, wir nehmen ein Taxi.« Sie winkte einen der Wagen, die vor dem Hotel parkten, heran.

»Wie heißt du?« fragte sie den Jungen, ehe sie einstiegen.

»Paul . . .« Er sprach es französisch ›Pool‹ aus. »Und Sie sind Madame Odissa«, fügte er mit einem listigen, sehr flüchtigen Lächeln hinzu.

»Du bist schlau, Paul, nicht wahr?« Sie lächelte zurück.

»Wenn es notwendig ist . . .« Er zuckte die Schultern. Er riß den Wagenschlag für sie auf, wartete, bis sie eingestiegen war, wollte sich dann neben den Fahrer setzen.

»Nein, zu mir«, befahl Circe, scharf wie zuvor.

Der Junge gehorchte.

»Du wirst mir kaum erzählen, wohin wir fahren?«

»In den Bazar«, antwortete er beinahe nachsichtig.

»Na schön. Und zu wem dort?«

Der Junge schwieg.

»Du könntest dir einiges Geld verdienen«, sagte sie, »wenn du ein bißchen mehr reden würdest.«

»Warum, Madame? Ich bekomme, was ich brauche.«

»Also bezahlt er dich gut, der Mann, zu dem wir fahren?«

»Ja.«

»Hast du Geschwister? Eltern?«

»Meine Schwester besucht in Paris die Universität. Sie heißt Aisha. Sie ist sehr schön. Und eines Tages wird sie eine berühmte Ärztin sein.«

»Und du — was möchtest du werden?«

»Ich bin Paul«, sagte er nur.

Sie fuhren durch die Stadt, über breite, nach europäischem Vorbild angelegte Avenuen. Die Straßenlaternen glichen Kandelabern, wie sie sonst nur in Kirchen oder Palästen zu finden sind.

Palmen und blühende Blumen und die Paläste der Banken und der großen Versicherungshäuser und der Schiffahrtslinien.

Das Taxi hielt schließlich am Rand des Bazars.

Hier sah man vergitterte Schaufenster, Geschäftsstraßen, die sich zu Gassen verengten, zu schmal, als daß das Taxi hätte hineingelangen können. Circe entlohnte den Fahrer nicht, hieß ihn warten. Der Junge erhob keinen Einspruch, wie sie es eigentlich erwartet hatte.

Aber dann wieder dachte sie: Warum auch?

Man wird mich ja nicht gleich ermorden oder entführen.

Im Bazar von Beirut roch es wie in allen Bazaren des Vorderen Orients: nach Safran und Knoblauch, nach Honig und dem Talg aus den Fettschwänzen der Schafe, nach Olivenöl und nach grobgegerbtem Leder und Henna, das die Orientalinnen benutzen, um ihr Haar zu färben. Aber auch nach Schmutz und Staub und den Exkrementen von Menschen und Tieren, die durch die offenen Gossen strudelten.

Der Junge lief in leichtem Trott neben Circe her, die spitzen Schuhe mit den überhöhten Absätzen klackten über das jahrhundertealte Pflaster.

Immer tiefer in den Bazar hinein führte er sie.

Die Gassen wurden noch enger, so eng, daß man nicht einmal die Arme auszustrecken brauchte, um die Haus- und

Gewölbewände zu berühren. Hier gab es auch keine Leuchten mehr. Der Junge benutzte eine kleine scharfstrahlige Taschenlampe, die wie die Zunge eines Geckos über Stein und Gitter und über die Sonnensegel glitt, welche die Gassen gegen die Hitze überspannten.

Hier, im Herzen des Bazars, hatte sich dennoch die Hitze des Tages gehalten.

Dumpf, stickig, den Atem lähmend.

Aber es machte Circe nicht viel aus. Sie war zu gespannt auf den, den sie treffen sollte.

Der Junge blieb vor einem Tor stehen. Es war doppelflügelig, hatte einen alten Bronzeklopfer in der Form einer geballten eisenbeschienten Faust. Vielleicht handelte es sich um ein echtes Relikt aus der Kreuzritterzeit?

Der Junge ließ den Klopfer zweimal in kurzen und fünfmal in längeren Zeitabständen gegen das Holz schlagen. Nach etwa drei Minuten wiederholte er das Einlaßzeichen.

Sie hatten genau zehn Minuten gebraucht, um hierher zu gelangen. Und Circe hatte sich — obwohl es dunkel war — genau den Weg eingeprägt: hier ein Ladenschild, das sie wiedererkennen würde, dort das Ornamentgitter eines Messingschmieds. Sie wußte, daß sie von nun an zu jeder Zeit den Weg hierher und zurück finden würde.

Ein hochgewachsener, breitschultriger Neger öffnete ihnen das Tor. Er trug die langherabwallende Tracht des Sudans, auf dem Kopf die kleine flache Kappe des Moslems, der sich noch nicht den Turban des Mekkapilgers verdient hat.

Der Junge sagte etwas zu ihm; der Neger trat zurück.

»Wir werden erwartet«, sagte Paul zu Circe. Und bat sie mit einer höflichen Handbewegung einzutreten.

Der Nachtportier des ›Condorra‹ hatte ein flaches, rundes Gesicht. Es war gelb getönt, und die Haut war ohne jede sichtbare Pore. Die Augen saßen schmal und schwarz über den ebensowenig sichtbaren Backenknochen. Der Schnurrbart hing dünn zu beiden Seiten des Mundes bis aufs Kinn herab. Es war ein Gesicht wie aus den Horden des Dschingis-Khan, die Kleinasien mordend, plündernd und schändend überflutet hatten, bis nach Europa hinein.

»Sie haben Madame Odissa fortgehen sehen? Sie müssen sie doch gesehen haben!« beschwor Robert Kane ihn.

Der Nachtportier drehte so langsam verneinend den Kopf, daß sich nicht einmal die Schnurrbartenden bewegten.

»Sie hat das Hotel verlassen. Vor etwa einer Stunde muß es gewesen sein«, wiederholte Robert. Seine Stimme hob sich ungeduldig, nervös, verzweifelt.

Er schob eine Zehndollarnote über das rote Mahagonipult, hinter dem der Portier stand.

»Es mag sein«, sagte dieser leise und ungerührt.

»Zwanzig Dollar, fünfzig — wieviel wollen Sie, damit Sie endlich Ihren verdammten Mund auftun?«

Der Kerl hatte ein Gesicht, in das Robert mit Vergnügen seine Fäuste geschlagen hätte.

»Hundert.« Der Mund unter dem dünnen Schnurrbart bewegte sich kaum.

Robert zählte das Geld ab, warf es auf den Tisch.

»Madame hat ein Taxi genommen. Sie ist mit dem Jungen gefahren. In den Bazar, nehme ich an.«

»Und was wissen Sie noch?«

»Nichts«, sagte der Portier einfach. »In dieser Stadt geschieht viel, was man erst erfährt, wenn es zu spät ist.«

Robert war vor einer halben Stunde aufgewacht. Durch Hundegebell, das Gefauche einer Katze. Er hatte sich auf die Seite gedreht, Circe gesucht, die Hand nach ihr ausgestreckt.

Und das Bett war leer gewesen, kalt und leer.

Er war aufgesprungen, hatte überall Licht gemacht. Sie hatte keine Nachricht für ihn hinterlassen. Nichts fehlte von ihren Kleidern — nur der nebelgraue Seidenanzug, den sie bei Ausflügen im Wagen trug.

Und jäh, ohne daß Robert es wollte, war der Zweifel da: Betrügt sie dich etwa? Hintergeht sie dich? Warum ist sie mitten in der Nacht davongeschlichen?

Beirut ist eine abenteuerliche Stadt — alles und nichts kann geschehen.

Robert wandte sich abrupt ab; die Drehtür beförderte ihn nach draußen, in die immer noch lauwarme Nacht.

»Taxi!« — Er stieg in einen alten, riesigen Chrysler, dessen Lederpolster abgewetzt und schmierig waren.

»Zum Bazar.«

Der Fahrer setzte ihn in der Straße der Goldschmiede ab. Die Gewölbe waren dunkel jetzt, streng vergittert, aber tagsüber gab es dort alle Schätze des Orients zu bewundern: Smaragde und Opale, Rubine und Perlen, in schweres rotes Gold gefaßt, wie aus den Schatztruhen der Emire und Khane.

Unschlüssig blieb Robert stehen. Hier brannten noch Laternen, weiter unten verloren sich die Gassen im Dunkel.

»Ein Mädchen?« wisperte es neben ihm. »Was suchst du, Mister: Einen Jungen? Zart, blond, aus den Bergen?«

»Ich suche Kefir«, sagte Robert barsch.

Die Gestalt neben ihm wich zurück, Roberts Hand schoß vor, bekam einen schmierig-fettigen Rockaufschlag zu packen, Knoblauchatem schlug ihm ins Gesicht.

»Führ mich zu ihm«, sagte Robert zu dem Mann. »Er erwartet mich. Du wirst belohnt werden. Von ihm und von mir!«

»Wenn du meinst, Herr«, sagte die Stimme und klang halb erstickt.

Robert ließ den jungen Kerl los.

Flink und lautlos lief er vor Robert her. Direkt in das dunkle Gewirr des Bazars hinein.

Es war schwer, hier das Gefühl für Zeit und Umgebung zu behalten.

Sie mochten eine halbe Stunde unterwegs gewesen sein, als sie vor einer breiten Tür anlangten.

Dumpfschimmerndes Holz, dumpfschimmernde Bronzebeschläge.

Der Türklopfer eine geballte Faust.

Laut schlug es in die Nacht, zweimal kurz, fünfmal lang.

Die Tür öffnete sich, Robert sah sich dem Neger gegenüber.

Dann fiel die Tür hinter ihm zu, der Neger leuchtete ihm
mit einer Öllampe den Weg.

Durch einen langen Gang, durch einen kleinen, mit Blumen und Immergrün erfüllten Innenhof, Stiegen hinauf, die
gewundenen Holzstiegen, die unter dem Schritt bebten und
knarrten.

Wieder eine breite bronzebeschlagene Tür, wieder ein bestimmtes Klopfzeichen.

Dann traten sie ein.

Der Raum war mit Teppichen ausgelegt. Nur wenige nied-
rige Möbel ließen ihn noch größer erscheinen, als er war.

Von einem Diwan erhob sich der kleine magere Mann,
dem Robert nach der Flugzeugentführung in der Wüste seinen Pullover geliehen hatte.

Er trug denselben schäbigen Anzug wie auf dem Flug und
während der Entführung der Boeing in die Wüste.

Er wirkte genauso unscheinbar, genauso mittelmäßig.

Die Begegnung — jetzt, hier, mit ihm — schien Robert so
unwirklich — wie jener Augenblick vor Tagen, als die ›Freiheitskämpfer‹ ausgerechnet diesen Mann gefangengenom-
men hatten.

»Sie . . .?« sagte Robert verblüfft.

»Ein gelungener Coup, finden Sie nicht?« Der kleine ma-
gere Mann lächelte. »Aber nehmen Sie doch Platz, Mister
Kane. Übrigens, wenn Sie wollen — wir können uns auch auf
Deutsch unterhalten.«

»Wo ist Madame Odissa?«

»Ei ja, sie ist natürlich hier.«

»Ich will sie sehen, sofort!«

»Später, Herr Kane, später, nicht wahr, wenn wir mit unseren Geschäften am Ende sind.«

Mit einem Seufzer ließ sich der kleine magere Mann wieder auf dem Diwan nieder, auf dem er zuvor gesessen hatte,

zog die Wasserpfeife heran. Der Neger trat hinzu, entzündete sie umständlich und beinahe feierlich.

»Es ist gut«, sagte der kleine magere Mann nach dem ersten Zug des wassergekühlten Rauches. »Du kannst gehen, Ali. Bitte, bedienen Sie sich doch, Herr Kane, dort drüben ist das Likör-Kabinett, es enthält Ihren Lieblingswhisky. Wenn ich nicht irre: Ballantines?«

Robert nahm sich einen Whisky. Er brauchte ihn dringend.

Sein Gesprächspartner betrachtete ihn eine Weile, lächelnd – und sehr gelassen, so schien es wenigstens.

Robert ließ sich ihm gegenüber auf einem Sitzpolster nieder.

»So – und nun wollen wir reden.«

»Ja – aber zuerst: Wer sind Sie?« fragte Robert.

»Warum nennen Sie mich nicht ›Kefir‹? Den Sie doch so verzweifelt suchen?«

»Ich suche die Mörder meiner Tochter.«

»Aber, aber«, sagte der kleine magere Mann. »Darüber sollten wir nun wirklich später reden.«

»Haben Sie meine Tochter ermordet? Sind Sie es, der hinter all dem steckt, was in der letzten Zeit passiert ist?«

»Aber nein. Ihre Tochter lebt. Wir haben sie gerettet.«

»Iris . . .?«

»Aber ja, Herr Kane. Sie ist glücklich und zufrieden. Sie war – wie sagt man – sehr verwöhnt. Aber selbst die Ansprüche der verwöhntesten jungen Damen können wir befriedigen – wenn wir es wollen.«

»Wo? Wo ist Iris? Wo ist Madame Odissa?«

»Beide sind in guter Obhut.«

»Und was wollen Sie von mir?«

»Nicht viel, Herr Kane. Nur eine Kleinigkeit. Ihre Freunde, die Israelis, haben einen neuen Sprengstoff entwickelt. Den hätten wir gern.«

»Davon weiß ich nichts. Damit habe ich nichts zu tun. Damit will ich auch nichts zu tun haben!«

»Wirklich nicht, Herr Kane? Ihr Freund, Uri Ben Naam,

weiß über alles Bescheid. Er wird Ihnen doch gewiß einen Freundesdienst erweisen wollen, oder?«

»Wer sind Sie überhaupt?« fragte Robert mit mühsam beherrschter Verachtung. »Was haben Sie im Libanon zu suchen? Sie sind doch ein Deutscher. Haben die Deutschen noch nicht genug Unheil in der Welt angerichtet?«

»Die Israelis sind ihre gelehrigen Schüler«, sagte sein Gegenüber ungerührt. »Die Israelis sind ein Dorn im Auge der arabischen Welt. Genauso wie Deutschland einmal ein Dorn im Auge Europas war. Ich bin ein friedliebender Mensch. Ich bin für gerecht verteilte Kraft und Stärke. Und deswegen werden Sie uns die Formel des Sprengstoffes beschaffen, Kane. Oder Sie werden weder Ihre Tochter noch Madame Odissa jemals wiedersehen.«

Im gleichen Moment hörte Robert den Schrei, den gepeinigten Schrei einer Frau.

Robert fuhr hoch.

»*Take it easy*, Mister Kane.« Der kleine magere Mann wechselte wieder in Englisch über, das er beinahe akzentfrei sprach.

»Wer war das?« Robert befand sich mit zwei Schritten bei dem anderen, riß ihn von seinem Diwan hoch. »Wer hat da geschrien?«

»Das wüßten sie gern.« Der kleine Magere lächelte. »Sie halten uns doch nicht etwa für so dumm, daß wir schon Gewalt anwenden, wenn wir noch im ersten Gesprächsstadium sind?«

Roberts Faust schwang vor, aber im gleichen Moment fühlte er sich von eisernen Griffen gepackt. Rechts und links von ihm waren lautlos zwei riesige Neger aufgetaucht.

Und unmißverständlich spürte er den Lauf einer Pistole oder eines Revolvers in seinem Rücken.

»*Take it easy*«, wiederholte der kleine magere Mann.

Einer der beiden Neger preßte ein Gazetuch auf Roberts Mund und Nase.

Ob er wollte oder nicht, er mußte die schale Süße des Äthers einatmen.

Robert lag auf dem Bett in seinem Hotel, als er erwachte.

Die Blenden vor dem Fenster schnitten das Blau des Himmels in schmale Streifen.

Robert wußte sogleich, wo er war.

Und er wußte auch, daß er allein war.

Sein Anzug war zerdrückt und verschwitzt von dem Betäubungsschlaf.

Wie war er überhaupt hier herauf in sein Zimmer gekommen?

Er konnte sich noch genau an den kleinen mageren Mann erinnern — an das Haus mit seiner Tür aus altersdunklen Bohlen und der geballten Bronzefaust des Türklopfers.

Er konnte sich an seinen Auftrag erinnern.

Und an die Drohung: »Sonst werden Sie Ihre Tochter und Madame Odissa niemals wiedersehen.«

Aber das Land verraten, das er als zweites wie seine Heimat liebte?

Israel verraten und die Menschen dort, die seine Freunde waren?

Wenn ihm jedoch nun nichts anderes übrig blieb?

Mußte er es nicht tun, um wenigstens Iris und Circe zu retten?

Wenn *er* den Verrat nicht beging, würde es dann nicht ein anderer tun?

Robert lag sehr still. Er wußte genau, daß das, was nun auf ihn zukam, alles bisher Erlebte in den Schatten stellen würde.

7

Das Gewölbe lag tief unter dem Haus. Es war drei mal drei Meter groß, hatte natürlich kein Fenster und nur eine schmale eisenbeschlagene Tür.

Die Decke verlor sich im Dunkel, jedoch waren aus Stein gehauene Bogen zu ahnen, wie man sie in den alten Kreuzritterfestungen entlang der kleinasiatischen Küste findet. Die Wände und der Boden waren mit kostbaren alten Teppichen ausgeschlagen, aber die Feuchtigkeit tönte hier und da die leuchtenden Farben dunkler.

Es gab keinen Stuhl, kein Bett, keinen Schrank. Keine Waschgelegenheit und keine Toilette.

Das letztere stimmte Circe Odissa etwas optimistisch. Schließlich bedeutete dies, daß man sie nicht ewig in der Zelle behalten würde.

Vor genau elf Stunden hatte man sie hier eingeschlossen. Die beiden Neger hatten sie hier hereingebracht, um genau zu sein.

Sie hatten ein rundes Messingtablett vor ihr abgestellt. Darauf befanden sich ein Glaskrug mit Wasser, eine Schale mit grünen und blauen Feigen und drei der zähen arabischen Brotfladen, die man in Israel ›Pitta‹ nennt.

Circe hatte nur wenige Schlucke von dem Wasser getrunken. Weder das Obst noch das Brot hatte sie angerührt, aus Angst, es könne mit einer Droge oder einem Rauschgift präpariert sein.

Seit elf Stunden war sie nun hier, und es würde noch eine Stunde vergehen, bis das Zwölfstundenlicht erlosch, dessen Wachs schon fast der Neige zuging.

Vor elf Stunden hatte sie das sich entfernende Tappen der nackten Füße der beiden Neger gehört — und dann nichts mehr.

Seither war nun noch das Summen der Klimaanlage zu vernehmen, mit der Luft und Temperatur in dem Gewölbe geregelt wurden.

Circe saß auf dem Boden, sie hatte die Beine angezogen, die Arme darum gelegt, das Kinn auf die Knie gestützt.

Sie ließ noch einmal die Ereignisse der vergangenen Nacht an sich vorüberziehen, denn draußen mußte es schon längst Tag sein.

Sie hatte gegen Mitternacht das Hotel ›Condorra‹ an der Bucht von Beirut verlassen, darauf vertrauend, daß sie als Frau vielleicht eher etwas über ›Kefir‹ erfahren würde als Robert.

Sie war mit dem Jungen namens Paul in den Bazar gefahren, hatte dann dieses Haus betreten, das etwa zehn Minuten Fußweg von der Grenze des Bazars zum europäisch gestalteten Geschäftsviertel entfernt lag.

Einer der Neger in der langen Tracht der Sudanesen hatte sie zu dem kleinen mageren, unscheinbaren Mann geführt.

»Ich freue mich, daß Sie von selbst zu mir gekommen sind«, hatte er gesagt, »das erleichtert vieles. Es wird Ihnen nichts passieren, Madame. Wir sehen uns nur leider gezwungen, einen gewissen Druck auf Ihren Freund, Herrn Kane, auszuüben. Das ist alles. — Bringt sie nach unten.«

Die beiden Neger hatten ihre Oberarme gepackt, und — da sie wußte, daß in diesem Augenblick jeder Widerstand sinnlos gewesen wäre — sie hatte es geschehen lassen, daß sie in dieses Gewölbe geführt wurde.

Ihre Schergen hatten sich nicht die Mühe gemacht, sie einer Leibesvisitation zu unterziehen. Und so besaß sie auch jetzt noch die kleine, sehr handliche, unter notwendigen Umständen tödliche Pistole.

Circe unterdrückte das amüsierte Lächeln, das ihre Lippen zu umspielen begann; sie war nicht sicher, ob sie irgendwoher beobachtet wurde.

Plötzlich vernahm sie ein Scharren an der Tür; es klang wie von Fingernägeln.

Sie wandte sich nicht um, blieb reglos, mit angehaltenem Atem sitzen.

Circe hörte, wie an der Klinke gerüttelt wurde, dann ein Seufzen, fast ein Stöhnen.

Mit einer einzigen geschmeidigen Bewegung war sie hoch, glitt zur Tür.

Sie beugte sich zum Schloß herab — es steckte kein Schlüssel von außen.

»Wer ist da?« fragte sie leise, sehr deutlich auf Englisch und dann noch einmal auf Französisch.

»Ich bin Iris Kane«, kam es von der anderen Seite in hastigem verzweifeltem Geflüster. »Man hält mich hier gefangen. Seit Wochen schon. Ich — ich bin krank, sie sagen, ich bin krank. Und Sie — wer sind Sie? Sie sind doch neu?«

»Ich bin Circe Odissa. Ich kenne Ihren Vater.« Und um wirklich sicher zu sein, daß sie mit Iris sprach, sagte Circe: »Sie müssen mir ein paar Fragen beantworten. — Wo haben Sie in Hamburg gewohnt?«

»In Langenhorn.«

»Wie heißt Ihr Vater mit Vornamen? Wann ist er geboren?«

»Robert, er heißt Robert. Sein Geburtsdatum — er ist im Dezember geboren. Das Datum — ich weiß es nicht mehr, ich habe vieles vergessen.«

»Wo haben Sie ihn zum letztenmal gesehen?«

»An der Alster — die Sonne schien, es war warm. Er hat mir Geld gegeben. Fünfhundert Mark. Ich wollte — ich wollte ihm eine Freude damit machen, ich, ich . . .« Die Worte verloren sich in einem trockenen Schluchzen.

Circe sagte: »Bitte, nimm dich jetzt zusammen! Du mußt dich zusammennehmen. Antworte mir — was geschah dann, Iris?«

»Ich weiß nur noch — wir waren bei ›Kefir‹.«

»Wer ist das: wir. Du und wer noch?«

»Ein Mann. Ein schöner blonder junger Mann. Wie ein Engel. Er hat mich seinen ›Schutzengel‹ genannt. In den

Flammen. Die Flammen waren so schön. Gelb und rot und grün . . .« Iris lachte leise. »*My darling angel* . . .«

»Iris, Iris — wo bist du jetzt? Weißt du das?«

»Ich bin — ich bin in — in . . .« Ihre Stimme brach wieder.

»Du bist in Beirut«, sagte Circe. »In einem Haus im Bazar von Beirut. Wer hat dich hierher gebracht?«

»Wir sind geflogen — ganz weit geflogen. Aber dann haben sie mich eingesperrt.«

»Wieso läufst du jetzt frei herum?« fragte Circe.

»Die haben die Tür nicht abgeschlossen. Wenn sie high sind, Achmed und Karam, dann vergessen sie es manchmal.«

»Sie nehmen Rauschgift?«

»Ja — immer wenn eine besondere Aktion bevorsteht. Wenn sie planen, jemanden umzubringen. Dann machen sie sich Mut damit. Kefir gibt ihnen den Stoff. Er gibt auch mir den Stoff, wenn ich — wenn ich brav bin.«

Es klang so naiv, so kindlich und so verloren zugleich.

Circe biß sich auf die Lippen, bis sie Blut schmeckte. »Kannst du den Schlüssel besorgen?« fragte sie.

»Kannst du den Schlüssel besorgen zu meiner Zelle?«

»Vielleicht . . .« Das kam nur wie ein Hauch.

»Bis später.«

Und im gleichen Moment hörte Circe auch das Näherkommen der tappenden nackten Füße.

Circe kehrte zu dem Tablett zurück, tat so, als wolle sie von dem Wasser trinken.

Sie hörte das Tappen vor ihrer Tür anhalten, bemerkte, wie die Klinke bewegt wurde, dann gingen die Schritte weiter. Sie hörte ein zweites und drittes Türrütteln. Schließlich war es wieder still.

Also nicht nur Iris und sie waren hier eingesperrt. Es mußte auch noch andere Gefangene geben.

Warum? Was steckte hinter all dem?

Warum hatten sie Iris in Hamburg gekidnappt und nach Beirut gebracht?

Warum hatten sie Henri ermordet, ihren kleinen Sohn?

Circe trug in Gedanken alle Fakten des bisherigen Geschehens zusammen, aber es wollte sich einfach kein geschlossenes Bild ergeben.

War der geheimnisvolle ›Kefir‹ ein Rauschgiftring? War es ein Waffenschmugglerring? War es eine politische Gruppe, die in irgendeinem Land des Nahen Ostens einen Umsturz plante?

Was steckte hinter ›Kefir‹?

Eines schien so gut wie sicher: Es war eine Organisation, die ihre Fäden über den Vorderen Orient bis nach Griechenland und Mitteleuropa hinein, ja bis nach Hamburg gespannt hatte.

Das Zwölfstundenlicht vor ihr in der Glasschale erlosch.

Es war jetzt so dunkel, daß Circe nicht einmal ihre Hände sehen konnte, wenn sie sie nah vor die Augen hielt. Und mit der Dunkelheit kam auch die Furcht. Was hat man mit uns vor? Was wird mit Iris und mir passieren?

Der Morgen in Beirut war so frisch und blank wie ein neugeprägtes Silberstück.

Wind von den Bergen her machte die Luft leicht und klar — ließ den Lärm der Stadt wie eine zwar kakophonische, aber interessante moderne Sinfonie klingen.

Beirut bot sich an diesem Morgen wie ein Prunkstück für jeden Touristen, für jeden Weltenbummler an.

Aber Robert Kane haßte die Stadt. Er haßte sie, weil sie ihm Circe genommen hatte.

Er haßte sie, weil der kleine magere Mann dafür gesorgt hatte, daß man ihn betäubte und anschließend in sein Hotel beförderte: damit er später den Weg nicht wiederfinden würde, natürlich.

Robert hatte kalt und heiß geduscht und dann das Frühstück bestellt, vor allem Orangensaft, dem er noch zwei Vitamintabletten beimengte.

Jetzt saß er vor dem Telefon und wartete auf den einen Anruf, der ihm vielleicht helfen konnte.

Oberst Barei von der Geheimen Staatspolizei hatte ihm versprochen, ihn zurückzurufen, ihm einen Termin zu geben.

Robert rauchte, bis ihm zu Bewußtsein kam, daß er eine Zigarette an der anderen ansteckte und sein Gaumen schon rauh und pelzig davon war. Er zerknüllte das Päckchen mit den restlichen vier Zigaretten und warf es in den Papierkorb.

Als das Telefon klingelte, schoß seine Hand vor, riß den Hörer hoch.

»Kane!«

»Monsieur Kane, Oberst Barei erwartet Sie um sechzehn Uhr in der Halle Ihres Hotels.«

»Danke . . .«

Aber die Leitung war schon tot.

Unten, vor der Snackbar auf der anderen Straßenseite, lungerte ein Schuhputzer herum. Ob das auch wieder einer von ›Kefirs‹ Leuten war?

Robert wandte sich vom Fenster ab, ging zum Bett.

Er streckte sich lang aus. Er zwang sich, die Entspannungsübung zu machen, die er sooft angewandt hatte, nach einem langen anstrengenden Tag im Büro oder auch im Außendienst.

Es war das einzige, was er jetzt tun konnte: Versuchen, sich zu entspannen und die Nerven zu behalten.

Er zwang sich, an nichts anderes zu denken, als daß er müde sei, schläfrig, sehr schläfrig. Daß er tief und fest schlafen und pünktlich um halb vier Uhr erwachen würde.

Robert wachte Punkt halb vier auf. Und genau eine halbe Stunde später war er unten in der Halle des ›Condorra‹.

Zwei Herren in mitternachtsblauen Anzügen und blütenweißen Hemden kamen auf ihn zu, als er gerade aus dem Aufzug stieg.

»Monsieur Kane?«

»Ja?«

»Bitte, begleiten Sie uns.«

Zwischen ihnen verließ er das Hotel.

Ein paar verwunderte Blicke von Gästen folgten ihm, aber der Portier wandte sich ostentativ ab, beschäftigte sich mit dem Schlüsselbrett.

»Bitte, steigen Sie ein.«

Eine schwarze Limousine parkte mit laufendem Motor am Straßenrand. Hinter dem Steuer saß ein ebenfalls mitternachtsblau gekleideter Chauffeur.

Robert blieb stehen.

»Bitte!« Der Größere der beiden, der mit dem breiten Boxergesicht, hielt ihm den Wagenschlag auf.

»Oberst Barei wollte mich hier aufsuchen. Es war nie die Rede davon, daß ich zu ihm kommen sollte«, sagte Robert.

Der zweite der beiden Männer packte seinen Arm mit stahlhartem Griff.

»Machen Sie doch keine Schwierigkeiten«, sagte er, und ein träges, gelangweiltes Lächeln glitt über sein Gesicht.

Robert stieg in den Wagen.

Sie fuhren quer durch die Stadt, sehr schnell, meistens noch bei Gelb über die Kreuzungen.

Sie gelangten rasch zu einem der Villenviertel, die auf den Hügeln von Beirut liegen, große prunkvolle Häuser in Zypressen- und Pinienhainen.

Wenig später bogen sie in eine breite, mit rotem Kies bestreute Auffahrt, hielten genau fünf Minuten darauf vor einem flachen, sehr futuristisch gestalteten Bungalow aus Sichtbeton und Glas.

Eine moderne Marmorplastik auf dem Rasen davor streckte ein Dutzend Arme gegen den blauen Himmel und den Schnee der Berge.

Die beiden ›Leibwächter‹, wie Robert sie im stillen nannte, sprangen heraus, flankierten ihn wieder bis zur Eingangstür.

In das doppelflügelige Glas war ein geschwungenes ›B‹ geschnitten.

Sie warteten vielleicht eine Minute lang, dann wurde die Tür geöffnet, ein Butler bat Robert herein. Die beiden Männer machten kehrt, gingen zum Wagen zurück.

Der Butler führte Robert in eine Bibliothek, wo Oberst Barei vor einem der französischen Fenster zum Park stand.

Er war ein großer schmaler Mann mit stark abfallenden Schultern und einem schmalen Kopf. Sein Gesicht konnte Robert im Gegenlicht nicht erkennen.

»Ich freue mich, Sie bei mir zu sehen«, sagte Oberst Barei. »Bitte, nehmen Sie doch Platz. Was darf ich Ihnen anbieten?«

Er trat an den Silberwagen neben dem Schreibtisch. »Scotch, nicht wahr: Ballantines?«

»Jeder in Beirut scheint meine Lieblingsmarke zu kennen«, sagte Robert und konnte nicht verhindern, daß es sarkastisch klang.

»Es gehört zu meinem Beruf, daß ich die Eigenarten, Vorlieben und Abneigungen von Leuten kenne, mit denen ich zu tun habe.« Oberst Barei gab ein wenig Soda in die Whisky-Tumbler.

Er kam zu Robert hinüber, reichte ihm sein Glas.

»Zum Wohl — so sagt man doch in Deutschland?«

Auch sein Deutsch wie sein Französisch waren ohne jeden Akzent.

Sie tranken, Barei machte eine einladende Handbewegung zu der ledernen Sitzgruppe hin. »So«, sagte er, als er Robert Zigaretten angeboten und ihm Feuer gegeben hatte, »jetzt wollen wir uns unterhalten. Was haben Sie auf dem Herzen?«

»Ich werde es kurz machen«, sagte Robert. »Im Juni ist meine Tochter aus Hamburg verschwunden. Ihre erste Spur führte nach Griechenland. Dann mußte ich eine Weile glauben, sie sei tot. Schließlich bekam ich neue Informationen, die mich hierher nach Beirut führten. Gestern nacht traf ich mit einem Mann namens ›Kefir‹ zusammen, im Bazar. Er wiederum behauptet, daß meine Tochter noch lebe. Kurz zuvor jedoch hat er meine zukünftige Frau entführt. Meine Tochter Iris und Madame Odissa befinden sich jetzt beide in seiner Gewalt. ›Kefir‹ verlangt von mir, ihm die Formel für einen neuen Sprengstoff der Israelis zu besorgen. Nur dann will er meine Tochter und Madame Odissa freilassen.«

»›Kefir‹ nannte er sich?« fragte Oberst Barei.

»Ja — Sie kennen den Mann?«

»Nein.«

»Aber Sie sind der Chef des zuständigen Geheimdienstes — für Waffenschmuggel.«

»Bei der Formel für einen neuen Sprengstoff handelt es sich nicht um Waffen.«

»Das ist doch Wortspielerei, aus dem Sprengstoff werden schließlich Waffen«, sagte Robert sarkastisch.

»Und warum sind Sie zu mir gekommen?« fragte Oberst Barei.

Er neigte den Kopf ein wenig zur Seite, zum erstenmal fiel das Licht voll auf sein Gesicht. Das Bemerkenswerteste daran war wohl, daß der schmale harte Mund zu den eher traurigen dunklen Augen gar nicht passen wollte. Über die rechte Wange verlief eine tiefe kreuzförmige Narbe, die nur von einem Messerstich herrühren konnte.

»Ich möchte, daß Sie mir helfen. Ich möchte, daß Sie mit Ihren Leuten in den Bazar gehen und ›Kefir‹ festnehmen«, sagte Robert. »Er gehört vor Gericht wegen Menschenraubs und — wie ich glaube — noch einigen Dingen mehr.«

»Sagten Sie nicht, ›Kefir‹ habe Sie betäuben lassen, ehe man Sie in Ihr Hotel zurückbrachte?«

»Nein, das sagte ich nicht«, antwortete Robert. »Aber Sie wissen es, weil Sie ohnehin schon genau informiert sind über alles, was sich zugetragen hat. Oder irre ich mich da, Oberst Barei?«

Es war kein Lächeln, das Bareis Lippen kräuselte, es war ein Nervenzucken, das Robert jetzt etwa alle drei Sekunden bemerken sollte.

»Gut, wir machen eine Razzia im Bazar. Wir werden versuchen, ›Kefir‹ zu finden.«

»Aber ich will dabeisein.«

»Sie werden dabeisein.« Jetzt lächelte Oberst Barei doch. »Wenn wir Madame Odissa und Ihre Tochter befreit haben, werden wir beide uns noch ausführlich unterhalten müssen.«

»Gut«, sagte Robert, aber er dachte: Es kommt darauf an, worüber. Niemand wird mich zur Spionage verleiten können. Niemand!

»Wann findet die Razzia statt?«

»Meine Leute bringen Sie jetzt in die Stadt zurück. Seien Sie um Punkt halb sieben vor dem Büro des ›American Express‹. Dort wird ein Schwarzhändler Ihnen Dollar anbieten. Verlangen Sie genau dreiunddreißig Dollar. Dann wird er Sie weiterführen.«

Es war genau die vereinbarte Zeit, als Robert Kane vor der spiegelnden Scheibe des ›American Express‹ stand. Dahinter gab es nur die übliche Reklame des weltweiten Kreditkartennetzes zu sehen, dann, eine Minute später, tauchte im Spiegel der Scheibe ein bartstoppeliges Gesicht über einem schmierigen schwarzen Anzug auf.

»Dollar, Mister. Billige Dollar?« flüsterte eine heisere Stimme.

»Dreiunddreißig«, sagte Robert.

»Aber nicht hier«, kam es heiser zurück.

»Gut. Führen Sie mich.«

Von der breiten lichtüberfluteten Avenue ging es in eine schmale Gasse, in der es durchdringend nach ranzigem Fett roch.

Hier parkte ein grauer Wagen.

Oberst Barei saß neben dem Fahrer. Auf dem breiten Polster des Rücksitzes thronten die ›Leibwächter‹ vom Nachmittag.

Der Wagen fuhr an, kaum daß Robert die Tür an seiner Seite geschlossen hatte.

»Von wo aus sind Sie letzte Nacht in den Bazar hineingegangen?« fragte Oberst Barei.

»Durch die Straße der Goldschmiede.«

»Gut.«

»Aber das Haus von ›Kefir‹ liegt in einem Teil des Bazars, durch den kein Wagen fahren kann.«

»Ich weiß«, sagte Barei nur. »Ist es ein Haus mit einer Doppeltür? Mit einer gepanzerten Faust als Türklopfer?«

»Warum fragen Sie, wenn Sie es ohnehin schon wissen«, antwortete Robert; er spürte urplötzlich einen schalen Geschmack im Mund.

Warum, wenn Barei doch offensichtlich von ›Kefir‹ wußte, hatte er nicht längst etwas unternommen?

Würde diese Razzia nicht nur eine Farce sein?

»Ich weiß, Sie denken, ich hätte ›Kefir‹ längst ausheben können«, sagte Barei. »Aber dem ist nicht so. Meine Leute haben erst heute nachmittag nach Ihrem Besuch das Haus ausfindig gemacht. Und solange es hell war und der Bazar überfüllt, wie Sie wissen, waren uns die Hände gebunden.«

Der Wagen kam vor einem weißen Haus zum Stehen. Im Parterre befand sich eine Imbißstube.

»So, da wären wir«, sagte Barei. Er stieg aus, wartete, bis Robert es ihm nachgetan hatte.

»Durch die Hintertür des Lokals gelangen wir in den Hof des bewußten Hauses«, sagte er nur.

Sie betraten die Imbißstube. Diese war leer bis auf ein junges Mädchen mit hennarotem Haar hinter der Theke. Sie zerstieß das grüngelbe Fruchtfleisch einer Avocado zu einer Paste, wie sie im Vorderen Orient sehr beliebt als Brotaufstrich ist. Das Mädchen sah nicht einmal auf, als Barei und Robert, gefolgt von den ›Leibwächtern‹, durch das Lokal gingen.

Der Hof, den sie betraten, war stickig von Blutgeruch. Robert preßte instinktiv die Hand vor Mund und Nase.

Als sich seine Augen an die Dunkelheit gewöhnt hatten,

konnte er sehen, daß der Boden mit den ausgerupften Federn und Eingeweiden von Hühnern bedeckt war.

Sie mußten durch eine Mauerlücke kriechen und gelangten so in den zweiten Teil des Hofes. Vor ihnen lag jetzt die dunkle Rückfront eines Hauses.

Hier war eine schmale Stahltür eingelassen.

Barei drehte den Knauf, die Tür schwang nach innen auf.

Dann geschah genau das, was Robert bisher nur aus Krimis oder Agentenstorys im Fernsehen kannte: Bareis Männer kämmten lautlos und sehr professionell das Haus durch.

Was dabei herauskam, war folgendes: Sie fanden unter dem allgemeinen Keller fünf Verliese oder Zellen, in denen offensichtlich noch kurz zuvor Menschen eingesperrt gewesen waren. In dem einen Gewölbe — einem mit Teppichen ausgelegten Raum — hatte sich deutlich Circes Parfüm gehalten: jener Duft, der so frisch und dennoch geheimnisvoll war. Es zog Robert, in dem jähen bitteren Gefühl ihres Verlustes, die Kehle so eng zusammen, daß er kaum noch Luft bekam.

Sie gingen ins Parterre, entdeckten dort Schlafzimmer, deren Betten zerwühlt waren; zum Teil lag das Bettzeug auf dem Boden, die Matratzen waren aufgeschlitzt und die Möbel zerschlagen.

Sie kamen auch in jenes Gemach mit den Teppichen und den niedrigen Sitzpolstern, in dem Robert mit ›Kefir‹ zusammengetroffen war.

Es war leer, schien jedoch unversehrt.

Schließlich blieb nur noch das Dachgeschoß.

Eine schmale knarrende Stiege führte hinauf.

Deutlich waren im Staub auf den Holzstufen Fußabdrücke zu sehen.

Die Fußabdrücke eines kleinen Mannes.

Auf dem Speicher zwischen dem uralten Gebälk fanden sie ›Kefir‹.

Er hing an einem dicken alten Schiffstau.

Er hatte das gedunsene bläulich verfärbte Gesicht des Erhängten.

Er war nackt bis auf ein Paar grün- und rotkarierte Unterhosen. Auf seiner Brust hing ein Schild: *Ich bin ein Verräter.*

»Wir sind zu spät gekommen«, sagte Oberst Barei. Es klang nicht unzufrieden.

Robert, der sekundenlang erstarrt den Erhängten angeschaut hatte, wirbelte herum.

»Und Sie haben es gewußt. Sie haben es so gewollt. Es ist Ihre Schuld!«

Barei verlor nichts von seiner Gelassenheit. »Ich kann Ihre Aufregung verstehen, Herr Kane«, antwortete er. »Aber Sie irren sich. Hier sind andere Kräfte am Werk gewesen. Eine andere Macht.«

»Das müssen Sie mir erst einmal beweisen.«

»Ich könnte es Ihnen beweisen, Herr Kane. Aber ich *muß* überhaupt nichts.«

»Es geht hier um Menschenleben. Um meine Tochter und die Frau, die ich heiraten werde. Und — wie wir an den Zellen gesehen haben — noch um ein paar Leute mehr. Was wollen Sie denn jetzt tun, Oberst?«

»Nachforschungen anstellen. Eine Untersuchung einleiten.«

»Wobei dann nichts herauskommt? Die schließlich im Sande verläuft?«

»Das werden wir ja noch sehen. — Gehen wir jetzt.«

Barei ließ seine Leute in dem Haus des Todes zurück.

Er selbst chauffierte nun den Wagen, brachte Robert zum Hotel ›Condorra‹.

Robert stieg wortlos aus dem Auto.

»Und noch eins, Kane . . .«, sagte Barei zum offenen Seitenfenster heraus, »versuchen Sie nichts mehr auf eigene Faust.«

Aber was sollte er denn jetzt noch versuchen? Was auf eigene Faust tun, wie Barei es so treffend ausgedrückt hatte?

Hier halfen keine Fäuste, hier half nur Kenntnis der Zusammenhänge, was überhaupt gespielt wurde.

Warum ›Kefir‹ — falls es sich wirklich um ›Kefir‹ handelte — als Verräter gestorben war?

Wer hinter all dem steckte?

Ein Mann? Eine Organisation? Und wenn eine Organisation — was für eine: Waffenschmuggler, Rauschgifthändler, ein Agentenring, eine Rebellengruppe?

Robert konnte sich den Kopf zermartern, soviel er wollte, er fand keinen roten Faden — außer, daß alle Leute, mit denen er in den letzten Wochen zu tun gehabt hatte, auch etwas mit Rauschgift zu tun hatten.

Aber in dieses Bild paßte weder die Flugzeugentführung, wo es um irgendwelche Pläne gegangen war, noch der Spionageauftrag, den ihm ›Kefir‹ erst vor zwei Nächten gegeben hatte.

Robert lief wie ein Gefangener in seinem Hotelzimmer auf und ab.

Was tun? Wo wieder von neuem anfangen — jetzt, da es nicht mehr nur um Iris, sondern auch um Circe ging?

Er ließ sich einen Whisky aufs Zimmer bringen. Der Alkohol machte ihm bewußt, daß er den ganzen Tag über noch nichts gegessen hatte. Er bestellte sich ein Käseomelett, einen Salat dazu.

Er aß und trank, und nichts im Geschmack des Getränks oder der Speisen berührte ihn seltsam noch warnte es ihn.

Eine Stunde später, er hatte sich angezogen auf dem Bett ausgestreckt, das Telefon in Reichweite — vielleicht rief Barei doch bald an —, brach ihm von einer Sekunde auf die andere am ganzen Körper der Schweiß aus.

Zugleich begannen Übelkeit, Herzjagen und ein rasender Kopfschmerz, wie Feuerstöße.

Robert war gerade noch fähig, die Nummer des Portiers zu wählen, nach einem Arzt zu verlangen.

Dann wußte er nichts mehr.

Als Robert Kane wieder zu sich kam, geschah es von dem gedämpften Stimmengemurmel irgendwo hinter ihm.

Auch jetzt lag er in einem Bett. Aber er war ausgezogen, trug ein Nachthemd aus grauem gestärktem Leinen.

»Meningitis«, sagte die Frauenstimme in einem Singsangton, als sei das Wort eine Liebkosung.

»Das wird die offizielle Version sein«, sagte eine Männerstimme. »Gehirnhautentzündung.«

Robert, der instinktiv wieder die Augen geschlossen hatte, kannte diese Stimme. Aber er wußte nicht, woher.

Er hörte Schritte sich entfernen, dann das Klappern einer Tür.

Erst als es einige Minuten lang still geblieben war, richtete Robert sich auf dem linken Ellenbogen auf, sah sich in dem Zimmer um.

Er war allein. Das Zimmer war klein, die Wände waren mit weißer Ölfarbe gestrichen, die Möbel ebenfalls weiß. Vor dem Fenster befand sich ein Gitter. Dahinter ein Stück blauen Himmels. Sonst nichts.

Robert fühlte sich noch schwach, und er konnte sich nicht lange auf dem Ellenbogen halten. Deswegen legte er sich wieder zurück.

Gitter vor dem Fenster, und nur das Notwendigste an Möbeln. Keine Waschgelegenheit und kein Schrank.

So sah im allgemeinen ein Krankenhauszimmer nicht aus.

Aber vielleicht in einer geschlossenen Anstalt? In einer geschlossenen Anstalt in Beirut?

Aber wie war er hierher gekommen?

Wann und warum?

Er hatte auf dem Weg ins Hotel ›Condorra‹ in Bareis Wagen gesessen.

Und dann? Was war dann geschehen?

Er war ausgestiegen, hatte am Empfang nach Post oder einem möglichen Anruf gefragt.

Und danach war alles blank.

Mit einem Entsetzen, das sich eiskalt in ihm ausbreitete

111

bis in die Fingerspitzen, deren Kuppen gefühllos wurden, erkannte Robert, daß er nichts mehr wußte.

Nicht, warum er in Beirut war. Nicht, wer Barei war. Nicht, wie er hierher in diese Klinik gekommen war.

Das Entsetzen machte ihn so schwach, daß er nichts gegen das Schluchzen tun konnte, das sich aus seinem Mund quälte.

Das ist die Endstation, dachte er. Hier komme ich nie mehr raus!

8

Die Zelte waren aus schwarzen Tuchbahnen, aus Ziegen-
oder Kamelhaar gewebt. Sie lagen am flach ansteigenden
Hang eines Berges, der gerade so viel Erdkrume hatte, daß
die Zeltpflöcke darin Halt gefunden hatten. Hier und da bedeckte Steinmoos die Ränder der Gratspalten, hier und da
stand ein verkrüppelter Dornbusch, ein knorrig-geduckter
Olivenbaum.

Zwischen den Zelten, die ein Karree bildeten, schwelten
die Feuer aus Kameldung, dünn kräuselte sich der Rauch
in den sinkenden Abend. Von Westen, vom Meer her, zogen Wolken auf.

Aber hier würde es nicht regnen.

Regnen würde es an der Küste. Regnen würde es vielleicht auch noch im fruchtbaren Jordantal.

Hier oben in der Wüste regnete es nie.

Der Geruch der Kameldungfeuer hing süßlich und bitter
zugleich in der Luft. Die Frauen in den langen schwarzen
Gewändern, mit den blautintigen Malen auf Stirn und Wangen über den schwarzen Halbschleiern, schritten geschäftig
zwischen den Feuern, den Zelten und der Wasserstelle hin
und her.

Die Wasserstelle bestand aus einem uralten Steinbrunnen,
und die Frauen mußten die Tonkrüge an einem unendlich
langen Seil hinablassen, ehe sie Wasser faßten.

In der Nähe des Brunnens lagerten auch die Kamele; die
langen Beine untergeknickt, die Höcker warfen scharfbraune
Schatten, ihre Mäuler mahlten unsichtbares Futter.

Die Männer des Stammes hatten sich unter dem Vordach
des größten Zeltes, das an der Stirnfront des Rastplatzes
stand, versammelt.

Ihre Gewehre waren zu Pyramiden zusammengestellt, ihre Dolche lagen auf einem im Feuerschein glitzernden Haufen.

Wenn sie zu Sheik Ab Jabishalla gingen, ihm über den Tag berichteten, plauderten, Tee tranken und rauchten, legten sie stets ihre Waffen vorher als Zeichen der Ehrerbietung ab.

Das Gemurmel der Männer unter dem schwarzen Zeltdach drang dumpf herüber. Aber selbst wenn Worte hörbar gewesen wären, ihre Sprache hätte weder Circe Odissa noch irgend jemand von den anderen Gefangenen verstanden.

Circe teilte mit Iris und der schwarzhaarigen Bettina Weinstein ein Zelt. In dem Zelt daneben waren die beiden jungen Männer untergebracht. Ihnen, den Frauen, hatte man an diesem Abend zum erstenmal die Handfesseln abgenommen. Die durch komplizierte Knoten gesicherten Fußfesseln ließen ihnen Gehfreiheit, aber das war auch alles.

Die beiden jungen Männer hatte man mit ihren Hand- und Fußfesseln in ihr Zelt geworfen, und drei Wächter, die ausreichend bewaffnet waren, davor postiert.

Ein Wimmern ließ Circe sich vom Zelteingang umwenden.

Seit sie das Beduinenlager erreicht hatten — in dem grauen, vergitterten, einem Gefängniswagen ähnlichen Kleinbus —, fieberte Iris.

Sie lag jetzt auf einem Bündel Ziegenfelle. Ihr Kopf und Leib, ihre Arme und Beine zuckten unkontrolliert bis in die Finger- und Zehenspitzen. Immer wieder bäumte sie sich hoch, immer wieder suchte sie mit ihren Nägeln ihr Gesicht zu zerkratzen, und immer wieder fing Bettina ihre Hände auf, hielt sie fest, sprach beruhigend auf Iris ein, bis ihr Wimmern verstummte, wenn auch nur für wenige Minuten.

»Es wird dauernd schlimmer«, sagte Bettina leise, als Circe zu ihr trat. »Sie braucht unbedingt eine Fixe.«

»Heißt das, Hasch genügt nicht mehr?« fragte Circe ebenso leise zurück. Sie kniete neben Iris nieder, Bettina gegenüber.

Iris' Gesicht erschien aufgedunsen und eingefallen zugleich, so merkwürdig es auch klingen mochte. Die Wangen unter den Jochbögen waren eingefallen, das Kinn trat spitz hervor, an ihrem Hals zeichneten sich deutlich Sehnen und Adern ab wie bei einer alten Frau. Dafür wölbten sich die Lippen bläulich vor, Ober- und Unterlider waren geschwollen wie bei einem Kind, das bis zur Erschöpfung geweint hatte.

»Sehen Sie doch«, sagte Bettina in diesem leisen Ton, damit sie Iris nicht aufschreckte. Sie kehrte vorsichtig Iris' Ellbogengelenke nach außen. Deutlich waren die Einstiche der Injektionsnadeln zu erkennen.

»Das gleiche hat sie an den Oberschenkeln«, sagte Bettina. »Die Kerle haben sie ganz schön reingeritten.«

»Und Sie, Bettina, was ist mit Ihnen?« Circe blickte das junge Mädchen mit dem schwarzen Haar und dem sehr hellhäutigen, ernsthaften Gesicht an.

»Mir bekommt das Zeug nicht. Ich kriege solche Brechanfälle, daß ich im Handumdrehen alle Körperflüssigkeit verliere. Und das wollen die Kerle auch wieder nicht. Wenn ich tot bin, bin ich wertlos für sie.«

Bisher hatten sie keine Gelegenheit gehabt, miteinander zu sprechen; nicht, seit sie ›Kefirs‹ Haus im Bazar von Beirut verlassen hatten.

Am Nachmittag zuvor hatten die beiden Neger Achmed und Karam sie alle aus ihren Zellen geholt und durch den Gang nach oben getrieben, durch einen Hinterhof, in dem die Eingeweide und Federn von Hühnern herumlagen, durch eine Imbißstube, die zu der Zeit noch geschlossen war, direkt in den grauen Kleinbus.

In dem Transporter hatten drei dunkelhäutige, mit Maschinenpistolen bewaffnete Männer sie erwartet, europäisch gekleidet, bis auf das rotweißgescheckte Kopftuch und die schwarze Stirnschnur.

Sie hatten Beirut verlassen, und den Weg ins Gebirge genommen, waren lange durch die Berge des Libanon ge-

fahren, auf Straßen, die fast stets an tiefen Abgründen vor-
beiführten.

Einmal, an einer Tankstelle mitten im Nichts, hatte der
Bus gehalten. Sie waren aus dem Wagen getrieben worden,
während der Fahrer auftankte, hatten jeder einen Plastik-
becher voll braunbrackigem Wasser bekommen und einen
trockenen Brotfladen, waren dann wieder in das Fahrzeug
zurückgetrieben worden. Und jeden Versuch der Gefangenen, sich miteinander zu unterhalten, hatten die drei Bewaffneten unmißverständlich drohend mit ihren Waffen ver-
hindert.

»Wo kommen Sie her, Bettina?« fragte Circe jetzt. Sie
unterhielten sich in Englisch.

»Aus München. Mein Vater ist da Professor für Chemie.
Ich bin ein paarmal in Schwabing ausgegangen, im letzten
Karneval, mit Freunden. Beim letztenmal war Jens dabei,
›der Wikinger‹, wie wir ihn nannten. Ich fand ihn nett, ich
ging noch mit in sein Hotel. Am nächsten Morgen wachte ich
in Rom auf.«

»In Rom?«

»Wie ich dahin gekommen bin, weiß ich bis heute nicht.
Er muß mir irgend etwas zu trinken gegeben haben. Irgendeine Droge. Es ging mir hundeelend. Ich habe dann drei Tage
lang nichts gegessen und getrunken. Immer, wenn er ins
Zimmer kam, bin ich ihm an die Kehle gefahren. Aber dann,
am vierten Tag, hatte ich solchen Hunger, daß ich nicht mehr
konnte. Ich konnte mich nicht mehr wehren. Da hat er mir
gesagt, daß ich nur etwas zu essen bekomme, wenn ich alles
tue, was er will.« Bettina senkte den Kopf.

»Und dann?« fragte Circe.

»Ich habe eine Schwäche, das wußte er. Er muß mich beobachtet haben, in München.« Bettina hob wieder den Kopf;
etwas wie Trotz trat in ihre Augen. »Ich hab' eine Schwäche
für gutaussehende blonde junge Kerle wie er. Er hat sie mir
gleich im Dutzend geliefert. Und innerhalb von acht Tagen
hatte er mich soweit, daß ich nicht nach Hause zurück-

gekehrt wäre, selbst wenn ich es gekonnt hätte. Dann hat er mich mit nach Beirut genommen.«

Circe sagte nichts. Was konnte man da auch noch sagen?

»Zuerst haben wir in einer Villa oben in den Bergen gelebt: Jens und ich und seine blonden Freunde. Und dann, eines Tages — ich weiß nicht, warum —, hat er mich mitgenommen zu ›Kefir‹. Da waren diese Neger. Er hat — er wollte mich zwingen, mit denen — ich habe es nicht getan. Da haben sie mich eingesperrt. Und das ist alles. Aber es genügt.«

»Ja«, sagte Circe, »es genügt. — Und Ihre Eltern?«

»Wie ich meinen Vater kenne, wird er frühestens nach vier Wochen gemerkt haben, daß ich nicht mehr nach Hause kam. Meine Mutter ist tot. Vaters Schwester führt ihm den Haushalt. Seit ich zwölf Jahre alt war, mußte ich für mich selbst sorgen.«

»Ihr Vater ist Chemiker?«

»Ja.«

»Hat er in letzter Zeit irgendeine bedeutende Entdeckung gemacht, irgend etwas . . .«

»Das weiß ich nicht«, unterbrach Bettina sie.

»Mit mir hat er nie über seinen Beruf gesprochen.«

»Und Sie haben keine Ahnung, warum Jens das alles mit Ihnen gemacht hat?«

»Nein. Keine Ahnung.«

»Könnte er die Absicht haben, Ihren Vater zu erpressen?«

»Wozu? Ehe Vater eine seiner Formeln, wenn er solche hat — ich meine: große eigene Formeln —, also ehe er eine solche preisgäbe, würde er eher mich und sich umkommen lassen.«

»Und die beiden Jungs?« fragte Circe. »Die mit uns in Beirut eingesperrt waren?«

»Der eine heißt Kevin. Der andere Maurice. Kevin stammt aus Amerika, Maurice aus Frankreich. Es war noch ein dritter Junge da, aber der ist vor ein paar Wochen an der Ruhr gestorben.«

Iris begann wieder zu wimmern, ihre Augenlider öffneten sich einen Spalt, ließen nur das Weiße sehen.

»Sie braucht Stoff«, sagte Bettina. »Der Schock der Entziehung ist zu groß.«

»Ich werde sehen, was ich tun kann.« Circe stand entschlossen auf.

Sie ging zum Zeltausgang, schlug mit einer Handbewegung die schwarze Tuchklappe zurück.

Die Kameldungfeuer schwelten immer noch. Der Geruch nach fettem gesottenem Hammel hing jetzt beklemmend über dem Nomadenlager. Einen Moment lang dachte Circe, sie würde die jähe Übelkeit nicht beherrschen können.

Aber sie ging weiter, direkt auf das Zelt des Sheiks zu, wo die Männer saßen.

Die meisten wandten ihr den Rücken zu. Sie sah, wie sich die Schultern strafften, wie sie auf ihren Schritt lauschten; aber natürlich war es unter ihrer Würde, als Mann einer Frau gegenüber den Kopf zu wenden, ihrer Neugier nachzugeben.

Der Sheik — in grauweißgestreifter Seidenrobe, das Haupttuch, in schwarzen und weißen Würfeln gemustert, fiel ihm auf die breiten geraden Schultern — sah Circe mit Gleichmut entgegen.

Sie blieb direkt zwischen den Öllampen, die die Veranda des Zeltes erhellten, stehen.

»Salam aleikum«, sagte sie. »Ich hoffe, dies ist der richtige Gruß«, fuhr sie auf französisch fort. »Ich brauche Ihre Hilfe, Sheik. Eine Ihrer Gefangenen ist krank, weil man ihr kein Rauschgift mehr verabreicht hat. Sie wird sterben, wenn man ihrer Sucht nicht nachgibt.«

»Was spielt es für eine Rolle, wann ein Mensch stirbt?« fragte der Sheik. In seine schmalen Augen trat fast so etwas wie ein amüsiertes Lächeln. »Ihr habt zuviel Angst vor dem Tod, ihr, die aus Europa kommen. Ihr habt den falschen Glauben gewählt, einen Glauben, der euch in den Klauen

118

der Angst vor dem Tod festhält. Wir wissen, daß Allahs Wille geschieht, wann und wie er es will.«

»Allahs Wille kann es nicht sein, daß ein junges, unschuldiges Mädchen stirbt.«

»Du bist eine Frau«, sagte er mit unverhohlener Verachtung. »Was weißt du vom Willen Allahs?«

»Ich nehme an, Sheik«, sagte Circe, »die Gefangenen sind Ihnen anvertraut worden. Ich kann mir nicht vorstellen, daß Sie zulassen werden, daß ein Schützling eines großen Sheiks stirbt?«

»Was braucht sie?« fragte der Sheik. »Es ist die Deutsche, nicht wahr?«

»Ja, es ist die Deutsche aus Hamburg. Sie ist rauschgiftsüchtig. Sie hat schon schwere Drogen genommen, Heroin. Ich weiß nicht, ob Haschisch noch ausreicht.«

»Mein Arzt wird nach ihr schauen«, sagte der Sheik. »Harun, sieh nach dem Mädchen!«

Aus dem Kreis der um den Sheik versammelten, auf ihren Fersen hockenden Beduinen erhob sich ein schlanker junger Mann. Er trug als einziger einen europäischen Anzug.

Er verneigte sich gegen den Sheik, trat dann — stets dem Sheik das Gesicht zuwendend, rückwärts in das Zelt, kam wenige Minuten später mit einer schwarzen Bereitschaftstasche, wie sie jeder europäische Arzt benutzen würde, wieder heraus.

Wortlos ging er Circe voran zu dem Zelt, in dem sie, Iris und Bettina untergebracht waren.

Er kniete neben Iris' Fellager nieder, untersuchte sie rasch und gründlich, maß den Blutdruck, prüfte den Puls, die Reflexe der Augen und der Glieder. Schließlich zog er eine Spritze auf, injizierte direkt in die linke Armvene.

»Was haben Sie ihr gegeben?« fragte Circe.

»Sie wird jetzt ruhig schlafen«, sagte er nur.

Fast innerhalb von Sekunden ging eine deutliche Veränderung mit Iris' Gesicht vor sich. Die Haut verlor die erdiggraue Tönung, ihre Lippen und Augenlider schienen

119

abzuschwellen. Beinahe etwas wie ein Lächeln fiel über ihr Gesicht.

»Jetzt ist sie wieder glücklich«, flüsterte Bettina.

Der Arzt verließ wortlos das Zelt.

Ja, Iris ist jetzt glücklich, dachte Circe und da war fast etwas wie Neid in ihr. Glücklich, weil sie nicht zu denken brauchte, glücklich, weil sie nicht wußte, daß sie gefangen waren, weitab von jeder Zivilisation. In der Wüste.

Circe wandte sich ab, ging in die Ecke, wo eine Spiegelscherbe an dem Zeltpfosten hing; darunter stand eine Plastikschüssel und eine Kanne mit Wasser.

Sie wusch sich Gesicht und Hände, sah in den Spiegel.

Sie sah nicht ihr eigenes Gesicht.

Sie sah Robert. Robert, der sich sorgen würde. Robert, der nicht wußte, was aus ihr geworden war.

Es war ein verzweifelter Robert, und fast meinte sie, ihn ihren Namen rufen zu hören.

Er flüsterte ihren Namen. Er lag in dem Krankenzimmer in Beirut, das gleichzeitig eine Gefängniszelle war, und flüsterte ihren Namen.

Es war wie eine Beschwörung, mit der Robert Kane sich an den Rand der Vernunft klammerte.

Die einzige Beschwörung, die ihn davor bewahren sollte, verrückt zu werden, was sie wohl von ihm erwarteten.

Sie hatten ihm Injektionen gegeben, nach denen er sich leicht und schwerelos fühlte, nach denen er leicht und schwerelos in die Bewußtlosigkeit glitt. Aber er wußte, daß sie ihn zum Reden zwangen, wenn er — wie es für ihn selbst schien — bewußtlos war.

Was erzählte er ihnen? Gab er Geheimnisse preis, die er vergessen hatte, die sie aber nun aus ihm herauslockten.

Wichtige Geheimnisse?

Hatte es etwas mit Israel zu tun?

Er hatte Freunde in Israel, aber er konnte sich nicht an ihre Namen erinnern.

Waren es vielleicht Freunde in wichtigen politischen Stellungen?

Sein Gedächtnis gab ihm keine Antwort darauf.

Wie so vieles, hatte er auch das vergessen.

Und sie waren schuld daran, die ihn hier eingesperrt hatten und ihn mit Drogen vergifteten.

Er lag auf dem Bett und blickte zum Fenster, wo er nichts sehen konnte als ein Stück des ewig blauen libanesischen Himmels.

Als er die Schritte vor der Tür seines Zimmers hörte, schloß er die Augen, so, als schlafe er.

Er hörte das Zurückschnappen des Türschlosses, dann das Rascheln eines Kleides oder eines Kittels.

Nur das, keinen Schritt eines Mannes.

Eine Hand griff nach seinem rechten Arm, streifte den steifleinenen Ärmel seines Anstaltsnachthemdes hoch. Weiche Fingerspitzen legten sich auf seinen Puls.

Er öffnete die Augen einen Spalt, sah das matt geblich getönte Gesicht der Ärztin, von weichem, glattem Haar umrahmt, das im Nacken zu einem Knoten geschlungen war. Sie saß neben dem Bett, auf dem einzigen Stuhl.

Sie blickte auf ihre Armbanduhr, prüfte aufmerksam seinen Puls.

Und genau diesen Moment nutzte er aus, ganz instinktiv, ohne auch nur eine Sekunde darüber nachzudenken. Er riß die rechte Hand hoch, schloß sie noch in der gleichen Bewegung zur Faust und traf exakt das weiche, runde Kinn.

Ihr Kopf zuckte nach hinten, dann rutschte sie mit einem leisen Seufzer oder einem langen Atemzug von dem Stuhl.

Robert hatte noch nie eine Frau geschlagen, aber jetzt war weder die Zeit, darüber nachzudenken, noch sich selbst zur Rechenschaft zu ziehen.

Er glitt aus dem Bett; die jähe Bewegung machte ihn schwindelig, ließ ihn einen Moment lang Halt suchen. Das Zimmer schien zu wanken.

Dann beugte er sich herab, faßte den Saum des weißgestärkten Kittels, den die Äztin trug, riß ihn mit einem Ruck ab.

Er formte einen Knebel daraus, schob ihn in ihren Mund, benutzte den Rest der Stoffbahn, um ihre Hände zu fesseln.

Von dem Stethoskop in ihrer Kitteltasche riß er die Gummischläuche ab, fesselte damit ihre Füße.

Er hob sie aufs Bett, drehte sie zur Wand, zog die Decke so über sie, daß nur noch ein wenig von ihrem Haar zu sehen war.

Die Tür seines Zimmers — ohne Klinke und Schloß — war nur angelehnt.

Er spähte hinaus, sah einen langen Flur, rechts und links in regelmäßigen Abständen weitere Türen, die gewiß zu ebensolchen Zellen führten wie der, in der er eingesperrt gewesen war.

Der Flur war leer, lag in einem gedämpften grauen Licht, das durch die Decke aus grauem Milchglas herabfiel.

Er trat hinaus, auf nackten Füßen, in dem grauen Anstaltsnachthemd, lief lautlos den Flur entlang.

Am Ende des Flurs befand sich eine Tür mit einer ganz normalen Klinke; vorsichtig drückte Robert sie herunter, öffnete die Tür zentimeterweise.

Es war ein kleiner Raum, in den er trat, offenbar zum Aufenthalt eines der ›Krankenwärter‹ bestimmt. An der gegenüberliegenden Wand gab es eine zweite Tür.

Ein Tisch stand da mit zwei Stühlen. Eine Tafel mit flachen Glastäfelchen, die Nummern von eins bis zwanzig trugen — die Zimmernummern wahrscheinlich —, hing an der rechten Wand.

Und ein Spind stand dort, aus graulackiertem Metall, wie sie in Umkleidekabinen von Fabriken oder Kasernen benutzt werden. Robert öffnete das Spind, fand tatsächlich einen Mantel darin, einen Trenchcoat, und ein Paar Gummistiefel.

Er zog die Stiefel an, den Mantel, knotete gerade den Gürtel zu, als die gegenüberliegende Tür aufging.

Oberst Barei von der Beiruter Sicherheitspolizei trat ein. Ein Lächeln um den schmalen Mund, die abfallenden Schultern fast kaschiert von einem äußerst eleganten Jackett: Rohseide, beste Londoner Schneiderarbeit.

Sein Lächeln wurde zu einem breiten Lachen. Er schien kaum überrascht, eher erfreut, Robert Kane hier zu treffen. »Sie sollten sich sehen, mein lieber Kane, Sie sollten sich jetzt wirklich in einem Spiegel sehen!«

»Das kann ich mir vorstellen«, sagte Robert sarkastisch. »Aber schließlich habe ich es ja Ihnen zu verdanken, daß ich mich wie ein Gangster benehmen muß, wie ein Ausbrecher in einer lächerlichen Klamotte.«

»Aber was«, sagte Oberst Barei, »dessen hätte es doch gar nicht bedurft. Sie waren nur ein bißchen zu ungeduldig. Ich bin sowieso hier, um Sie zu entlassen.«

»Nachdem Sie mich mit Drogen vollgepumpt und alles erfahren haben, was Sie wissen wollten?«

»Es geschah zu Ihrer eigenen Sicherheit.« Der Oberst lächelte geschmeidig. »Nur zu Ihrer ganz persönlichen Sicherheit. Dinge, die Ihnen hätten gefährlich werden können, haben Sie vergessen. Also Sie sind außer Gefahr. Und können jetzt ganz frei und unbeschwert nach Hause reisen.«

»Und was ist mit meiner Tochter und Frau Odissa?«

»Aber das weiß ich wirklich nicht.«

Robert war mit einem Satz bei Barei, packte mit einem Griff die eleganten seidenen Revers.

»Lassen Sie das«, warnte Barei. »Sie wollen sich doch nicht den einzigen Freund, den Sie hier haben, zum Feind machen?«

»Ich will die Wahrheit wissen — endlich wissen, was das alles zu bedeuten hat«, verlangte Robert.

»Lassen Sie mich los, ich werde versuchen, Ihnen einiges zu erklären.« Barei klang zum erstenmal aufrichtig.

Robert ließ ihn los. Sie setzten sich an den Tisch.

»Sie sind in den Bannkreis einer mächtigen Organisation geraten«, sagte Oberst Barei. »Ich gebe zu, wir haben herauszufinden versucht, warum. Mit nicht ganz legalen Methoden.«

»Sie haben mir also ein Wahrheitsserum gespritzt?« fragte Robert.

»Ja, aber ohne Erfolg. Wir wissen nicht, was ›Kefir‹ von Ihnen will. Wir wissen ebensowenig wie Sie, wer ›Kefir‹ ist.«

»›Kefir‹ ist tot.«

»Ein kleiner magerer Mann, der sich überheblich ›Kefir‹ nannte, ist vor zwei Monaten im Bazar gestorben.«

So lange war er, Robert, also hier eingesperrt gewesen: zwei Monate? Und Circe — was war inzwischen aus Circe geworden?

»Sie haben ihn umgebracht«, sagte er zornig. »Und damit alles verdorben.«

»Nein. Wir haben ihm sogar eine Warnung zukommen lassen«, sagte Barei. »Er war ein ausgezeichneter Agent. Ein Doppelagent. Wir wollten sehen, was er tut, wir hofften, daß seine Reaktion uns auf die Spur des echten ›Kefir‹ bringen würde.«

»Was ist das für eine Organisation?«

»Wir wissen es nicht. Wir wissen nur soviel, daß sie sich der Kinder einflußreicher Leute bedient, um ihre diversen Ziele zu erreichen. Aber was diese Ziele sind, wissen wir auch nicht. Sie sind nicht der erste Vater, der seine Tochter sucht. Andere Väter suchen ihre Söhne.«

»Und hat einer dieser Väter sein Kind je wiedergesehen?«

»Ja«, sagte Barei. »Nachdem er gezahlt hatte, in welcher Münze auch immer.«

»Und wenn nicht?«

»Dann blieb das Kind verschwunden. Oder aber es kam so krank zurück, daß nur noch die Anstalt übrigblieb.«

»Rauschgift?«

»Ja — harte Drogen.«

»Und was soll ich jetzt tun?« fragte Robert, jetzt wirklich auf Bareis Rat angewiesen.

»Nach Hause fliegen.«

»Das glauben Sie doch wohl selbst nicht?«

»Sie sind aus dem Libanon ausgewiesen, so steht es in Ihrem Paß.«

»Und Sie haben das veranlaßt?« fragte Robert.

»Ja, zu Ihrem eigenen Schutz.«

»Aber ich bleibe hier.«

»Sie können hierbleiben, aber nur in diesem Haus.«

»Ich werde Mittel und Wege finden, zu fliehen.«

»Um von der nächsten Polizeistreife aufgegriffen zu werden? Nein, Sie müssen nach Hamburg zurück!«

»Was soll ich in Hamburg?«

»Ich nehme an, dort wird sich ›Kefir‹ erneut mit Ihnen in Verbindung setzen, weil er glaubt, Sie haben aufgegeben. Weil er glaubt, daß Sie nun mürbe genug sind.«

»Was soll ich Ihnen glauben?« fragte Robert.

»Alles«, sagte Barei. »Ich habe nichts gegen Sie. Sie sind Deutscher.« Er zuckte die Schultern. »Wir Libanesen haben noch nie etwas gegen die Deutschen gehabt.«

»Werden Sie weiterhin von hier aus nach meiner Tochter und nach Frau Odissa suchen?«

»Das werden wir«, versprach Barei.

»Und werden Sie mich unterrichten, wenn — Sie etwas herausfinden?«

»Ja.«

Es war sonderbar, Barei hatte ihm wenig Veranlassung gegeben, ihm zu vertrauen. Aber er tat es, jetzt vertraute er ihm.

»Gut«, sagte Robert Kane, »ich fliege nach Hamburg zurück.«

Robert Kane war mit mehreren Stunden Verspätung in Hamburg eingetroffen.

Wind wehte, mit der ersten Schärfe des Herbstes; Laub, schon braun und gelb verfärbt, bedeckte den Rasen zwischen den Appartementhäusern.

Seine Wohnung in Langenhorn, sie wirkte so fremd, so

unbewohnt, wie die Ausstellungsräume einer Möbelhandlung. Sein Briefkasten war bis obenhin voll. Briefe und Ansichtskarten von Freunden aus dem Urlaub, deren Namen er las, die ihm nichts sagten, die er vergessen hatte.

Teilweiser Gedächtnisschwund, damit werde ich jetzt leben müssen, dachte er bitter.

Robert duschte und zog sich um; selbst seine Kleider kamen ihm fremd vor, waren ihm zu weit geworden. Sein Gesicht war hager, er war gealtert. In einem Vierteljahr mehr gealtert als in einem halben Dutzend Jahren zuvor.

Er nahm sich einen Whisky, war froh, daß noch eine Flasche Vitell im Eisschrank stand, denn das Wasser aus der Leitung war wieder einmal nicht zu genießen.

Er ging ins Wohnzimmer, schaltete die Tagesschau ein. Der Sprecher trug sein Toupet, eine breite blau-weiß getupfte Krawatte zum munteren blau-weiß getupften Einstecktuch.

Es war das übliche: Berichte über militärische Zwischenfälle im Nahen und Fernen Osten. Anhalten der Dollarkrise, der bevorstehende Staatsbesuch eines kaiserlichen Staatsoberhauptes in der Bundesrepublik.

Und schließlich am Schluß der Tagesschau der neue Werbe- oder Warnspot gegen Rauschgift.

Gezeigt wurde »mit dem Einverständnis der Beteiligten«, wie der Sprecher sagte, ein blondes Mädchen.

Gezeigt wurde das verwüstete Gesicht eines blonden Mädchens im Heroinrausch.

Und Robert erkannte sie auf einen Blick: Es war Iris.

Es war seine Tochter Iris.

Und da wußte er, daß er noch einmal ganz von vorne anfangen würde. Noch einmal den Kampf aufnehmen mußte.

Nicht tatenlos warten konnte, bis ›Kefir‹ auf ihn zukam, wie Barei es ihm geraten hatte.

Nein, er wollte und mußte die Suche nach Iris und Circe von neuem beginnen.

Und er fing noch am gleichen Abend damit an.

Er rief sofort in der Leitung ›Aktuelles‹ des Norddeut-

126

schen Fernsehens an; nach einem halben Dutzend Weiter-verbindungen meldete sich ein Mann, der den schleppenden Tonfall der Elsässer sprach.

»Ei, da haben Sie aber Glück«, sagte er. »Ja, ich bin der Autor des Spots. Mein Name ist Heibi.«

»Sie haben Bilder von meiner Tochter gezeigt«, sagte Robert.

»Sie meinen — das blonde Mädchen?« Es klang vorsichtig, mit einemmal sehr zurückhaltend.

»Ja, genau. Meine Tochter ist seit dem Frühjahr ver-schwunden.«

»Wie war doch noch Ihr Name?«

»*Kane*«, Robert buchstabierte ihn.

»Ja, Herr Kane. Die Fotos sind von Ihrer Tochter?«

»Wie haben Sie sie bekommen? Bitte, können wir uns sehen, können wir darüber sprechen?«

»Ich muß den Nachtzug nach Köln kriegen«, sagte Heibi. »Ich war schon auf dem Wege . . .«

»Können wir uns in einer halben Stunde im Hauptbahn-hof Wartesaal erster Klasse treffen?« unterbrach Robert ihn.

»Ja — wenn Sie meinen?«

»Ich bitte Sie darum. Ich werde einen Kamelhaarmantel tragen und einen braun-grün karierten Schal dazu.«

»Ich trage eine schwarze Krawatte mit weißen Streifen zu einem kamelhaarfarbenen Blazer.«

»Bis in einer halben Stunde also . . .«

Es war neblig und kalt. Es war dieses typische Hamburger Herbstwetter, bei dem man am liebsten schon morgens den Magen mit einem Schnaps anwärmen würde, was viele See-leute auch tun.

Robert hatte Glück, er fand einen Parkplatz ganz in der Nähe des Hauptbahnhofs.

Er sah weder rechts noch links, während er durch die Halle dem rechter Hand gelegenen Wartesaal zuging.

Heibi wartete bereits auf der Empore des Restaurants. Er

hatte die lebhaften blauen Augen des Elsässers und das fleischige, gesunde Gesicht. Sein Haar über der Stirn war schütter und sah ein bißchen nach blondgefärbt aus. Er trank einen Schoppen Rotwein. Er war solide angezogen und wirkte auch solide.

»Sie sind also der Autor der Warnungsspots gegen Rauschgift?« Robert kam sofort zur Sache.

»Dieses einen«, schränkte Heibi ein. »Es ist sozusagen mein Debüt beim Fernsehen. Ich mach' sonst vor allen Dingen in Werbung.«

»Woher haben Sie die Bilder bekommen?« fragte Robert.

»Das ist schnell erzählt. Ich habe einen Freund, der rauschgiftsüchtig war.«

»Gibt es das überhaupt: war?« fragte Robert.

»Er machte eine Entziehungskur in einer Schweizer Klinik. Es existierten schlimme Fotos von ihm, aus seiner süchtigen Zeit. Ich bat ihn, ob er mir davon welche zur Verfügung stellen könnte. Er meinte, ein Mädchen sei besser. Und dann, vor einem Monat etwa, kriegte ich die Fotos.«

»Von meiner Tochter.«

»Wollen Sie die Originale sehen?« fragte Heibi. »Ich hab' sie bei mir.« Er hob eine Aktentasche auf, die neben seinem Stuhl gestanden hatte. Er nahm einen rosaroten Aktendeckel heraus, öffnete ihn.

Obwohl Robert die Fotos schon im Fernsehen gesehen hatte, traf es ihn doch wie ein Schlag in den Magen. Sekundenlang bekam er kaum Luft.

»Dieser Brief war dabei«, sagte Heibi.

»Ich bin damit einverstanden, daß diese Fotos von mir im Fernsehen gezeigt werden«, stand da in Maschinenschrift.

Und darunter, fahrig, zittrig, kaum zu entziffern und doch für Robert unverkennbar, Iris' Unterschrift.

»Und ihr Freund?« fragte Robert. »Woher hat er diese Fotos? Wie heißt er, wo kann ich ihn erreichen?«

Heibi nahm einen kleinen Schluck von seinem Rotwein.

»Es tut mir leid«, sagte er. »Sehr leid für Sie. Ich dachte, es würde schließlich doch nur eine Verwechslung sein.«

»Es ist meine Tochter«, sagte Robert. »Diese Fotos zeigen meine Tochter. Bitte, wie heißt Ihr Freund?

»Abdul Kefir«, sagte Heibi. »So hieß er. Vor einem Monat ist er gestorben. Überdosis gespritzt. Sie hatten recht, als Sie eben fragten: Gibt es das, Heilung von der Sucht? Nein, wenn Sie mich fragen! Das gibt es nicht!«

9

Robert Kane saß seinem Freund und Anwalt Uwe Karstens in dessen Kanzlei gegenüber. Thermophandoppelfenster erstickten auch das letzte Rauschen des Verkehrs von unten, auf der Alsterpromenade, wo um diese Zeit Hochbetrieb herrschte; vor allem, wenn es regnete, wie seit Tagen schon.

»Jetzt weißt du alles«, sagte Robert. Er nippte an dem Selterswasser, das nur mit einer Spur von Whisky versetzt war. Seine Kehle war trocken geworden, während er all das erzählt hatte, was sich in den letzten Monaten in Athen und in Israel, im Libanon und wieder in Hamburg ereignet hatte.

Als letztes hatte er von dem Zusammentreffen mit Heibi berichtet, dem Elsässer, im Wartesaal erster Klasse des Hamburger Hauptbahnhofs.

»Was machte er für einen Eindruck auf dich?« fragte Karstens nun.

»Einen guten, soliden.«

»Und er wollte dir dennoch absolut keine genaue Auskunft über die Herkunft seines verstorbenen Freundes Kefir geben?«

»Meiner Meinung nach hatte er Angst«, sagte Robert. »Einfach Angst.«

Er ließ die letzten Minuten des Zusammenseins mit Heibi noch einmal vor seinem geistigen Auge abrollen.

Der rosige blauäugige Elsässer hatte ihm gegenüber gesessen und gesagt: »Sie hatten recht, als Sie fragten: Gibt es überhaupt Heilung von der Rauschgiftsucht? Nein, wenn Sie mich fragen: Die gibt es nicht!«

»Wer war Kefir? Kannten Sie Abdul Kefir gut?« hatte Robert weitergeforscht.

»Ich traf ihn in einem Urlaub im Nahen Osten. Vor dem Sechstagekrieg. Er kam mich später besuchen, als er sich in

Deutschland aufhielt. Ich merkte sehr bald, daß er rausch-giftsüchtig war, aber er behauptete immer, es unter Kontrolle zu haben. Er war übrigens jung, viel jünger als ich.«

»Er war ein guter Freund von Ihnen«, fragte Robert Kane.

»Ja. Ich mochte ihn. Er war wie mein Sohn. So lebhaft, so aufgeschlossen, es bereitete mir Spaß, ihm Deutschland zu zeigen und das Elsaß, meine Heimat. Und ich machte ihm auch Vorhaltungen, weil er Rauschgift nahm.«

»Und dann?« fragte Robert Kane, weil Heibi schwieg.

»Ich brachte ihn so weit, daß er die Entziehungskur mach-te. Sehen Sie, mein Sohn, der vor vier Jahren an Leukämie starb, das war mein einziger. Und Abdul — er hatte übrigens eine fanzösische Mutter und einen libanesischen Vater —, ich dachte mir: Der Junge ist so schlau, der Junge ist so ge-witzt, der kann mal dein Nachfolger werden. Sagte ich Ihnen schon, daß ich eine Werbefirma habe? Also, dafür wollte ich ihn einspannen. Ich hatte ihn einfach gern, und ich vertraute ihm.«

»Und dann?« fragte Robert noch einmal.

»Er machte die Entziehungskur. Dann kam er aus der Klinik in der Schweiz. Und er war geheilt. Und weil ich von mir aus mehr tun wollte, zur Abschreckung gegen Rausch-gift und so, da bat ich ihn, über ihn berichten zu dürfen. Daß er es geschafft hatte. Da besorgte er mir die Bilder Ihrer Tochter. Und dann spritzte er sich selbst eine Überdosis.«

»Wie kam er an die Bilder meiner Tochter?«

»Das weiß ich nicht. Ich sagte Ihnen doch, er sandte sie mir zu.«

»Wo war Abdul zu jener Zeit?«

»An Athen. Ich hatte ihn nach Athen geschickt, um einen Auftrag für ein Reisebüro auszuführen.«

Immer wieder die gleichen Orte. Immer wieder die gleichen Städte und Länder.

»War Abdul jemals in Israel?«

»Nein! Da kam er ja nicht 'rein.« Heibi sah Kane ver-wundert an. »Warum?«

»Ich bin überall gewesen«, sagte Robert Kane. »In Athen und in Beirut und in Jerusalem. Immer auf der Suche nach Kefir.«

Genau in diesem Moment verschloß sich das Gesicht des so solide wirkenden Elsässers. Genau da trat in seine Augen die Angst.

»Es tut mir leid«, sagte er leise, »ich glaube, ich habe alles gesagt, was ich wußte. Mehr gibt es nicht. Und bitte, erwarten Sie keine weitere Hilfe von mir. Bitte, ich habe mit alledem nichts zu tun.«

Und er hätte genauso sagen können: Ich will mit alledem nichts zu tun haben.

»Das war dann alles«, beendete Robert Kane nun seinen Bericht. »Heibi bestieg seinen Zug nach Köln und fuhr fort.«

»Und seitdem?«

»Nichts. Das war vor drei Tagen.«

»Hast du seine Adresse?«

»Ja.«

»Wo lebt er?«

»In Freiburg.«

»Rufen wir ihn doch mal an.«

Robert Kane gab Karstens die Nummer. Der wählte sie.

»Besetzt«, sagte er und legte den Hörer auf. Er versuchte es nach einigen Minuten erneut.

Diesmal bekam er Anschluß. Robert Kane preßte die Mithörmuschel an sein Ohr.

»Heibi-Werbe-Agentur«, sagte eine seltsam verquollene Mädchenstimme.

»Ich hätte gern Herrn Heibi gesprochen«, sagte Karstens.

»Einen Moment bitte.«

Und dann kam eine männliche befehlsgewohnte Stimme durch die Leitung: »Wer spricht bitte?«

Karstens nannte seinen Namen, seinen Beruf.

Die befehlsgewohnte Stimme fragte nach dem Anlaß des Anrufs; Karstens erklärte es.

»Es tut mir leid«, hieß es dann am anderen Ende, »aber Sie werden Herrn Heibi nicht mehr sprechen können.«

»Er ist — tot?« fragte Karstens.

»Geben Sie uns Ihre Telefonnummer, wir werden zurückrufen.«

Aber der Rückruf kam nicht.

Sie warteten genau eine Stunde darauf.

»Das heißt, er wurde ermordet«, sagte Kane.

»Ja, das heißt es wohl.« Karstens griff nach den großen Schwarzweißfotos, die Kane ihm gegeben hatte, den Fotos von Iris. Es war ein durch das Rauschgift total zerstörtes Gesicht. Nichts ließ mehr ahnen, daß es ehemals so schön und voller Leben gewesen war. Es war jetzt nur noch die Fratze der Sucht. »Robert, du kannst sie nicht mehr retten«, sagte er. »Robert, hör auf, nach den Hintermännern dieser ganzen Geschichte zu suchen. Es ist zwecklos.«

»Du vergißt, daß Circe mit drinsteckt. Wie soll ich aufhören? Wie kann ich aufhören? Circes Sohn ist meinetwegen in Athen ermordet worden, weil Circe mir geholfen hat, nach den Entführern meiner Tochter zu suchen. Ich kann nicht aufgeben. Ich kann einfach nicht!«

»Sie werden auch dich umlegen oder Dinge von dir verlangen, die du einfach nicht erfüllen kannst.«

»Was soll das heißen. Was weißt du darüber?«

»Alle Menschen, die dir bisher Auskünfte gegeben haben, und seien es auch noch so bescheidene Auskünfte gewesen, haben den Tod gefunden, einen gewaltsamen Tod.«

»Und was steckt deiner Ansicht nach dahinter?«

»Der größte Spionagering aller Zeiten. Und Rauschgift natürlich. Aber nicht *nur* Rauschgift — Spionage, Robert. Ganz bestimmt Spionage.«

»Aber für wen und wogegen?«

»Die schlimmsten Spionageringe oder die schlimmsten Agenten sind die Doppelagenten. Halt dich da raus, Robert. Was willst du überhaupt tun? Du, ein einzelner, gegen eine Organisation, die so weit verzweigt zu sein scheint — nein, ist —, daß sie deine Tochter entführt, die Tochter eines simplen Ingenieurs, dann den Sohn von Circe Odissa in Athen ermordet, einen kleinen Jungen — als Warnung nur —, dann einen Mann in Beirut, der sich ›Kefir‹ nannte und damit wahrscheinlich über die Stränge schlug ... Du setzt dein eigenes Leben und das Leben aller Freunde und Bekannten aufs Spiel. Warum, wissen wir nicht, vielleicht werden wir es nie erfahren. Deswegen gebe ich dir den einen dringenden Rat: Hör auf mit deiner Suche nach Kefir! Sieh dir die Bilder deiner Tochter an. Wenn sie so aussieht, wenn es so weit mit ihr gekommen ist, wirst du sie ohnehin nicht mehr retten können. Und wenn du an Rache denkst — was ist schon Rache? Ich habe Männer gekannt und verteidigt, die ihre Frauen aus Rache umgebracht haben, weil sie ihnen untreu waren. Ja glaubst du denn, diese Rache hätte sie befriedigt? Rache ist eine andere Art von Schuld. Rache ist immer eine neue Schuld.«

»Du vergißt Circe«, sagte Robert ganz ruhig, und eben deswegen klang es so hartnäckig. »Ja, wenn du so willst, wenn alles, was ich bisher erfahren habe, stimmt, dann muß ich wohl Iris abschreiben. Ich muß mich damit abfinden, daß meine Tochter verloren ist. Aber Circe nicht. Sie nicht. Sie muß ich rausholen, wo immer sie auch sein mag. Was immer auch mit ihr geschehen ist oder noch geschieht.«

Als Robert Kane nach Hause kam, warteten zwei Männer auf ihn. Nicht direkt vor der Haustür, nicht direkt in der Einfahrt zu der Seite des Wohnblocks in Langenhorn, in dem er wohnte, sondern drüben, beim Heizungshaus.

Die beiden Männer saßen in einem bronzefarbenen Wagen ausländischer Bauart. Es war ein sehr teurer Schlitten mit roten Zollnummernschildern.

Während Robert Kane die Haustür aufschloß, stiegen die beiden aus. Er hörte ihre Schritte hinter sich auf dem Asphalt. Er konnte sie auch aus dem Augenwinkel sehen.

Sie waren mittelgroß, mit breiten Schultern, und er mußte unwillkürlich an amerikanische Gangsterfilme denken, in denen solche Kerle als Gorillas von Gangsterbossen auftraten.

»Herr Kane?« fragte der eine von ihnen, der rechts von ihm stehenblieb, mit einer weibischen, vollkommen akzentfreien Stimme. Er war dunkelhäutig, und sein Haar schimmerte selbst in der diffusen Beleuchtung bläulich schwarz.

»Ja, das bin ich.« Robert drehte sich um.

Der zweite trug eine grün-rot karierte Flanelljacke; ziemlich auffällig, dachte Robert.

Sie lächelten ihn beide an.

»Dürfen wir mit hineinkommen?« Es klang wie eine Frage, aber es war keine.

»Bitte«, sagte Robert trocken.

Sie folgten ihm in den Flur des Hauses zu seiner Wohnung. Er schaltete das Licht ein, ehe er sie in die Diele treten ließ. Ihre Gesichter waren jetzt ausdruckslos, und wieder mußte er an die amerikanischen Gangsterfilme denken; sie hätten fabelhafte Statisten abgegeben.

»Nun?« fragte Robert. Er ließ die Wohnungstür auf; der mit dem blauschwarzen Haar schloß sie mit einem sanften, aber bestimmten Fußtritt.

»Was wollen Sie von mir?« fragte Robert Kane.

»Nicht viel«, sagte der Blauschwarzhaarige. »Eigentlich nur eines: Halten Sie in Zukunft Ihren Mund.«

Und ehe Robert noch irgend etwas tun konnte — es blieb keine Zeit für die einfachste Abwehrbewegung —, begannen sie, ihn zusammenzuschlagen.

Sie taten es methodisch und gründlich.

So gründlich, daß Robert schon nach wenigen Minuten das Bewußtsein verlor.

Mosaiksteine — was anders sind Vergangenheit, Gegenwart und Zukunft?

Wenn man Glück hat, fügen sie sich zu einem befriedigenden Ganzen zusammen, wenn man Pech hat, gelingt es nie.

Robert Kane lag schon wieder in einem Krankenhaus, diesmal in Hamburg.

Die Gangster hatten seine Wohnungstür offengelassen, er war von einem Ehepaar aus dem Haus, das aus dem Theater kam, gefunden und in die Klinik gebracht worden.

Acht Tage lang war er kaum vernehmungsfähig. Das lag vor allem daran, daß die Kerle ihm das Gesicht so gründlich zerschlagen hatten.

Als er dann seine Aussage zu Protokoll gab, bei dem vernehmenden Kommissar der Hamburger Kriminalpolizei, hatte er sich längst eine harmlose Version zurechtgelegt.

Einbrecher waren in der Wohnung gewesen.

Punkt und Schluß.

»Aber das glauben Sie doch wohl selbst nicht?« sagte der Kommissar. Er war noch ziemlich jung, so um die Fünfunddreißig, er sah sehr forsch und sehr wendig aus. »Das waren Schläger, das waren Profis. Die haben Sie mit Absicht für eine ganze Zeit außer Gefecht gesetzt.«

Und was ist in dieser Zeit passiert? fragte Robert sich. Mein Gott, was ist inzwischen aus Circe und was ist inzwischen aus Iris geworden?

Die Nomadenzelte standen wie schwarze Segel vor dem abendlichen Horizont des Tals, das nur nach Westen hin, zum Sonnenuntergang, geöffnet war.

Die Sonne war schon versunken: ihr Abglanz lag noch auf den felsigen Bergflanken, versickerte violett und grünlich in der sandigen, nur hier und da mit einer Art Steinmoos bedeckten Talsohle.

Vor den Zelten flackerten die Kameldungfeuer auf.

Ihr Rauch stieg steil in die stille Abendluft — kein Wind zerfaserte ihn. Das Zeltdorf bot ein biblisches Bild: die Feuer schienen für Opfer bestimmt, die Frauen, die von und zur Wasserstelle gingen, hätten jedem Maler der urchristlichen Zeit als Modell dienen können.

Auch Circe, Bettina und Iris trugen nun die schwarzen,

aus Ziegenhaar gewebten Gewänder der Beduinenfrauen, die mit rotem, blauem und gelbem Seidengarn am Halsausschnitt bestickt waren.

Die Kleider, die sie bei ihrer Entführung aus Beirut vor beinahe drei Monaten getragen hatten, waren unter den extremen Klimabedingungen der Wüste längst zerfetzt und fast zu Staub verfallen. Außerdem hatte es sich herausgestellt, daß diese langen dunklen Beduinengewänder ebenso gegen die Hitze der Tage schützten, wie gegen die Kälte der Nächte.

Der Sheik hatte Circe, Iris und Bettina Weinstein inzwischen voneinander getrennt; auf seine Veranlassung hin wohnte jede von ihnen in einem anderen Zelt seiner verschiedenen Frauen.

Wenn er damit verhindern wollte, daß sie einen Fluchtplan entwickelten, so hätte er sich das ersparen können. Sie lebten hier in der Einöde derart abgeschieden, daß sie nicht einmal wußten, ob sie sich in Syrien oder in Jordanien befanden.

Einmal am Tag, an der Wasserstelle, diesem uralten Brunnen, konnten sie sich treffen und miteinander reden.

Hier standen sie auch an diesem Abend, in der Reihe der Beduinenfrauen, und warteten, bis die Reihe an ihnen war, das Wasser in die bauchigen Tonkrüge zu schöpfen.

Bettina balancierte ihren Tonkrug inzwischen schon so geschickt auf dem Kopf, daß sie ihn nicht mehr mit der Hand abzustützen brauchte.

»Wenn ich jemals nach München zurückkomme, kann ich mit dieser Haltung als Mannequin arbeiten«, scherzte sie.

Ihre Augen hatten nichts von ihrer Lebhaftigkeit verloren. Die knapp drei Monate in der Wüste hatten ihren Mut und ihren Optimismus nicht gebrochen.

Bettina glaubte einfach fest daran, daß ein Wunder geschehe und man sie befreien würde.

Ganz anders Iris. Sie stand stumm ein wenig seitlich von Circe. Sie hielt den Kopf gesenkt. Ihr blondes Haar fiel strähnig und fahl unter dem schwarzblauen Kopftuch hervor.

Unter der Behandlung des Leibarztes des Sheiks hatte sich ihr körperlicher Zustand gebessert. Die Spuren des Rauschgiftes — Geschwüre, offene, eitrige Wunden — waren verschorft und vernarbt. Obwohl sie sich nie in die Sonne wagte, es auch nicht durfte, hatte ihre Haut eine fast wieder gesunde Färbung angenommen. Aber ihre Augen waren noch leblos und immer noch die einer Süchtigen. Circes Fürsorge ließ sie stumm und apathisch über sich ergehen.

Circe nahm sie zum Wasserholen mit, damit sie Bewegung hatte. Ihre Muskeln mußten sich kräftigen. Das war vor allem wichtig, falls sich eine Chance zur Flucht ergab.

»Ich habe heute morgen zwei Männer gesehen, die nicht zum Stamm gehören«, sagte Bettina an diesem Abend. Ihre Lippen bewegten sich kaum, und sie sprach so leise, daß nur Circe, die direkt vor ihr stand, es hören konnte. »Sie waren europäisch gekleidet. Sie kamen im Morgengrauen und verschwanden auch wieder, noch ehe es hell wurde. Ich konnte sie mit dem Sheik reden hören.« Bettinas Zelt lag dem des Sheiks am nächsten. »Sie sprachen Französisch, aber verstehen konnte ich nicht, worum es ging.«

»Waren sie mit einem Wagen hier?« fragte Circe ebenso leise und vorsichtig. Im Halbschlaf hatte sie geglaubt, das Geräusch eines Motors zu hören.

»Ja.«

»Was für ein Kennzeichen?«

»Die Zahlen konnte ich nicht erkennen. Nur soviel: Es war ein grünes Nummernschild. Und eine alte schwarze Limousine.«

Die beiden letzten Beduinenfrauen vor ihnen hatten ihre Wasserkrüge gefüllt und verließen den Brunnen.

Circe trat vor, hakte ihren Krug in die Seilschlaufe, ließ ihn in das Wasser hinab.

»Könnten es Polizisten gewesen sein?« fragte sie weiter.

»Keine Ahnung«, sagte Bettina. »Ich hätte sie eigentlich für Europäer gehalten, aber das weiß man ja nie so genau.«

»Wenn sie mit dem Wagen hier waren, muß es irgendwo in der Nähe eine richtige Straße geben.«

»Ja, das glaube ich auch«, sagte Bettina.

Sie sahen sich an, und sie dachten beide das gleiche.

Eine Straße in der Nähe bedeutete andere Wagen, andere Menschen, bedeutete unter Umständen Rettung.

»Ich will nicht weg«, sagte Iris.

Bettina und Circe fuhren herum.

»Ich bleibe hier«, sagte Iris laut. »Ihr wollt flüchten, ich weiß es. Aber ich will nicht weg!« Zum erstenmal, seit Circe Iris kannte, sah sie nicht in leblose Augen.

Zum erstenmal verriet Iris, daß sie nicht gleichgültig zu ihrer Umgebung stand.

»Wir haben nicht von Flucht gesprochen«, sagte Circe ruhig und abweisend. Sie wandte sich wieder dem Brunnen zu, holte ihren Krug hoch, zog ihn über den Steinwulst des Randes, hob ihn auf die Schulter.

Sie ging davon, ohne auf Bettina oder Iris zu warten. Sie wußte, Bettina würde es verstehen.

Zehn Minuten später — so abrupt, wie in der Wüste die Nacht einfällt — war es dunkel.

Nur die Feuer aus Kameldung glommen zwischen den Zelten, und es roch nach dem Hammelfett, in dem die Frauen Reis und Fleisch siedeten.

Circe saß vor ihrem Zelt.

Die Erde war noch warm von der Hitze des Tages. Sie lehnte mit dem Rücken gegen den Zeltpfosten. Sie rauchte die letzte Zigarette, die der Leibarzt des Sheiks ihr geschenkt hatte.

Nachdenklich schaute sie zu dem Zelt hinüber, vor dem die Männer saßen. Hin und wieder trieb der Wind, der sich jeden Abend um die Stunde der Dämmerung erhob, einzelne Wortfetzen herüber. Aber was tat es; sie konnte ohnehin nichts davon verstehen.

Sie wußte: Sobald die Beduinen gegessen, ihre Wasserpfeife geraucht und ihren mit Hel gewürzten Kaffee getrunken hatten, würden sie schlafen gehen.

Sehr bald würde es dann ganz still und dunkel im Lager sein.

Aber was nützte es, wenn es ihr dann wirklich gelang, unbemerkt von den vier Wachen, die der Sheik in der Nacht aufstellte, zu Bettinas Zelt zu schleichen — Bettina war doch nicht allein. In ihrem Zelt schliefen noch drei Beduinenfrauen.

»Komm zum Essen«, sagte es hinter Circe.

Selima hatte die Bastmatte im Zelt ausgerollt, darauf standen die runden Porzellanschüsseln, in denen das Essen dampfte.

Reis und Hammelfleisch. Wie jeden Abend.

Circe spürte, wie sich ihr Magen zusammenzog. Sie war hungrig, aber sie konnte einfach den Geruch des Essens nicht mehr ertragen.

»Du magst unser Essen nicht«, sagte Selima.

»Nicht besonders«, gab Circe zu.

Sie unterhielten sich in Französisch, von dem Selima ein paar Brocken beherrschte.

»Ihr werdet bald abgeholt«, sagte sie nun. »In die Stadt. Da gibt es anderes Essen, nicht wahr? Ich war einmal in Amman, als Kind. Mit meinem Vater und meiner Mutter, in einem Restaurant. Wir haben süße Kuchen gegessen und Cola getrunken.«

»Wie weit ist es von hier nach Amman?« fragte Circe.

»Ich weiß nicht«, sagte Selima abweisend.

»Aber die Straße dorthin ist nah?«

»Ich weiß nicht!«

»Warum kommst du nicht mit uns in die Stadt?« fragte Circe.

»Das darf ich nicht. Ich werde bald heiraten, und vorher darf ich meinen Stamm nicht verlassen.«

»Wen wirst du heiraten?«

»Hassan, den Mageren.«

»Er sieht gut aus, und er ist mutig«, sagte Circe höflich.

»Er hat gegen die Israelis gekämpft. Und vorher gegen die Engländer. Er ist mutig, aber er ist nicht mehr jung. Und er ist grausam. Er liebt die Menschen nicht.«

»Warum heiratest du ihn dann?«

»Weil der Sheik es befiehlt.«

»Wenn du mit uns kommst, brauchst du Hassan nicht zu heiraten. Du bist jung, du bist schön, du kannst einen Beruf erlernen und einen Mann finden, den du liebst.«

»Ich weiß nicht.« Selima hatte von dem Reis und den Fleischbrocken gegessen. Jetzt leckte sie ihre fettigen Fingerspitzen ab.

»Ich kann dir dabei helfen«, sagte Circe. »Wenn du mir vorher hilfst, von hier fortzukommen.«

»Dir allein?«

»Ich muß Bettina und Iris mitnehmen. Und wir brauchen Waffen. Und Proviant.«

»Es ist nur eine Stunde Fußweg bis zur Straße, wo die Autos fahren«, sagte Selima.

»So nah?«

»Wirst du mir wirklich helfen, wenn ich dir helfe?« fragte Selima.

»Ich schwöre es.«

»Eine Frau kann nicht schwören.«

»Bei uns schon. Bei uns gilt auch der Schwur einer Frau.«

»Wohin willst du mich mitnehmen, um mir zu helfen?«

»Wenn es uns gelingt, von hier fortzukommen, wird es uns auch gelingen, nach Israel zu kommen. Und von dort aus können wir zu mir nach Hause in Athen reisen.«

»Wo ist das?«

»Überm Meer. In Griechenland. Athen ist die Hauptstadt von Griechenland.«

»Bist du reich in deinem Land?« fragte Selima.

»Ich bin nicht arm.«

»Mußt du arbeiten?«

»Ja.«
»Ist es eine schwere Arbeit?«
»Manchmal.«
»Was kann ich in Athen tun?«
»Du kannst bei mir leben und mir ein wenig helfen.«
»Ich werde es mir überlegen«, sagte Selima.

Am nächsten Morgen buk Selima flache arabische Brotfladen, obwohl der Blechkanister in ihrem Zelt noch voll damit war. Abends, als es dunkel wurde und die anderen Frauen mit dem Bereiten der Abendmahlzeit beschäftigt waren, füllte sie einige Brotfladen mit gewürztem Brei aus Kichererbsen und andere mit zerstoßenen getrockneten Datteln.

Circe wickelte den Proviant in einige Streifen Leinen, die Selima zuvor gewaschen hatte und die noch ein bißchen feucht waren.

Zwei leere Weinflaschen, die irgendwie ihren Weg in Selimas Zelt gefunden hatten, obwohl kein Mitglied des Stammes Alkohol anrührte, weil es der Glaube verbot, füllte sie mit Wasser aus dem Tonkrug.

Am nächsten Tag sollte eine ›Fantasia‹ stattfinden, ein Kamelwettreiten der Beduinen und ein Wettschießen, deswegen wurde es früh still in dem Lager. Die Männer brauchten Ruhe, um am nächsten Morgen besonders kräftig und mutig zu sein.

Circe und Selima saßen im Schatten ihres Zeltes und warteten darauf, daß auch das letzte der Kameldungfeuer verflackern würde.

Im Schutz der Dunkelheit würde Bettina zu ihnen kommen.

Nur wie sie Iris zur Flucht bewegen sollten, wußte Circe nicht.

Iris war den ganzen Tag über in ihrem Zelt geblieben.

Der Leibarzt des Sheiks sagte, sie fühle sich nicht wohl.

Es war Circe nicht erlaubt worden, zu ihr zu gehen.

»Wir müssen sie hierlassen«, sagte Selima, als habe sie Circes Gedanken erraten.

»Wenn du bei deinen Freunden bist, können sie zurückkommen und sie holen. Ich werde ihnen den Weg erklären.«

»Aber wenn vorher die Männer aus der Stadt kommen und Iris abholen?«

Selima zuckte die Schultern. »Sie wird sowieso sterben.«

Klackern von Geröll ließ sie verstummen.

Atemlos lauschten sie.

Jetzt war auch das letzte der Feuer verglommen.

Sie sahen einen Schatten zwischen zwei Zelten vorbeihuschen.

Dann glitt jemand an ihrer Zeltwand entlang, in den Eingang.

»Ich bin's«, flüsterte Bettina. »Alle schlafen. Wir können weg.«

Nichts regte sich, als sie geduckt — erst im Schatten der Zelte, dann im Schutz von Geröllbrocken — davonschlichen.

Iris blieb zurück. Mußte zurückbleiben, wenn die Flucht nicht von vornherein gefährdet oder sinnlos werden sollte.

Es gab nur eines, worauf sie vertrauen konnten, daß sie möglichst bald auf jemanden stießen, der ihnen weiterhalf zur israelischen Grenze. Und nur dort konnten sie Hilfe erhoffen, um auch Iris zu befreien, falls Selima den Weg zurück beschreiben konnte und falls Iris dann noch in dem Beduinenlager war.

Und eben dies bedrückte Circe am meisten. Daß sie Iris zurücklassen mußte.

Roberts Tochter.

Wenn ihr etwas zustieß. Wenn ihr das Letzte zustieß, der Tod — wie sollte sie es dann jemals Robert erklären können.

Als sie außer Hörweite des Zeltlagers waren, begannen sie zu laufen.

Selima voran, dann Bettina und Circe.

Sie kamen rasch vorwärts, und doch vergingen fast zwei

Stunden, ehe sie die Straße erreichten, von der Selima gesprochen hatte.

Es war nicht mehr als ein breiter Schotterpfad.

Aber er führte nach Westen.

Im Westen lag Israel.

Und in dieser Nacht war es für Circe wirklich das Heilige
Land. Das Land, das ihnen allen Heilung bringen sollte.

Als die erste fahle Dämmerung im Osten über den Horizont stieg, hörten sie das Geräusch eines Wagens.

Es klang wie ein Jeep, und es war auch einer.

Er trug ein israelisches Kennzeichen.

Vier Soldaten mit Maschinenpistolen saßen darin.

Sie hielten an, als ihnen die Frauen vom Straßenrand aus
zuwinkten.

Nur der Fahrer blieb im Wagen, die drei anderen Soldaten sprangen heraus, kamen auf sie zu.

»Wer seid ihr? Was wollt ihr?« fragte der Größte von
ihnen. Er trug keine Mütze, und sein Haar war hellblond.

»Sind wir in Israel?« fragte Circe.

»Ja. Was wollt ihr hier?«

»Wir sind geflohen. Aus einem Beduinenlager. Bitte, bringen Sie uns sofort in Ihr Camp. Ich muß dringend mit
Uri Ben Naam Kontakt aufnehmen. Ich werde Ihnen alles
unterwegs erklären.«

Eine halbe Stunde später erreichten sie das Camp. Es lag
im Jordantal. Es wirkte wie ein Landhaus inmitten eines
blühenden Gartens.

Aber im Haus herrschte rege Geschäftigkeit.

Telefone klingelten, ein Fernschreiber tickte.

In der Messe bekamen sie Frühstück. Das typisch israelische Frühstück mit dunklem und hellem Brot, weißem Käse,
gehackten Paprikaschoten, Tomaten und Gurkenscheiben,
und nicht zu vergessen den zarten, milden Heringsfilets.

Während des Frühstücks wurden sie von einem jungen
Leutnant verhört. Er machte sich ein paar Notizen, er schien

144

keinen Augenblick an ihrer Geschichte zu zweifeln oder sehr sicher zu sein, sie schnell und gründlich auf ihre Wahrheit hin überprüfen zu können.

Wiederum zwanzig Minuten später durfte Circe mit Uri Ben Naam in Herzlia telefonieren.

»Haben Sie etwas von Robert gehört?« fragte sie.

»Nein«, sagte er, »nichts mehr, seitdem er zu Ihnen nach Athen zurückgekehrt war. Wir wunderten uns, hofften aber, daß alles in Ordnung sei.«

»Seine Tochter ist noch bei den Beduinen. Wir müssen sie so schnell wie möglich von dort fortholen.«

»Ich werde noch im Laufe des Morgens bei Ihnen sein«, sagte Uri.

»Danke«, sagte Circe. Und ihr Vertrauen in ihn war so groß, als kenne sie ihn wie Robert schon seit mehr als einem Jahrzehnt.

Sie wandte sich wieder Selima, Bettina und dem jungen Leutnant zu, der auf einer Karte den Weg eintrug, den sie in der Nacht zurückgelegt hatten.

»Das Beduinenlager befindet sich nur knapp zehn Kilometer jenseits der Grenze, wenn die Angaben stimmen«, sagte er. »Am besten schicke ich sofort eine Patrouille los.«

Zwei geländegängige Fahrzeuge mit Sprechfunk ausgerüstet und mit insgesamt zwölf Soldaten besetzt, verließen zehn Minuten später das Camp.

Eine Stunde später meldeten sie sich über Funk.

Sie hatten sich genau an die angegebene Richtung gehalten und das Beduinenlager entdeckt.

Die Zelte waren verbrannt, schwelten noch.

Aber sie fanden weder Lebende noch Tote.

10

Uri Ben Naam war blind. Uri Ben Naam war durch dieses Leiden und den Verlust seines Sohnes bei demselben Unglück — sie waren mit ihrem Jeep auf eine Mine gefahren — weit über seine Jahre hinaus gealtert.

Und doch, dieser fast schmächtige Mann mit dem schlohweißen Haar strömte eine Kraft aus, die wie etwas Greifbares jeden Raum erfüllte, in dem er sich aufhielt.

Auch Circe empfand dies in der Messe des israelischen Militärcamps im Jordantal.

Uri behielt Circes Hand lange in seiner. Er sagte: »Robert hat mir viel von Ihnen erzählt. Ich bin froh, Sie endlich kennenzulernen.«

Wie Uri es versprochen hatte, war er — noch am selben Morgen nach der Flucht der drei jungen Frauen aus dem Beduinenlager jenseits der Grenze — in dem Camp eingetroffen.

Nun war es schon Mittag, und die Tische der Messe füllten sich rasch mit jungen, kräftigen, braungebrannten und lärmenden Soldaten.

»Lassen Sie uns in den Garten gehen«, schlug Uri vor, als er und Circe ihre Mahlzeit beendet hatten, die aus einem Hühnercurry auf Reis und würzigem Avocado-Salat bestand.

Im Garten wanderten sie unter schattenspendenden Maulbeerbäumen.

Circe erzählte Uri Ben Naam alles, was sie seit ihrer Entführung aus Beirut und während ihres Aufenthaltes bei dem Beduinenstamm erlebt hatte.

Uri stellte hin und wieder eine gezielte Frage — vor allem, was den Sheik anging; Circe antwortete, so gut sie konnte.

»Und Sie haben nichts mehr von Robert gehört?« fragte sie. »Ich weiß genau, er wollte wieder Kontakt mit Ihnen aufnehmen.«

»Ich habe auch darauf gewartet«, sagte Uri. »Ich habe ihm mehrmals nach Hamburg geschrieben, aber nie eine Antwort erhalten.«

»Glauben Sie, daß diese ›Kefir‹-Organisation ihn geschnappt und . . .« Circe verstummte, konnte es nicht aussprechen.

»Es ist möglich«, gab Uri zu. »Alles — oder fast alles — scheint im Rahmen dieser Organisation möglich zu sein, ich habe inzwischen Erkundigungen eingezogen. Viel ist nicht dabei herausgekommen, aber ein alter Freund von mir interessiert sich inzwischen ebenfalls für ›Kefir‹. Und er ist ein Mann, der bisher niemals eine gefundene Spur wieder aufgegeben oder verloren hat. Ich werde Sie mit ihm zusammenbringen, und ich hoffe, er wird nach Robert suchen.«

»Und Iris?« fragte Circe. »Was wird jetzt aus ihr? Ich mache mir solche Vorwürfe, daß ich sie bei den Beduinen zurückgelassen habe. Es ging wirklich nicht anders, denn sie hätte unsere ganze Flucht vereiteln können. Aber wenn ich daran denke, was Robert dazu sagen wird?«

»Er wird es verstehen«, sagte Uri einfach. »Machen Sie sich deshalb keine Sorgen.«

»Und Sie glauben wirklich, daß Ihr Freund uns helfen kann?«

»Ich glaube es«, sagte Uri. »Sie werden ihn schon heute abend in unserem Haus in Herzlia kennenlernen.«

Der Hubschrauber, mit dem Uri Ben Naam am Morgen in dem Camp im Jordantal eingetroffen war, brachte sie am Nachmittag zu einem Flughafen in der Nähe von Tel Aviv. Von dort aus fuhren sie in einem Jeep zu Uris Haus in Herzlia.

Myriam, seine Lebensgefährtin, hatte zum Willkommen ihren bei allen Freunden und Verwandten berühmten Wiener Apfelstrudel gebacken; im ganzen Haus roch es nach Zimt und Karamelzucker.

Uris Haus war nicht groß; Selima und Bettina teilten sich ein winziges Gästezimmer, Circe bekam das zweite.

Aber es bedeutete die Rückkehr zur europäischen Zivilisation.

Zum erstenmal seit Monaten konnte Circe wieder duschen.

Sie wusch sich das Haar, und sie war dankbar, daß außer ein paar winzigen Fältchen mehr um die Augen das Leben in der Wüste sie nicht verändert hatte.

Myriam gab ihr Jeans und eine sportlich karierte Bluse.

Aus einem nahen Supermarkt wurden ein paar Sandalen für sie besorgt. Am nächsten Morgen — und hier wurde Myriam lebhaft wie alle Israelinnen, die sich sämtlich brennend für Mode interessieren — würden sie nach Tel Aviv fahren und Kleider für Circe und die Mädchen kaufen.

Auf der Diezengoff gab es ein paar neue Boutiquen, die es durchaus mit jeder Konkurrenz in Paris oder London oder München aufnehmen konnten!

Myriam lachte und war ausgelassen, und man konnte sich sehr gut vorstellen, wie schön und begehrenswert sie in ihrer Jugend gewesen sein mußte.

»Sie müssen schön sein, wenn Robert kommt«, sagte sie. »Kein Mann versteht, daß eine Frau abgespannt oder schlecht aussieht, bloß weil sie Schweres durchgemacht hat.«

»Ich wünschte, ich könnte so sicher sein wie Sie, daß Robert kommt«, sagte Circe. Da saßen sie auf der Terrasse, tranken Kaffe und aßen den köstlichen Apfelstrudel.

Uri mußte das Knistern der Packung gehört haben, als Circe eine Zigarette herausnahm, denn er gab ihr Feuer. Seine Bewegungen waren dabei so sicher, als könnte er sehen.

»Wäre Robert in Beirut umgekommen, wir hätten es auf irgendeine Weise erfahren«, sagte Uri. »Und wo immer er auch jetzt ist — unser Freund wird ihn schon auftreiben.«

»Wie heißt Ihr Freund?« fragte Circe.
»Nennen wir ihn einfach Salomon.«

Salomon Kranich war in diesem Jahr fünfundsechzig Jahre
alt geworden. Nur einer hatte davon Notiz genommen, hatte
ihm einen Brief zu seinem Geburtstag geschrieben und ihm
einen Flasche alten französischen Kognak geschickt, der ihm
für ein ganzes weiteres Jahr reichen würde.

Das war Uri Ben Naam. Uri, mit dem er in Warschau die
Schule besucht, im Getto gelitten und den Aufstand über-
lebt hatte.

Mit einem der ersten Einwandererschiffe waren sie nach
Israel gekommen. Uri hatte sich damals sofort der noch illegalen israelischen Armee angeschlossen, Salomon hatte zuerst einmal seine Familie gesucht, oder wenigstens das, was
— wie er hoffte — davon noch übrig war.

Diese Suche war insofern erfolgreich gewesen, als er seine
damals zehnjährige Tochter wiederfand. Rachel war ein blondes, blauäugiges Kind; deutsche Soldaten hatten sie auf dem
Rückzug aus Polen mitgenommen — sozusagen als Mas-
kottchen. Und einer von ihnen, der Gefreite Franz Hauser,
hatte sie zu seiner Mutter nach Berlin gebracht.

Die Suche nach seiner Familie hatte das bei Salomon aus-
gelöst, was er selbstironisch seinen ›Schnüffeltick‹ nannte.
Und einigen Menschen, die offiziell als ›Kriegsverbrecher‹
bezeichnet wurden, die er bei sich aber schlicht ›Mörder‹
nannte, war dieser Schnüffeltick im Laufe der letzten knapp
siebenundzwanzig Jahre zum Verhängnis geworden.

Deshalb gab es auch Leute, die Salomon einen ›Menschen-
jäger‹ nannten.

Salomon selbst verglich sich jedoch lieber mit einem Jagd-
hund — und der größte und eigentlich einzige Wunsch in
seinem Leben war, eines Tages, wenn er sich zur Ruhe
setzen konnte, sich einmal einen solchen zu leisten.

Es mußte ein Spaniel sein, schwarz oder schwarzweiß

gefleckt. Und wie immer auch sein Stammbaum aussah, Salomon würde ihn ›Schnüffel‹ nennen.

Aber zu einem Spaniel gehörten ein Haus am Stadtrand oder auf dem Lande oder zumindest eine Wohnung mit Garten.

Ein Hund mußte seinen Auslauf haben, sonst verkümmerte er.

Und Salomon hatte es bisher weder zu einer Wohnung mit Garten noch zu einem eigenen Haus gebracht.

Er lebte in einem Einzimmerappartement am Diezengoffplatz in Tel Aviv.

Das Bad war klein, die Küche winzig, aber er schaute auf die grünen Kronen der Bäume, und das machte den Lärm und den Auspuffgestank der abertausend Wagen, die in ewigem Kreisverkehr um den Platz kurvten, wenigstens erträglich.

Salomon schloß das Fenster des Zimmers, das ihm als Wohn- und Schlafzimmer diente, und seufzte.

Fünfundsechzig Jahre alt, für einen normalen Menschen das Pensionsalter.

Aber er war eben nicht normal, er hatte einen Tick. Seinen Schnüffeltick.

Und so lange dieser sich mit seiner körperlichen Gesundheit und Energie verband, würde er wohl nicht davon ablassen können.

Er ging ins Badezimmer und nahm das blaue Drip-Dry-Hemd vom Bügel über der Wanne.

Die Manschetten waren noch ein bißchen feucht, und so trug er es in die Küche, klappte dort den Tisch von der Wand und bügelte das Hemd sorgfältig, bis es ganz trocken war.

Während Salomon sich ankleidete, hörte er die Sechsuhrnachrichten.

Nach dem Wetterbericht schaltete er das Radio aus und goß sich noch ein Glas Tee aus der Thermosflasche ein, die zwei Liter faßte und in der er jeden Morgen den Tee für den ganzen Tag aufbrühte.

Er nahm nur noch eine Wolljacke aus dem Schrank, prüfte

nach, ob er Wagenpapiere, Ausweis und Schlüssel bei sich trug, dann verließ er die Wohnung.

Unten, bei der Blumenfrau im Hauseingang, kaufte er einen Bund goldfarbener Astern.

Nebenan brutzelten in einem Drahtkorb im zischenden Öl ›Felafel‹, kleine Kugeln aus würzigem Kichererbsenbrei, die mit pfeffrigen Mixed Pickles eine pikante Füllung für die Pittafladen abgaben.

Salomon lief das Wasser im Munde zusammen.

Aber Myriam war eine zu gute Köchin, er durfte sie keinesfalls mit mangelndem Appetit enttäuschen.

Er stieg in seinen VW und fuhr über den Diezengoffboulevard mit seinen Straßencafés und den jungen, schönen Frauen, die wie Schmetterlinge im Abend flatterten, über breite neue Straße, hinaus auf den ›Haifa-Derech‹.

Als Salomon nach Herzlia abbog, flackerte bereits der Abendstern am Himmel auf, und Friede zog über das Land, dem sich kein Ansässiger und erst recht kein Besucher verschließen kann.

Sand von Dünen bedeckte wie immer den Asphalt, der allabendliche Wind wob ihn zu blaßgelben Schleiern vor dem Licht der Autoscheinwerfer. Salomon bog in die Maulbeerbaum-Allee ein, an der Uris Heim lag.

Der Garten hinter dem Haus war von der Terrasse her beleuchtet, und lebhafte Stimmen waren von dort zu hören.

Moishe Katzbach, der Journalist aus Jerusalem, mußte einen Witz erzählt haben, denn die anderen — Uri, Myriam und drei sehr voneinander verschiedene, aber jede auf ihre Art schöne junge Frauen — lachten.

Bescheiden blieb Salomon stehen, bis ausgerechnet Uri — der ihn doch nicht sehen konnte — sagte: »Shalom, Salomon, tritt doch näher, willkommen. Wie geht es dir, alter Freund?«

Uri ging auf ihn zu, zog ihn aus dem Schatten der Hausmauer auf die Terrasse und stellte ihm, nachdem Salomon Myriam und Moishe begrüßt hatte, den drei Frauen vor.

Als letzte machte Uri ihn mit einer nicht mehr ganz so jungen Rothaarigen bekannt.

»Das ist Circe Odissa«, sagte er, »ich habe dir schon von ihr berichtet.«

Die drei jungen Frauen verwirrten Salomon; er war meist nur mit Männern zusammen, das brachte schon sein Beruf mit sich.

Da war einmal Bettina, unbekümmert und jung und schon begeistert von der Idee, in einem Kibbuz zu arbeiten. Nach Hause in München, wo sie doch niemand vermißte, wollte sie vorläufig nicht zurück.

Dann Selima, das Beduinenmädchen; sie trank mit großen staunenden Augen die europäisch neue Umgebung in sich ein.

Und schließlich Circe Odissa — schön und reizvoll wie die Frauen seiner Jugend.

Sie anzuschauen, sie lächeln zu sehen, sprechen zu hören, machte ihn gleichzeitig jünger und älter als er war.

»Ihr könnt in mein Zimmer gehen«, sagte Uri. »Dort seid ihr ungestört. Circe wird dir vieles zu erzählen haben, und du wirst viele Fragen stellen wollen.«

Es war ein Genuß, ihrer Stimme zuzuhören, obwohl das, was sie zu berichten hatte, sehr beunruhigend war.

»Wollen Sie versuchen, Robert für mich zu finden?« fragte Circe schließlich. »Und wollen Sie auch versuchen zu erfahren, wer ›Kefir‹ ist, und was es mit dem Menschenraub oder den Menschenentführungen, die er betreibt, auf sich hat? Und nicht zuletzt: Sehen Sie eine Chance, Iris doch noch zu befreien und wieder in ein normales Leben zu bringen?«

»Ich kann all das versuchen«, sagte Salomon. »Der Ausgang bleibt, wie in solchen Dingen immer, ungewiß. Und es wird einiges kosten. Ich werde viel unterwegs sein müssen. Ich wünschte, ich könnte es umsonst tun, aber —«, er zuckte die Schultern, »das geht natürlich nicht.«

»Genügen tausend israelische Pfund in der Woche und

Ihre Spesen? Ich werde gleich morgen früh Kontakt mit meiner Bank in Athen aufnehmen. Sie brauchen mir nur Ihr Konto zu sagen.«

»Gut.« Er nickte. »Ich schreibe es Ihnen auf.«

»Wann können Sie anfangen?«

»Gleich morgen.«

»Wo?«

»In Beirut.«

»Aber wie kommen Sie dorthin — ich meine, als Israeli?«

Er lächelte. »Ich habe gute Freunde in Beirut.«

Salomon Kranich flog am nächsten Morgen via Athen nach Beirut.

Er fuhr sofort vom Flughafen aus zu einem sehr alten und guten Freund.

Obwohl er sich nicht hatte anmelden können, ließ Oberst Barei vom libanesischen Geheimdienst ihn keine Minute warten.

Er kam Salomon mit ausgestreckter Hand in seinem Arbeitszimmer, in jener Villa, in der auch Robert Kane schon gewesen war, entgegen. »Wie geht es dir, du alter Schnüffer?«

Sie waren seit vielen Jahren befreundet, weil sie in diesen Jahren oft gemeinsame Sache gemacht und stets versucht hatten, nicht auf gegensätzliche Fronten gestellt zu werden.

»Ich brauche alles, was du weißt, über einen Mann namens Kefir. Und zweitens über einen Mann namens Robert Kane.« Salomon verschwendete keine Zeit.

»Was trinkst du?« fragte Barei.

»Eistee mit Zitrone.«

»Immer noch der alte Asket?«

»Immer noch. Aber nur während der Arbeit. Und du?«

»Kein Alkohol mehr, keinen Tropfen.« Barei schnippte mit den Fingerspitzen. »Mein Arzt hat er mir verboten. Meine Leber macht nicht mehr mit.«

Barei bat über die Sprechanlage seinen Sekretär, Eistee zu bringen und Konfekt.

Das Konfekt waren Kognakbohnen, die Barei mit einem verschmitzten Grinsen in einer Menge zu sich nahm, wie man es sonst nur mit Erdnüssen fertigbringt.

»Also zu deiner ersten Frage, Salomon: ›Kefir‹ ist nur ein Wort. Ein Kodewort, um genau zu sein. Leute, die es benutzen, gibt es überall. Von Hamburg bis Athen und Beirut. Wahrscheinlich auch noch in ein paar anderen europäischen Staaten und in Amerika. Was sich dahinter verbirgt? Eine Organisation. Wir sind dabei auf Rauschgifthandel gestoßen, Waffenschmuggel, illegale Ein- und Ausfuhr von Gold und Diamanten, Menschenhandel und einige sehr unerquickliche Morde. Also alles nur Denkbare. Aber wer im einzelnen dahintersteckt, wer der Kopf dieser Organisation ist, das wissen wir nicht. Du kannst Einsicht in unsere bisherigen Untersuchungsergebnisse nehmen. Sie füllen inzwischen schon Bände.«

»Mich interessiert: Wann hast du zum erstenmal von ›Kefir‹ gehört? Und in welchem Zusammenhang?« fragte Salomon. »Glaubst du, daß es eine Organisation ist, die mit all den erwähnten Mitteln politische Ziele verfolgt?«

»Ich hab' zum erstenmal von ›Kefir‹ gehört, als hier ein Rauschgiftring platzte, im Jahre 1967. Dann war eine Weile Ruhe. Als bei uns das neue Gesetz gegen Hanfanbau durchkam, hoben wir ein Dorf aus, das für ›Kefir‹ auch weiterhin Hanf anbaute. Schließlich tauchte dieser Robert Kane hier auf. Was etwaige politische Ziele von ›Kefir‹ angeht, daran glaube ich nicht. Meines Erachtens steckt jemand dahinter, der finanzielle Macht will — oder, was ja nie auszuschließen ist, einfach ein genialer Verrückter.«

»Zu Robert Kane«, fragte Salomon. »Was hattest du für einen Eindruck von ihm?«

»Intelligent, mutig, fair. Machte sich große Sorge um Madame Odissa, eine Griechin, und um seine Tochter Iris.

Wir haben ihn einer kleinen Behandlung unterziehen müssen, weil er eine Menge zu wissen schien.«

»Wahrheitsserum?«

»Ja. Aber alles, was er wußte, ergab genausowenig Sinn wie die anderen Dinge, die uns über ›Kefir‹ schon lange bekannt sind. Wir haben Kane dann aus Beirut abgeschoben, damit er unsere Kreise nicht störte. Aber auch, weil ich das Gefühl hatte, er selbst befand sich in Gefahr.«

»Hast du seitdem von ihm gehört?«

»Nein, ich weiß nur — und das war vor etwa drei Monaten —, daß er nach Hamburg zurück wollte.«

»Du kennst meine Adresse in . . .« Salomon zögerte, sagte dann: »Hamburg. Wirst du mich auf dem laufenden halten?«

»Ja, selbstverständlich. Das gleiche erbitte ich allerdings von dir.«

»Natürlich — Und noch eins: Wir sollten uns einen neuen Telegrammkode einfallen lassen. Den nur wir beide kennen.«

»Gut, einverstanden«, meinte Oberst Barei.

Sie arbeiteten zwei Stunden daran. Dann war auch das geschafft.

Barei ließ Salomon in einem seiner Wagen zum Flughafen zurückbringen.

In der gleichen Nacht noch traf Salomon Kranich in Hamburg ein.

Er ließ sich zu einer kleinen Pension an der Alster fahren, in der man ihn seit Jahren kannte und in der er stets ein Zimmer bekam.

Hier nahm er ein leichtes Abendessen — ein wenig gekochten Schinken und Käse, beides Dinge, die nach der jüdischen Tradition niemals zusammen serviert werden durften, also ganz unkoscher waren, die er aber daher um so mehr genoß — zu sich und legte sich dann sofort schlafen.

Salomon Kranich war fünfundsechzig Jahre alt, und er

wußte, daß er stets ausreichenden Schlaf brauchte, um seine Energie und Spannkraft zu erhalten.

Der ›Kefir-Club‹ in Hamburg war inzwischen geschlossen worden. Nicht etwa von der Polizei, sondern von seinem Eigentümer, wer immer das auch gewesen sein mochte.
Dafür gab es nun einen Club desselben Namens in München.
Robert Kane hatte diesmal keine Verkleidung anlegen müssen, um sich dort unter die Gäste zu mengen.
Im Münchner ›Kefir-Club‹ mischte sich das Publikum.
Da waren die ganz Jungen mit den ewig hungrigen Augen, da waren die in den mittleren Jahren, gesättigt, aber noch nicht übersättigt.
Da waren die kleinen Mädchen, für die München bei Nacht die ›Show‹ verkörperte, da gab es Modelle für Kleider, Kosmetik und Aktfotos.
Und da waren die, bei denen es nichts kostete, und jene, die ein Vermögen verlangten.
Es wurde gehascht und getrunken.
Jeder nach seiner Fasson!
Musik plärrte, farbige Scheinwerfer malten die Wände in betäubenden Farben.
Und die Gäste schwammen in Licht und Schatten wie groteske Fische.
Robert widerte das alles an.
Er saß an der Bar, einen Whisky vor sich.
Er fragte sich, warum er überhaupt noch hierher gekommen war, warum er überhaupt noch weitermachte?
Seit drei Monaten hatte er kein Lebenszeichen von Circe und Iris mehr.
In Athen blieb das Telefon stumm.
In Hamburg hatten ihn Gangsterfreunde von ›Kefir‹ zusammengeschlagen.
Uwe Karstens, sein Freund und Anwalt, hatte ihm ab-

geraten, weiter nach ›Kefir‹ zu forschen, und der Polizeikommissar hatte ihn gewarnt.

Aber sie war eher noch stärker geworden — diese Besessenheit, herausfinden zu wollen, wer ›Kefir‹ war.

Der Junge hinter der Bar trug falsche Wimpern, hatte Make-up und mindestens Lippenpomade aufgelegt.

Er war eine Gestalt des Zwielichts wie alle hier.

Er goß unaufgefordert Whisky in Roberts Glas nach.

»Nimm dir auch einen«, sagte Robert.

»Gern.« Der Junge wechselte die Flasche nicht aus, trank tatsächlich Whisky.

»Bist du gern hier?« fragte Robert.

»Ich verdiene gut. Und ich mach' so meine Studien.«

»Studien? Wofür?«

»Ich schreibe eine Arbeit über die Formen des modernen Lasters.«

»Ach nee«, stieß Robert ungläubig hervor.

»Ich weiß, ich sehe nicht so aus«, grinste der Junge, »mit all dem Dreck im Gesicht. Aber sehen Sie, das ist so angeordnet von oben.« Er machte eine Daumenbewegung zur Decke hin, auf der sich auf schwarzem Grund rote Leuchtspiralen drehten.

»Wann hast du hier Schluß?« fragte Robert.

»So gegen zwölf. Die Gäste fangen früh an hier und sind früh hinüber.«

»Ich hätte Lust auf ein anständiges Bier und ein paar Weißwürste«, sagte Robert. »Und mich interessiert, was du eben erzählt hast. Also, wie ist es? Kommst du mit?«

»Ein anständiges Abendbrot kann ich immer gebrauchen«, sagte der Junge. »Okay, ich bin dabei.«

»Im ›Bratwurstglöckl‹?«

»Okay.«

Der Junge ging hinter der Bar weiter, bediente andere Gäste.

Robert blieb an der Theke sitzen, trank seinen Whisky jetzt langsamer.

Gegen zwölf Uhr begann sich der Club schlagartig zu leeren. Punkt Mitternacht machte der Junge Kasse, und sie konnten gehen.

Der Junge trug jetzt einen beigen Parka mit Lederschlaufen. Er hatte sich die Schminke aus dem Gesicht gewischt, und was darunter zum Vorschein kam, waren klare Züge, zu denen man Vertrauen haben konnte.

»Ich heiße übrigens Günther Esch«, sagte er. »Sie können beim Vornamen bleiben, wenn Sie wollen, Herr . . .«

»Kane«, sagte Robert. »Gehen wir zu Fuß, oder nehmen wir ein Taxi?«

»Lieber zu Fuß. Ich bin zwar den ganzen Tag auf den Beinen, aber so richtig Bewegung habe ich nicht — ich meine, draußen.«

Es war eine klare, frische Nacht, besonders angenehm nach der verbrauchten rauchigen Luft im ›Kefir‹. Das ›Bratwurstglöckl‹ hatte schon zu. Dafür fanden sie eine andere gemütliche Kneipe und einen freien Tisch in einer stillen Ecke.

Sie bestellten Bier und Weißwürste.

»Wie kommt ein junger Mann Ihres Schlages in eine solche Höhle wie den ›Kefir-Club‹?« fragte Robert schließlich.

Günther Esch zuckte die Schultern. »Ich studiere. Soziologie und Psychologie. Meine Eltern sind nicht sonderlich betucht, also muß ich mir mein Studium selbst verdienen. Und der ›Kefir‹ eignet sich gut zum Milieustudium, was ja für meinen späteren Beruf wichtig ist.«

»Was wollen Sie denn werden?«

»Sozialfürsorger.«

»Alle Achtung.«

»Ich tue es nicht aus Menschenliebe, sondern aus Neugier.«

»Was geht da eigentlich sonst noch vor sich im ›Kefir‹?«

»Sind Sie ein Schnüffler? Von der Polente?«

»Nein.«

»Na schön. — Nur das Übliche. Im ›Kefir‹ gibt's Weiber, Alkohol und Hasch.«

»Aber stärke Drogen auch?«

Günther Esch zuckte die Schultern. »Sicher.«

»Wem gehört der Club?«

»Einem Griechen. Ich hab' ihn noch nie zu Gesicht gekriegt.«

»Kennen Sie seinen Namen?«

»Könnt' ich wahrscheinlich erfahren. — Übrigens, eines ist komisch: Sie sind nicht der erste, der sich danach erkundigt — nach dem Club und dem Besitzer und so. Da war vor kurzem ein Herr da, älter, ziemlich zerstreut. Ich erinnere mich an ihn, weil er seine Brieftasche auf der Theke liegenließ. Er wollte aber noch ein bißchen mehr wissen als Sie. Er fragte nach seiner Tochter. Angeblich war die bei uns verschwunden. Er heißt Weinstein und ist ein Professor. Chemiker oder dergleichen.«

»Und wie heißt das Mädchen, seine Tochter?«

»Bettina. Hübsches Ding. Er zeigte mit ein Foto von ihr. Er lebt draußen in Grünwald: Buchenweg zwei. Adresse war in der Brieftasche. Die hab' ich ihm zugeschickt. Weinstein hat mich dann eingeladen, ihn mal zu besuchen, aber ich habe seitdem noch keine Zeit gehabt.«

»Um es kurz zu machen«, sagte Robert. »Ich habe auch eine Tochter, die verschwunden ist. Das ist schon ein paar Monate her. Auch aus einem ›Kefir-Club‹, und zwar in Hamburg. Ich konnte ihre Spur über Athen bis nach Beirut verfolgen. Dann war Schluß.«

»Vielleicht ist sie inzwischen in Neapel gelandet?« sagte Esch. »Da ziehen die meisten von den Haschern hin. Und wenn sie sich erst auf dem Trip befindet, dann ist ihr kaum mehr zu helfen. Und wenn ihr noch zu helfen ist, dann kommt sie sowieso irgendwann von allein zurück. — Aber ich muß jetzt gehen.« Er gähnte ungeniert. »Hab' morgen früh um halb neun die erste Vorlesung. Muß noch arbeiten.«

Robert fragte ihn, wo er wohne.

»Draußen in Haar.« Robert wollte ihm das Geld fürs Taxi geben.

»Ach was«, wehrte Günther grinsend ab, »ich finde immer jemanden unterwegs, der so einen netten Jungen wie mich ein Stück mit dem Auto mitnimmt. — Ach ja, und noch eins: Wenn Sie wieder zu uns in den Club kommen, trinken Sie keinen Whisky mehr. Der ist nämlich gepantscht.«

»Danke für den Tip«, sagte Robert. »Wenn Ihnen noch was einfällt, was mich interessieren könnte — hier sind meine Münchner und meine Hamburger Adresse.« Er gab Günther die Karte.

»Okay.« Der Junge bedankte sich noch einmal für das Essen und ging.

Robert blieb eine Weile sitzen, trank ein letztes Bier zum Abschluß. Viel hatte Günther Esch ihm nicht erzählen können.

Aber wenigstens besaß er jetzt die Adresse eines Mannes, der wie er selbst seine Tochter suchte.

Vielleicht wußte dieser inzwischen mehr?

Das Haus lag in einem kleinen, verwilderten Garten; da gab es Efeu und Geißblatt und letzte, düstere Schwertlilien an einem winzigen Tümpel.

Vom Fenster des mit Zeitschriften, Manuskripten und Büchern vollgestopften Arbeitszimmers schien es, als blicke man in ein grünes Aquarium, aus dem jemand das Wasser abgelassen hatte.

Professor Albert Weinstein war ein Mann in den späten Fünfzigern. Er hatte die blasse Gesichtsfarbe eines Menschen, der zuwenig an die frische Luft kommt, und die rotentzündeten Lider, die mit ständiger Überanstrengung der Augen einhergehen.

Er hatte seine Tochter Bettina seit dem letzten Fasching nicht mehr gesehen.

Er zeichnete ein Zahlenmuster auf ein Blatt Papier, während er mit tonloser Stimme berichtete:

»Ich habe mich nie viel um Bettina gekümmert, seit ihre Mutter starb. Sie wurde außerdem zu einem Zeitpunkt geboren, als ich schon gar keine Kinder mehr haben wollte. Sie war mir einfach gleichgültig. Heute weiß ich, daß es ein Verbrechen ist, so zu empfinden. Denn damit habe ich sie auf die Bahn gebracht, auf der sie schließlich landete. Sie war erst fünfzehn, als sie sich mit den ersten Männern einließ. Sie mußten groß und blond und gutaussehend sein — also das genaue Gegenteil von mir.« Er lächelte müde. »Sie hat mich wahrscheinlich gehaßt, aber sogar das war mir gleichgültig.«

»Und was haben Sie getan, um Ihre Tochter wiederzufinden?«

»Zuerst gar nichts. Ich habe überhaupt erst nach Wochen gemerkt, daß Bettina verschwunden war. Meine Schwester wußte es die ganze Zeit. Sie hat auch mit der Polizei Kontakt aufgenommen. Und sie hat die einzig richtige Antwort bekommen: Wir hätten besser auf Bettina aufpassen sollen.« Er hob den Kopf, sah Robert aus diesen wäßrigen rotgeränderten Augen an. »Bettina ist wahrscheinlich irgendwo im Orient gelandet. Wo, weiß ich nicht.«

»Was wissen sie von ›Kefir‹?«

»Das ist doch ein Club? In Schwabing?«

»Und außerdem?«

»Ich wurde eines Abends dorthin bestellt. Man sagte mir, es gehe um meine Tochter. Man verlangte von mir die Preisgabe einer Formel.«

»Wer?«

»Irgend so ein dunkelhäutiger Kerl.«

»Name? Wie hieß er?« fragte Robert.

»So ähnlich wie ›Akropolis‹.«

»Und was haben Sie getan? Haben Sie die Formel preisgegeben?«

»Wie bitte?«

»Es ging doch dabei um Ihre Tochter?«

»Ja, natürlich ging es um Bettina.«

»Also, was haben Sie getan?«

»Nichts. Vielleicht hätte ich Bettina retten können — vielleicht, aber ich hätte gleichzeitig das Leben Tausender von Menschen aufs Spiel gesetzt.«

»Wo hätte diese Formel Verwendung finden sollen, in welchem Land?«

»Was weiß ich? Dieser Grieche hat sie einfach verlangt. Punkt.«

»Können Sie mir den Mann wenigstens beschreiben?« fragte Robert.

»Mittelgroß, schwartiger Teint, schwarzes Haar. Ja doch, etwas fiel mir auf — am Ringfinger seiner linken Hand fehlte die Fingerkuppe.«

»Noch eine Frage«, bat Robert. »Können Sie mir wenigstens andeuten, was für eine Formel das ist, die er von Ihnen verlangte.«

»Es handelt sich um ein Insektenvertilgungs- oder auch Pflanzenschutzmittel, das unter geringfügiger chemischer Veränderung in ein äußerst wirksames Nervengift verwandelt werden kann. Diese Verwandlung ist so einfach, daß sie quasi jeder Mensch vornehmen könnte. Deswegen glaube ich, daß der Grieche die Formel für irgendeine Rebellen- oder Widerstandsgruppe haben wollte.«

Die ›Abendzeitung‹ in München machte am gleichen Abend mit folgender Meldung auf:

»In den frühen Morgenstunden des heutigen Tages wurde die Leiche eines etwa fünfzigjährigen Mannes aus der Isar geborgen. Der Tod soll durch einen Schädelbasisbruch verursacht worden sein. Der Tote trug keinerlei Ausweispapiere bei sich. Zur Personenbeschreibung gab die Polizei folgendes an: Der Verstorbene war mittelgroß, hatte dunklen Teint sowie schwarze Haare. Besonderes Kennzeichen: An seiner linken Hand fehlt das oberste Glied des Ringfingers. Die Polizei bittet um sachdienliche Hinweise: Wer hat diesen Mann zuletzt lebend gesehen und kann möglicherweise über seinen Namen und seinen Wohnort Auskunft geben.«

Robert Kane las die Meldung im Taxi auf der Fahrt von Grünwald ins Hotel.

Im ›Regina‹, in seinem Zimmer, wartete ein magerer rothaariger Mann auf ihn.

»Ich bin Salomon Kranich«, sagte er mit einer angenehmen ruhigen Stimme. »Ich soll Sie von Frau Odissa grüßen.«

11

Es war ein Schock für Robert Kane.

Er stand da, mitten in seinem Münchner Hotelzimmer, unter dessen Fenster der abendliche Verkehr vom Maximiliansplatz brandete, er sah diesen schmächtigen rothaarigen und eigentlich ganz unscheinbaren Mann an, der da an dem häßlichen nierenförmigen Tisch mit der schwarzen Plastikplatte saß.

»Circe?« wiederholte er heiser.

Salomon nickte. »Es geht ihr gut. Sie ist bei Uri Ben Naam. Ich habe schon ein Gespräch angemeldet nach Herzlia. Sie werden sie bald selbst sprechen können.«

»Circe«, wiederholte Robert, und er schämte sich nicht, daß Tränen in seine Augen traten.

Verflucht noch mal, sie, die einzige Frau, die er nach Cora lieben konnte — lieben, weil sie ihr so ähnlich war und doch ganz anders.

Circe, mit den großen grünen Augen und dem Kupferhaar. Circe, mit dem Körper eines Mädchens — Circe, mit dem Lachen eines Kindes, wenn sie sich freute.

Und sie konnte sich über alles freuen: eine Blume am Wegrand, ein Kindergesicht, eine Zärtlichkeit.

»Ich habe ihr noch nie etwas geschenkt«, sagte er. »Das erste und letzte, was ich ihr versprach, war, den schönsten Brokat aus dem Beiruter Bazar zu kaufen, aber ich habe es nicht gehalten. Ich habe überhaupt nichts gehalten.«

»Dort drüben im Schrank steht eine Flasche Whisky«, sagte Salomon. »Sie können einen gebrauchen.«

»Und Sie?« fragte Robert. »Menschenskind, ist das nicht einen Begrüßungsschluck wert. Ich weiß, wer Sie sind, Uri hat mir schon von Ihnen erzählt: Sie sind sein ältester Freund.«

»Ich bin der Schnüffler«, sagte Salomon halb im Scherz, halb im Ernst, und sie lachten beide.

Sie tranken ihren Whisky aus den Zahnputzgläsern im Bad wie zwei Freunde.

Dann saßen sie vor dem Telefon und warteten auf das Gespräch mit Herzlia.

Und als es endlich klingelte, war es für Robert das Schönste, das er jemals gehört hatte.

Uri war am Apparat.

»Na, endlich — Shalom, Alter«, sagte er. »Salomon hat dich also aufgestöbert. Warte — ich gebe dir Circe.«

Und ihre Stimme, so weit weg und gleichzeitig in ihm drin.

»Robert, Robert...«

»Geht es dir gut? Circe, ist alles in Ordnung mit dir?«

»Ja, Robert. Und du — was machst du?«

»Ich liebe dich«, sagte er, »und versprich mir eins, hörst du: Vergiß das nie.«

»Ich verspreche es. Und ich liebe dich auch. Aber, Robert — ich bin allein geflüchtet. Ohne Iris.«

»Wieso ohne Iris?«

Da war plötzlich eine wie betäubte Leere in seinem Kopf.

»Wir waren zusammen bei Beduinen.«

Das Mädchen vom Amt unterbrach: »Sprechen Sie noch?«

»Ja, verdammt noch mal! — Circe, was ist mit Iris?«

»Sie ist krank. Sehr krank.«

»Aber du weißt, wo sie ist?«

»Nein — nicht mehr. Die Beduinen haben ihre Zelte verbrannt und sind weitergezogen.«

»Circe!«

»Ja, Robert...?«

»Mach dir keine Sorgen. Ich weiß, wie krank Iris ist. Wahrscheinlich wird sie nie wieder gesund.«

»Ja, Robert.«

»Circe...«

»Uri will dich noch sprechen.«

»Ja, gut, gib ihn mir. Auf bald, hörst du? Und denk dran!«

»Gib mir Salomon«, sagte Uri nur.

Robert tat es.

Uri und Salomon unterhielten sich auf Hebräisch.

Robert konnte kein Wort verstehen.

Nur ›leilatof‹ — was ›Gute Nacht‹ heißt.

»Uri glaubt, daß man Ihre Tochter finden und retten kann«, sagte Salomon nur, als er aufgelegt hatte.

»Und wie?« fragte Robert. »Ich glaube, das ist pures Wunschdenken.«

Verdammt noch mal, er wollte nicht daran denken: Aber Circe hatte Iris gefunden, war mit ihr zusammen gewesen und hatte sie im Stich gelassen!

»Uri ist ein Realist«, sagte Salomon.

»Okay«, Robert nickte. »Was kann ich dabei tun? Wie helfen?«

»Sie können mir alles erzählen, was sich inzwischen bei Ihnen zugetragen hat«, sagte Salomon.

Als die Stadt unter ihnen lag, diese weiße und ockerfarbene Stadt Athen, das Kleinod der Antike und des modernen Griechenlands, wußte Circe, daß sie gar nicht mehr geglaubt hatte, jemals dorthin zurückzukehren.

Bettina Weinstein war in Israel geblieben, sie wollte in einem Kibbuz arbeiten.

»Den Dreck ausschwitzen«, wie sie es nannte. Die verdammte Zivilisation, den Müll der Konsumverwöhnten.

Circe schloß die Augen, während sie dem rumpelnden Ausfahren des Fahrgestells der Boeing lauschte.

»Wenn ich gesund werden kann, richtig gesund«, hatte Bettina gesagt, »dann hier in Israel. Spürst du es nicht auch, Circe, wie rein hier die Luft ist« — dabei stanken auf dem Diezengoff die Auspuffgase gen Himmel. »Schau dir doch die Gesichter an — das sind noch Menschen, die jungen wie die alten. Die einen haben mühsam und grausam erfahren müssen, wenn es sich überhaupt lohnt zu leben, die anderen werden das bißchen Leben verteidigen. Mein Gott, was für ein Land!«

Menschen wie Uri Ben Naam, der es beinahe lächelnd ertrug, blind zu sein.

Wie Moishe Katzbach, der Journalist, der nie wußte, wie er die Rechnungen an jedem Ersten bezahlen sollte, und dessen Frau ihre Familie dennoch so königlich ernährte.

Und Ilan — der junge Pilot und Lastwagenfahrer und nebenbei — aber nur angeblich nebenbei — auch noch Dozent der Philosophie an der Universität von Tel Aviv.

Und die Bäume, die sie gepflanzt hatten, an den kahlen Hängen ihrer kahlen Hügel. Die Erdbeeren, die sie unter Plastikzelten zogen, die kernlosen Avocadobirnen, die Orangen und der Wein vom Karmelberg und die Jerseykleider, von denen Circe jetzt eines trug — in einem seidigen Violettton, der wie ein Traum war. Und dazwischen der englische Apotheker, der über die Dummheit der amerikanischen Touristen stöhnte, und der deutsche Zahnarzt, der Circe versicherte, daß er das Loch in ihrem linken Weisheitszahn mit einer Füllung garantiert ›made in Germany‹ verschloß.

Und die Mädchen, die ihre schlanken Beine zur Schau trugen auf dem Diezengoff, und die jungen Soldaten, die eben diesen Mädchen zwischen zwei Wachablösungen die berühmten Rosen von Sharon schenkten.

All das war Israel — und es machte einen jung, es machte einen frei, und es weckte alle Träume.

Und doch war es gut, nach Hause zu kommen, dachte Circe.

Nach Athen.

»Selima«, sagte sie zu dem jungen Beduinenmädchen, »das ist die Akropolis.« Sie wies nach unten auf die Säulen aus diesem ewigen Marmor.

»Und das da drüben ist die Plaka, die Altstadt von Athen, und dort ist Pyräus.«

Selima nickte und lächelte und war ganz so, wie sie schon in Israel, in Herzlia und Tel Aviv und Jerusalem gewesen

war; ein Mädchen, fast noch ein Kind, das eifrig jede Information, jede Neuigkeit aufschleckte wie ein junger Hund.

Wißbegierig und niemals müde.

Wißbegierig und hungrig nach immer mehr.

Aber es war ja kein Wunder, wenn man daran dachte, daß
sie in geistiger und landschaftlicher Wüste aufgewachsen war.

»Ich möchte deine Sprache lernen«, sagte sie jetzt. »Griechisch — ist das schwer?«

»Ich weiß es nicht«, sagte Circe und lachte. »Mein Gott,
ich weiß es wirklich nicht.« Und sie sprach Griechisch mit der
Stewardeß, sprach ihre Muttersprache zum erstenmal wieder
seit Monaten.

Es tat gut, es waren Worte, die auf der Zunge zergingen.

Ich habe es nicht gewußt, dachte sie, ich habe mir immer
eingebildet, daß ich überall leben könnte.

Aber das hier ist meine Heimat.

Athen.

Ich komme nach Hause.

Nach Hause, das bedeutete das Penthouse in der Sofokleousstraße 14.

Als sie durch das schmiedeeiserne Tor des Vorderhauses
traten und mit dem Aufzug hinauffuhren, war es Circe, als
müsse oben auf dem sonnenbeschienenen Dachgarten Henri
auf sie warten.

Aber Henri war tot.

Sie war dem Gedanken so lange ausgewichen, wie sie es
nur vermochte.

Jetzt kam er mit unverminderter Gewalt zurück.

Mein Sohn ist tot, dachte sie.

Mein einziges Kind.

»Was ist?«, fragte Selima, als sie mitten im Salon ihres
Hauses stehenblieb, wo es nach verwelkten Blumen roch,
nach dumpfer, abgestandener Luft, wie in allen Räumen, die
eine Weile lang nicht bewohnt werden.

»Was ist passiert?« wiederholte Selima noch einmal ängst-
lich.

»Wir müssen Luft und Sonne hereinlassen!« sagte Circe. Es sollte energisch klingen, aber es klang einfach kläglich.

Sie öffnete die Jalousien, stieß die Fenstertüren zum Patio auf.

Das Wasser der kleinen Fontäne glitzerte in der Sonne.

»Wenn Sie mir zeigen, wo die Küche ist, mache ich Ihnen einen Kaffee«, sagte Selima. »Mit Hel — das hilft, wenn man traurig ist.«

»Danke«, sagte Circe, »aber zuerst zeig' ich dir dein Zimmer.«

Sie zögerte vor Henris Tür, berührte jedoch die Klinke nicht.

Später, viel später würde sie gewiß viele Stunden dort verbringen in Gedanken an den Jungen, der jahrelang das Wichtigste in ihrem Leben gewesen war.

Sie führte die junge Araberin in das Gästezimmer.

»Hier darf ich schlafen?« fragte Selima ungläubig und berührte scheu die Seide des Bettes. »Wirklich?«

»Natürlich. Und ich hoffe, du wirst dich wohl fühlen.«

»Bestimmt, oh, ganz bestimmt!« Selima griff nach Circes Hand und küßte sie, ehe Circe es verhindern konnte.

»Das mußt du nicht tun«, sagte sie und küßte Selima auf beide Wangen. »Du sollst mir eine Freundin sowie eine Schwester oder Tochter sein.«

Circe ging zurück in den Salon, während Selima auspackte und den Kaffee bereitete.

Circe rief ihre Freunde an, und deren Freude, daß sie endlich zurück war, wärmte sie.

Sie lud alle zu einem Umtrunk am Abend ein.

Denn sie wußte, sie würde es nicht ertragen, allein zu sein, wenn es dunkel wurde.

Sie versuchte auch, Robert in München in seinem Hotel zu erreichen, aber er war schon mit unbekanntem Ziel abgereist.

Sie wartete vergebens auf ein Telegramm von ihm, irgendeine Nachricht.

Und sie dachte daran, daß sie Iris bei den Beduinen im Stich gelassen hatte — in Roberts Augen mußte es wenigstens so aussehen.

Er hatte trotzdem gesagt: »Ich liebe dich.«

Aber an diesem Abend fürchtete Circe, ihn nie mehr wiederzusehen.

Der Mann, dem Robert Kane an diesem Abend in Hamburg gegenüber saß, war groß und massig und mindestens seine dreißig bis vierzig Kilo zu schwer.

Er sprach ein schwerfälliges Deutsch — er war als Kind mit seinen Eltern nach Amerika ausgewandert und erst vor einem Jahr nach Deutschland zurückgekehrt, um hier eine Ladenkette aufzubauen, in der man von der perfekten Sekretärin über den Butler bis zur Rasenmähmaschine und einer kompletten Kücheneinrichtung alles leihen konnte.

Dieser Mann hieß Gustav Heidelberg, und sein Sohn Kevin war ebenfalls seit Monaten verschwunden.

»Der Idiot hat natürlich Hasch geraucht und war drauf und dran, auf härtere Drogen umzusteigen, als ich es schließlich gemerkt und ihn kurzerhand aus dem Verkehr gezogen habe«, sagte Heidelberg. »Bloß wegen dem Jungen bin ich hierher zurückgekommen. War gar nicht leicht, hab' verdammt viel dabei eingebüßt. Dollarkrise und so — aber, na ja, was tut man nicht alles für seine Kinder, und besonders, wenn's der Einzige ist. Und Kevin ist mein Einziger!«

»Wann ist er verschwunden, Herr Heidelberg?« fragte Robert.

»Na ja, das muß so an die vier Monate her sein. Wissen Sie, der Junge tat mehr oder weniger, was er wollte. Blieb auch schon mal eine Nacht von zu Hause weg. Hatte einen kräftigen Schlag bei den Weibern, der Grünschnabel. Besonders ältere Frauen flogen auf ihn.«

»Und deswegen wissen Sie nicht mehr so genau, wann Kevin wirklich verschwand.«

»Na ja, genaues Datum und so nicht.«

»Er flog, um genau zu sein, am achten Mai mit einer Maschine via München und Athen nach Beirut.«

»Wie bitte?«

»Die Polizei hätte Ihnen das längst gesagt, wenn Sie sich dort wieder einmal gemeldet hätten.«

»Na, hören Sie — die hätten sich ja auch bei mir melden können!«

»Ja, sicher«, sagte Robert. »Aber das ist ja jetzt auch weniger wichtig. Sie haben seitdem nichts mehr von ihrem Sohn gehört?«

»Nein.«

»Sie sind niemals im ›Kefir-Club‹ gewesen?«

»Wie bitte?« fragte Heidelberg wieder, und es war deutlich, daß er damit nur Zeit gewinnen wollte.

»Im ›Kefir-Club‹ in Harvestehude.«

»Kann mich nicht erinnern.«

»Sie haben aber dort ein Kuvert mit zehntausend Mark hinterlegt.«

»Mensch, Mann, woher wissen Sie . . .?« Heidelbergs rotes Gesicht bekam einen Stich ins Blaue.

»Das ist meine Sache«, sagte Robert. »Für wen war das Geld bestimmt?«

»Für Kevin.«

»Als Lösegeld?«

»Nein.«

»Sondern?«

»Er hat mich erpreßt.«

»Ihr eigener Sohn?«

»Ja, verdammt noch mal!«

»Warum?«

»Ich hatte da eine Mädchengeschichte — mit einer Angestellten, minderjährig —, und die ist schiefgegangen, und da hat Kevin Wind von bekommen.«

Heidelberg schien auf eine weitere Frage zu warten, aber Robert schwieg.

»Und der Kerl war so runtergekommen durch seine Sucht,

da war ihm nichts schäbig genug, auch nicht, seinen eigenen Vater zu erpressen!«

»Wem haben Sie das Geld übergeben?«

»Einem Griechen.«

»Wissen Sie seinen Namen?«

»Nein.«

»Sind Sie sicher?«

»Ja.«

»Und seitdem?«

»Ich weiß nicht, wer Sie sind«, sagte Heidelberg. Sein Gesicht hatte jetzt ganz und gar seine Röte verloren.

»Ich bin nicht von der Polizei«, antwortete Robert. »Falls Sie das beruhigt. Und ich werde die Informationen von Ihnen auch an niemanden weitergeben. Mich interessieren nur alle Leute, die jemals mit ›Kefir‹ zu tun gehabt haben. Meine Tochter ist ebenfalls im Zusammenhang mit ›Kefir‹ verschwunden, und ich muß herausfinden, wer dahintersteckt.«

»Ich habe inzwischen noch dreimal gezahlt«, sagte Heidelberg, »insgesamt« — seine Stimme senkte sich — »hunderttausend. Eigentlich müßte bald wieder ein neuer Kerl auftauchen.«

»Der ›Kefir-Club‹ besteht nicht mehr. Wo haben Sie das Geld abgeliefert?«

»Es wurde hier abgeholt.«

»Werden Sie mich benachrichtigen, wenn sich die Freunde Ihres Sohnes wieder melden?«

»Ich weiß nicht . . .«

»Bitte«, sagte Robert. »Ich kann Sie nur darum bitten!«

»Glauben Sie denn, daß Sie etwas tun können, um die Kerle unschädlich zu machen?« fragte Heidelberg. »Ich sag' Ihnen nämlich ehrlich, ich hab' mein Kapital in meinen Geschäften stecken. Und immer so große Brocken Bargeld rauszuziehen, das kann ich auf die Dauer nicht verkraften . . .«

Gustav Heidelberg rief Robert Kane zwei Abende später an. Salomon war gerade von einer Reise, über deren Ziel er sich

Robert gegenüber ausgeschwiegen hatte, zu ihm nach Hamburg zurückgekommen.

Heidelberg sagte: »Ich muß das Geld bis morgen abend bereit haben.«

»Wir wollen den Mann vorerst nur sehen«, sagte Robert. »Gibt es eine Möglichkeit, das zu arrangieren?«

»Ich glaube schon«, sagte Heidelberg. »Seien Sie um sieben Uhr bei mir. Das ist früh genug, falls jemand mein Haus beobachtet.«

»Wann kommt Ihr Freund?« fragte Robert.

»Zwei Stunden später.«

»Gut, bis morgen abend um sieben.«

Am nächsten Tag besorgte Salomon Kranich eine Spezialkamera, die es erlaubte, ohne Blitzlicht in einen erleuchteten Raum hinein zu fotografieren.

Er war es übrigens auch, der über seine vielfältigen Kontakte herausgefunden hatte, daß Heidelbergs Sohn Kevin etwa um die gleiche Zeit wie Iris aus Hamburg verschwunden war, und weiterhin, daß er mit jenem Kevin identisch sein mußte, den Circe in dem Beduinenlager gesehen und den sie ihm in Uri Ben Naams Haus in Herzlia ausführlich beschrieben hatte.

Pünktlich um sieben Uhr an diesem regnerischen Freitagabend trafen sie bei Heidelberg ein.

Er wohnte in einer Villa der Jahrhundertwende an der Alster. Das Haus lag unbeleuchtet da, die Tür öffnete sich vor ihnen, ohne daß sie zu läuten brauchten.

»Ich habe mit Absicht kein Licht gemacht«, sagte Gustav Heidelberg, der sie selbst einließ. »Falls jemand von den Kerlen doch schon mein Haus beobachtet.«

Er führte sie durch die dunkle Diele ins Wohnzimmer, wo nur eine Stehlampe brannte und die dichten Vorhänge zum Garten hin zugezogen waren.

»Einen Drink zum Aufwärmen?«

»Gern.« Robert und Salomon nickten.

»Hoffentlich kriege ich nicht noch mehr Scherereien. Hören Sie, der Bursche darf nicht merken, daß Sie hier sind«, jammerte Heidelberg.

»Wo können wir uns verstecken?« fragte Salomon.

»Im Nebenzimmer. Ich schließe die Tür hinter Ihnen ab.«

»Aber wir wollen den Mann doch sehen«, sagte Robert.

»Das werden Sie auch.«

Gustav Heidelberg kippte seinen Whisky pur. »Kommen Sie.«

Er führte sie in den Nebenraum, der als Schlafzimmer eingerichtet war.

Er nahm ein Bild von der Wand zum Wohnzimmer, und sie konnten klar in dasselbe blicken.

»Nebenan hängt nur ein ganz normaler Spiegel«, sagte Gustav Heidelberg. »Ulkiges Ding. Als ich das Haus hier übernahm — möbliert und so, wie es auch heute ist —, hab' ich es durch Zufall bemerkt. Was der frühere Eigentümer sich dabei gedacht hat, weiß ich nicht. Mir hat's einfach Spaß gemacht, und ich hab's gelassen, wie es war.«

Sie kehrten in den Wohnraum zurück, machten es sich vor dem Kamin bequem.

Um halb neun leerten sie ihre Gläser, Heidelberg trug sie in die Küche und wusch sie eigenhändig ab; er hatte dem Mädchen aus gutem Grund Ausgang gegeben.

Robert und Salomon gingen in das Schlafzimmer. Gustav Heidelberg schloß die Tür hinter ihnen ab.

Um Punkt zehn Uhr läutete es.

Heidelberg ging in die Diele, er ließ die Tür hinter sich auf; sie hörten ihn knapp sagen: »Kommen Sie herein.«

Der Mann, der mit ihm eintrat, war dunkelhaarig, hager und hypernervös.

»Wo ist das Geld?«

»Wie lautet das Codewort?« fragte Gustav Heidelberg.

Der Mann murmelte etwas.

»Ich habe Sie nicht verstanden«, sagte Heidelberg.

»Kefir«, sagte der Mann.

»Na schön«, sagte Heidelberg. »Das ist aber das letzte Mal!«

Er ging zu seinem Schreibtisch, einem Monstrum aus Teak. Der Mann folgte ihm, er behielt die linke Hand in der Jacketttasche; es schien ziemlich sicher, daß er eine Pistole darin trug.

Heidelberg zählte ihm das Geld vor, zehn neue Tausendmarkscheine.

»Wieso sind das keine gebrauchten Scheine?«

»Konnte keine bekommen«, sagte Heidelberg.

Der Mann schien zu zögern, aber dann raffte er das Geld zusammen und stopfte es in seine Brusttasche.

Heidelberg brachte ihn hinaus.

Sie hörten das Zuschnappen der Haustür und wie Heidelberg die Sicherheitskette vorlegte, dann kam er zurück.

Er ließ Robert und Salomon aus dem Schlafzimmer.

»Nun?«, fragte er. »Haben Sie Fotos gemacht?«

»Ja«, meinte Salomon einsilbig.

Sie fuhren von Heidelberg aus zu dem Fotolabor einer Zeitung, deren Chef vom Dienst Salomon gut kannte.

Salomon ließ von den Bildern je zehn Abzüge machen. In der Zwischenzeit bereitete er schon die Umschläge vor, in denen die Fotos an Freunde von ihm in der ganzen Welt gehen würden.

Sie fuhren anschließend zur Post im Hauptbahnhof.

Unwillkürlich mußte Robert an Heibi denken, den er hier zum ersten- und zum letztenmal getroffen hatte; den Elsässer, der auch starb, weil er etwas oder zuviel von ›Kefir‹ wußte.

»Was glauben Sie, Salomon?« fragte er, »wann wir mit irgendeiner Auskunft rechnen können?«

»In drei, vier Tagen etwa.« Salomon zuckte die Schultern.

Es waren seltsame vier Tage.

Seit Monaten ging Robert Kane zum erstenmal wieder ins Büro. Er hatte eine lange Aussprache mit seinem Chef, der Roberts Situation — was Iris und Circe anging — zwar verstand, aber deutlich machte, daß die Firma nicht gewillt sei, den Ausfall seiner Arbeitskraft noch viel länger hinzunehmen.

»Wir können es uns einfach nicht leisten, auf unsere fähigsten Mitarbeiter zu verzichten. Das Projekt in Südafrika ist nahezu spruchreif, die haben in der Kalahari Öl gefunden. Da steckt für uns ein großer Brocken drin, Kane, und ich wollte, daß Sie das leiten.«

»Geben Sie mir noch einen Monat«, sagte Robert. »Ich bin sicher, daß bis dahin alles vorbei ist.«

Robert arbeitete vier Tage lang wie ein Besessener an den Analysen und Kostenvoranschlägen für die südafrikanische Bohrgesellschaft.

Wenn er abends in seine Langenhorner Wohnung kam, hatte Salomon gekocht, Eis und Selters und der Whisky standen bereit; meistens hatte Salomon irgendeine Platte aufgelegt: leise, beruhigende Weisen.

Sie tranken einen Whisky als Aperitif, dann aßen sie in der Küche. Es waren deftige östliche Spezialitäten, die Salomon als Koch hätten reich machen können. Überhaupt — durch ihn gewann die Wohnung zum erstenmal wieder Leben.

»Salomon, Sie werden mir fehlen«, sagte Robert dann.

Und Salomon antwortete: »Darüber werden Sie schnell hinwegkommen.«

»Ich wünschte, Sie blieben in unserer Nähe«, sagte Robert.

»Sie reisen so viel — wer hindert Sie, mich in Israel zu besuchen?«

»Und ob wir Sie besuchen werden! Und wenn Sie Urlaub machen, kommen Sie zu uns«, versprach Robert. »Wir fahren zusammen an die See und in die Berge, und . . .« Robert verstummte; da saß er, machte Zukunftspläne und wußte nicht einmal, ob es überhaupt eine solche Zukunft geben würde.

Eine Zukunft, die lebenswert gewesen wäre.

Mit Circe und mit Iris. Einer wieder gesunden Iris. Einer

Iris, die wieder seine Tochter war. Lebhaft und ein bißchen schnoddrig und so unbekümmert jung.

Am fünften Tag — Robert war wieder in seinem Büro und hatte gerade eine Auseinandersetzung mit einem jüngeren Kollegen, der eine statistische Berechnung der Förderungsanalyse versaut hatte — rief Salomon an.

»Wir haben Nachricht«, sagte er. »Wir fliegen noch heute abend nach Griechenland.«

»Nach Athen?« fragte Robert.

Er dachte an Circe, und sie wiederzusehen, war wie eine Flamme, die seine Brust versengte.

»Ja, nach Athen«, sagte Salomon, »und von da aus weiter auf eine Insel. Alles weitere mündlich.«

Es wurde schon dunkel, als sie zum Flughafen hinausfuhren. Es war sehr kalt und die Straßen schimmerten regennaß, und abgesehen von allem anderen würde es einfach guttun, in das Land des ewigen Sonnenscheins zurückzukehren.

»Der Mann, der Heidelberg aufsuchte«, berichtete Salomon auf der Fahrt, »konnte bis zum Bahnhof von Hamburg verfolgt werden. Dort nahm er einen Zug nach München. Am anderen Morgen flog er von München nach Athen. In Athen hielt er sich zwei Tage in der Altstadt, der Plaka, auf. Er schien auf weitere Instruktionen zu warten. Dann setzte er mit einem Kutter über auf die Insel Ileda.«

»Ileda?« fragte Robert. »Nie gehört.«

»Ileda ist auch winzig klein«, stimmte Salomon zu. »Auf der Insel trieb sich unser Mann einen Abend lang in den Fischerkneipen herum. Dann war er plötzlich verschwunden. Niemand hat ihn mehr gesehen. Aber es steht hundertprozentig fest, daß er die Insel nicht verlassen hat. Und es gibt eigentlich nur eine Erklärung, wo er sein könnte: in dem Sanatorium für geistig behinderte Kinder, das sich auf der Insel befindet.«

»Geistig behinderte Kinder?« fragte Robert.

»So heißt es offiziell. Die Bewohner der Insel bekommen

nicht viel von ihnen zu sehen. Das Sanatorium ist in einem alten Fort untergebracht, in dem Sanatorium werden keine einheimischen Leute beschäftigt. Nicht einmal im vergangenen Frühjahr, als die Fischfänge ausblieben und die Frauen der Insel um Arbeit dort nachsuchten.«

»Das ist verdammt komisch«, sagte Robert.

»Angeblich sollen die Wachen am Eingang des Sanatoriums mit Maschinenpistolen ausgerüstet sein. Nun ja — wir werden es ja selbst sehen.«

Das Taxi hielt vor dem Flughafeneingang, sie stiegen aus.

»Verraten Sie mir noch eins«, sagte Robert, als sie zum Abfertigungsschalter der Lufthansa hinübergingen. »Woher und wie haben Sie das alles so schnell erfahren?«

»Ich habe Freunde«, sagte Salomon schlicht. »Viele Freunde, Gott sei Dank.«

12

Es war eine stille Herbstnacht in Athen. Still und dunkel war es in dem Penthouse in der Sofokleousstraße 14.

Circe bewegte ihren Kopf, und Robert hörte das Knistern ihres Haares auf dem Kopfkissen.

Er wußte, daß sie nicht schlief, und sie lag so nah bei ihm, daß er sie hätte berühren können.

»Es tut mir leid«, sagte er. »Ich sollte dich nicht für das verantwortlich machen, was mit Iris los ist.«

»Ich verstehe es durchaus«, sagte sie. »Ich habe Iris ja in gewissem Sinne bei den Beduinen im Stich gelassen. Und ich weiß ja, wie ich reagierte — früher, wenn es um Henri ging.«

Mein Gott, wie hatte er das vergessen können. Henri war quasi seinetwegen gestorben. Kefir — oder die, die dahintersteckten — hatten Henri getötet, um Circe zu warnen, sich aus der ganzen Geschichte herauszuhalten.

Robert drehte sich auf die Seite, nahm Circe in seine Arme.

»Du mußt mir verzeihen«, sagte er. »Bitte! Ich habe einfach nicht mehr daran gedacht.«

»Du kanntest ihn ja auch kaum.«

»Aber ich habe ihn gern gehabt. Wirklich. Ich hätte mir gewünscht, ihn als Sohn großziehen zu können.«

»Du mußt mir glauben«, sagte Circe. »Ich hätte Iris mitgebracht, wenn es eine Chance gegeben hätte. Aber sie sagte mir deutlich, daß sie nichts von einer Flucht wissen wollte.«

»Wie kann sie sich in dem primitiven Leben bei einem Beduinenstamm wohl fühlen?« fragte Robert. »Wenn ich nur wüßte, was sie soweit gebracht hat?«

»Das Rauschgift«, sagte Circe. »Die Sucht. Und die Angst, im normalen Leben zu versagen. Sieh dich doch um: Überall in Europa findest du sie, die Hascher und Pusher und Fixer und wie sie sich sonst noch nennen. Solange sie es können, brüsten sie sich damit, daß sie Hasch nehmen und nicht davon abhängig sind. Angeblich nicht. Nur angeblich nicht. Denn über kurz oder lang werden sie süchtig und abhängig, und dann kann ihnen kaum noch geholfen werden.«

»Wie sah Iris aus?« fragte Robert. »War es so schlimm wie auf den Fotos, die ich dir gezeigt habe?«

Circe nickte stumm, er konnte es an seiner Schulter spüren.

»Glaubst du, wenn wir sie finden und befreien — so muß man es ja wohl nennen —, daß Iris noch zu retten ist?«

»Ich weiß es nicht, Robert. Ich weiß nicht, wie stark sie ist. Der Arzt des Sheiks hatte sich ihrer ja bereits angenommen. Die äußeren Merkmale der Sucht besserten sich. Der Arzt hielt wohl auch ihren Drogenkonsum unter Kontrolle. Aber wie weit Iris psychisch schon zerstört ist, das kann ich nicht beurteilen. Das vermag wohl auch nur ein Psychiater.«

»Warum tut ein Kind einem das an?« fragte Robert. »Wenn ich nur wüßte, was ich falsch gemacht habe?«

»Ich weiß nicht, ob die Schuld bei dir liegt«, sagte Circe. »Ich glaube eher, daß es die Zeit ist, in der wir leben.«

»Aber das ist zu einfach.«

»Nein, einfach ist das nicht. Nenne mir einen Menschen, der sich heute zufrieden und sicher fühlt? Nenne mir einen Menschen, der sein Leben nicht ändern möchte. Und für die Jungen muß es doch besonders schlimm sein. Wo gibt es denn noch irgend etwas, an dem sie sich ein Beispiel nehmen könnten? — Es ist schlimm, aber ich denke manchmal, das wenigstens bleibt Henri erspart: Die Qual, modern zu leben.«

»Würde es dich stören, wenn ich noch eine Zigarette rauche?« fragte Robert.

»Nein — soll ich dir noch was zu trinken holen?«

»Wenn es dir nichts ausmacht?«

Circe stand auf, knipste die Stehlampe nahe dem Bett an.

Sie warf einen strenggeschnittenen Morgenmantel aus naturfarbener Rohseide über.

Auf nackten Füßen verließ sie das Zimmer. Er konnte ihre

Schritte draußen nicht hören, und einen Moment lang empfand er Panik, als habe er sie schon wieder verloren.

Als Circe zurückkam, wirkte sie verstört und nachdenklich.

»Was ist?« fragte er.

»Selima war in der Küche«, sagte sie. »Vor der offenen Herdtür. Holzscheite brannten darin, und sie sah den Flammen zu. Sie meinte, das Feuer sei fast wie zu Hause, abends, wenn sie vom Brunnen kam und das Essen vorbereitete. Sie hat Heimweh.«

»Aber sie kann nicht zurück?«

»Nein«, sagte Circe. »Das ist unmöglich. Da sie ihren Stamm ohne Erlaubnis des Sheiks verlassen hat, ist sie eine Ausgestoßene.«

Sie setzte sich zu Robert auf den Bettrand, und sie tranken zusammen ein Glas Orangensaft mit einem Schuß Gin.

Später legte sie sich wieder zu ihm, aber die Nacht verrann, und sie konnten keinen Schlaf finden.

Das zweisitzige Flugzeug, blau und silbern glänzend, überflog nun zum drittenmal die Insel, die sich grün und weiß aus dem Meer hob.

Der Pilot zog die Maschine so tief hinunter, daß sie jetzt sogar die Gesichter der Menschen dort unten in den engen Gassen des Dorfes Ileda erkennen konnten, die neugierig nach oben schauten.

Das Dorf war nicht groß, und es war von steinigen Feldern und einigen wenigen Äckern umgeben. Nahe der südlichen Spitze des ovalen Eilandes lag das ehemalige Fort und jetzige ›Hospital‹.

Salomon hatte bei jeder Runde, die das Flugzeug drehte, das Hospital fotografiert.

»Es sieht aus wie eine Kreuzritterfeste«, meinte Ilan, der Pilot.

»Das ist es auch«, sagte Salomon, »es gibt sogar eine abenteuerliche Geschichte, die sich um das Fort rankt.«

»Schieß los«, sagte Ilan. Er war auf Salomons Bitte am Tag zuvor von Israel nach Athen gekommen.

In Athen hatten sie dieses winzige Flugzeug gemietet, ebenso wie auch die hochempfindliche automatische Kamera, mit der Salomon nun die Luftaufnahmen gemacht hatte.

»Wir können zurückfliegen«, sagte er. »Ich dürfte jetzt genug Aufnahmen haben.«

Unterwegs erzählte er Ilan die Legende, die sich um das Fort St. Patrice rankt:

»Zur Zeit der ersten Kreuzzüge war der Ritter Patrice de Roquemort als einziger Überlebender eines französischen Segelschiffes auf die Insel Ileda verschlagen worden.

Als er in der fraglichen Märznacht am Ufer des Eilandes umherirrte, sah er plötzlich ein Licht.

Mühsam kämpfte er gegen Sturm und peitschenden Regen an und erreichte endlich das Fort.

Er fand das große Tor verschlossen, aber durch eine Seitenpforte, dessen Schloß seinem Schwert nicht standhielt, gelangte er hinein.

Ein makabrer Anblick bot sich ihm.

Im Schein von Pechfackeln lagen im Innenhof Tote und Sterbende; die Cholera hatte hier gewütet.

Patrice de Roquemort half den Kranken, so gut er konnte.

Aber er konnte nur ein Menschenleben retten, und das war ein junges Mädchen.

Sie war es auch, die das Windlicht in eine der Schießscharten der Festung gestellt hatte, um etwaige Hilfe herbeizulocken.

Sie war eine junge Jüdin namens Rachel und nach Ileda verschleppt worden.

Nach Rachels Genesung wagten sie die Überfahrt nach Palästina.

Aber Patrice trug den Keim der Cholera schon in sich; die Strapazen taten das übrige, und er starb in Akko, ehe er Jerusalem sah.

Zum Dank für Patrices selbstlose Hilfe — denn die Bewohner des Dorfes Ileda, das auch damals schon bestand, hatten sich nicht um die Kranken im Fort gekümmert — trat Rachel zum Christentum über.

Überall unter den Christen, mit denen sie zusammentraf, sprach sie von Patrice. Schließlich machte sich ein Schiff von Akko auf, um das alte Fort in ein Kloster zu verwandeln, als Gedächtnisstätte für Patrice. Und dort verbrachte Rachel den Rest ihres Lebens.

Angeblich, so steht es in den Büchern, kann man sie heute noch in stürmischen Nächten nach Patrice rufen hören.«

»Da bleibt uns nur zu hoffen«, sagte Ilan, »daß der gute St. Patrice uns auch helfen wird.«

Die Aufklärungsfotos von Ileda waren ausgezeichnet geworden.

Jedes Detail des ›Hospitals‹ war genau zu erkennen.

Sie saßen um den ovalen Tisch in Circes Speisezimmer, auf dem sie die Aufnahmen ausgebreitet hatten.

»Das ist der Haupteingang.« Salomon wies mit einem Bleistift auf ein breites, offenbar stählernes Tor. Dahinter befand sich ein Pförtnerhaus. Ein Mann saß auf einer Bank davor.

»Der trägt aber keine Maschinenpistole«, sagte Circe.

»Im Gegenteil, was er auf den Knien hält, ist ein primitives Banjo.«

»Ziemlich friedlich«, meinte Robert. »Mir scheint, die wiegen sich in Sicherheit.«

Auf dem zweiten Foto war eine Gruppe von Menschen zu sehen, die im Innenhof im Kreis umhergingen; deutlich von ihnen zu unterscheiden drei Wärter in Drillichanzügen.

»Der Pförtner und diese drei Männer sind die einzigen, die wir bisher zu sehen bekommen haben«, erklärte Salomon. »Sonst besteht das Personal offenbar nur aus Frauen.«

Ein anderes Foto zeigte das Gesicht einer Frau in einem Fenster. Sie war etwa Mitte der Vierzig, trug einen strengen Herrenschnitt und eine Brille mit einem dunklen Horngestell.

Sie hatte den Kopf in den Nacken gelegt und blickte im Moment der Aufnahme offensichtlich skeptisch zu dem Flugzeug hoch.

»Wie groß ist der Innenhof?« fragte Robert.

»Groß genug, um mit einem Hubschrauber dort zu landen«, sagte Salomon. »Wie ich bisher erfahren konnte, wird das Personal per Hubschrauber einmal in der Woche nach Athen geflogen — zu Einkäufen oder auch an freien Tagen. Wir müssen jetzt nur noch herausfinden, von wo dieser bestimmte Hubschrauber startet und an einem der üblichen Tage seinen Start verhindern beziehungsweise uns seiner bemächtigen.«

»Ich habe einen Freund bei der Flughafenverwaltung«, sagte Circe.

»Gut für uns«, meinte Salomon, »falls er vertrauenswürdig ist.«

»Garantiert«, sagte Circe. »Ich bin sicher, wenn einer uns weiterhelfen kann, ist er es.«

»Kann man ihn anrufen und hierher bitten?«

»Ja, wenn er nicht gerade Dienst hat.«

»Wenn wir erst wissen, wem der Hubschrauber gehört, sind wir wahrscheinlich schon einen Riesenschritt weiter«, meinte Robert.

»Ich rufe Alexander jetzt an«, sagte Circe.

Die Männer hörten zu, während sie telefonierte.

Alexander Dophilis versprach, sofort zu kommen, denn es traf sich gut: er hatte gerade Dienstschluß.

Alexander war groß und blond und sah so aus, wie man sich einen Flugkapitän vorstellt.

Aber er trat keineswegs forsch auf, sondern wirkte eher bescheiden und zurückhaltend, als er sich zu ihnen gesellte.

Nur wenn er Circe ansah, bekamen seine Augen den Ausdruck eines hungrigen Mannes.

Circe erklärte ihm, worum es ging.

Er nickte einige Male, und dann sagte er: »Es gibt meines Wissens nur zwei Leute, die zur Zeit einen privaten Hubschrauber besitzen.« Alexander schwieg einen Moment. »Der eine ist ein sehr bekannter Reeder, der andere ein Diamantenhändler«, fuhr er dann fort. »Der Reeder scheidet aus — ich kenne ihn äußerst gut. Anders ist es mit dem Diamantenhändler: sein Name ist Rifekos, Abdul Rifekos. Er stammt ursprünglich aus dem Libanon, hat aber inzwischen die griechische Staatsangehörigkeit bekommen.«

»Dreht den Namen herum und laßt das ›os‹ weg, dann habt ihr unseren Mann«, sagte Salomon. Er lachte leise.

»Menschenskind«, murmelte Robert. »Mann, das ist doch nicht zu fassen!«

Alexander sah ihn verständnislos an.

»Kennen Sie ihn denn?«

»Und ob wir ihn kennen«, sagte Circe; spontan küßte sie Alexander auf beide Wangen. »Ich danke dir — du weißt ja gar nicht, wie sehr du uns geholfen hast.«

»Übrigens mußt du Rifekos kennen«, sagte Alexander. »Sein Bild war in allen Zeitungen, als die Feriensiedlung abbrannte, draußen bei Laurion. Rifekos stiftete das Geld für den Wiederaufbau.«

»Das war, als Henri starb«, sagte Circe leise. »Da haben wir keine Zeitungen gelesen.«

»Verzeih, ich wollte dich nicht daran erinnern.«

»Es ist schon gut.« Circe berührte Alexanders Hand. »Bitte, sag mir: Kennst du Rifekos persönlich?«

»Ja. Er ist ein jovialer älterer Herr. Immer freundlich, immer liebenswürdig. Das ganze Personal in den Hangars schwärmt für ihn. Es kommt ihm nie auf ein paar Flaschen Wein oder Ouzo an und auch nicht auf großzügige Trinkgelder.«

»Ja, so was schafft Freunde«, sagte Salomon lakonisch.

»Aber es ist komisch genug.« Alexander schüttelte den Kopf. »Ich mag ihn nicht, und er mag mich nicht. Wir sind mal heftig aneinandergeraten.«

»Wann war das?«

»Ein gutes halbes Jahr wird es her sein.«

»Und was passierte?« fragte Robert.

»Sein Hubschrauber landete und hatte außer dem Piloten einen jungen Mann an Bord. Ich hatte an dem Abend Dienst und mußte die Papiere kontrollieren. Der Junge besaß keine. Ich ließ ihn natürlich nicht aus dem Flughafen raus. Der Pilot des Hubschraubers wurde ziemlich nervös und ausfallend, schließlich erschien Rifekos höchstpersönlich, um seinen ›Bruder‹ auszulösen. Der Paß war in Ordnung, den er für den Jungen vorwies, aber ich bin heute noch davon überzeugt, daß der junge Mann alles andere als sein Bruder war.«

»Wie wirkte der Junge? Ist Ihnen irgend etwas Sonderbares an ihm aufgefallen?« fragte Salomon.

»Ja — doch. Er wirkte apathisch. Er sprach kein einziges Wort während der ganzen Prozedur. Saß einfach da und starrte vor sich hin.«

»Könnte er unter Drogen gestanden haben?« fragte Robert.

»Ich glaube schon — wenn ich es recht überlege. Ich habe damals auch daran gedacht, aber ich wollte nicht zu großen Stunk machen. Schließlich genießt Rifekos auch auf höherer Ebene großes Ansehen.«

»Wie sah der Junge aus?« fragte Salomon. »Könnte es einer von diesen jungen Burschen gewesen sein?« Er stand auf und ging zu seiner abgeschabten braunledernen Aktentasche, entnahm dieser seinen Ordner, dessen Inhalt wie ein Fahndungsbuch geführt war.

Seite um Seite zeigte das Gesicht eines Jugendlichen — und Seite um Seite hieß es dazu: »Spurlos verschwunden am . . .« oder: »Vermißt ab soundsovielten . . . bisher fehlt jede Spur . . .«

Alexander betrachtete die Fotos sehr aufmerksam. Bei dem vorletzten Foto schließlich sagte er fest: »Das ist der Junge. Und sein Verschwinden von zu Hause fällt genau mit dem Zeitpunkt zusammen, als der Zwischenfall auf dem Flughafen passierte.«

Der Junge hieß Jean-Pierre, war neunzehn Jahre alt und der Sohn eines angesehenen Privatbankiers aus Paris.

»Sie sind ganz sicher?« fragte Salomon.

»Ganz sicher«, sagte Alexander.

»Wann wird nun der Hubschrauber von Rifekos benutzt?« fragte Salomon. »Gibt es da regelmäßige Zeiten?«

»Nein, das ist völlig unterschiedlich — mit einer Ausnahme. Jeden Freitagmorgen, gegen acht Uhr dreißig, fliegt er fort, kehrt am frühen Nachmittag zurück. Er hat dann jeweils zwei Fluggäste — manchmal sind es zwei Frauen, manchmal zwei Männer — an Bord. Sie alle arbeiten beim Aufbau der neuen Ferienkolonie bei Laurion. Samstag morgens werden sie dann mit Lebensmitteln und sonstigen Vorräten dorthin zurückgebracht.«

Die Sonne brannte gelb in dem hohen blauen Himmel über der Insel.

Der Wind sang in den Bäumen des Innenhofs. Es waren nicht viele, nur acht Stück, Zypressen, die jeweils die Türen der vier Hausflügel zum Hof flankierten.

In den Bäumen saßen die Vögel wie Blüten.

Hunderte, vielleicht waren es sogar Tausende.

Ihr Gezwitscher und Geschrei übertönte sogar noch den Wind.

Auch in der Wüste hatte der Wind gesungen, wenn er über die Felsen strich, auch in der Wüste hatte die Sonne so gnadenlos gelb und gleißend in dem hohen blauen Himmel gestanden.

Auch in der Wüste hatte Iris Kane davon geträumt, wie diese Vögel zu sein.

Manchmal konnte sie sich sogar wie ein Vogel fühlen, manchmal, wenn sie über ihr Haar strich, meinte sie, es spüre sich wie Gefieder an.

Einmal war sie in der Wüste von einem Felsen gesprungen, hatte die Arme weit, weit ausgebreitet und war der Sonne und dem Himmel entgegengeflogen.

Aber dann war plötzlich alles ganz schwarz geworden.

Und als sie wieder zu sich kam, hatte sie nur den schwarzen übelriechenden Himmel des Nomadenzeltes über sich gesehen.

Da war sie so zornig geworden und so verzweifelt, daß sie angefangen hatte, laut zu schreien.

Sie hatte sich hin und her geworfen auf dem Bett aus Ledergurten. Sie hatte ihre Nägel in die Zeltwand gekrallt, um die Schwärze abzukratzen.

Bis der Mann gekommen war, an dessen Gesicht sie sich nicht mehr erinnern konnte, nur an die spitzen Schuhe mit den schiefen Absätzen, die er trug, die immer grau vom Wüstenstaub waren.

Nur an diese Schuhe konnte sie sich erinnern und an die blaurot gestreiften Socken darüber.

Aber er war immer gut zu ihr gewesen.

Wenn sie fiel und fiel und die Mäuler sah und die Hände, die Krallen und die Zähne, wenn sie Schmerzen hatte von den Bissen dieser Zähne und den Wunden dieser Krallen und wenn das Feuer über sie hinwegraste und sie vor Kälte zitterte, dann war er gekommen und hatte ihr geholfen.

Er hatte ihr das Manna der Süchtigen gegeben.

Deswegen würde sie auch seine Schuhe nicht vergessen können, grau vom Wüstenstaub, arme, alte Schuhe, die aussahen, als wären sie nie neu gewesen, und die blaurot gestreiften Socken.

Iris Kane lachte leise vor sich hin.

Konnte man in Schuhe verliebt sein, in so häßliche Socken?

Komisch, sie wußte, daß die Socken häßlich waren, billig und viel zu auffallend, und ihr Vater hätte niemals solche getragen.

»Vati«, murmelte sie und begann zu weinen, denn plötzlich mußte sie an ihn denken, als sie zum erstenmal mit ihm in der Heide gewesen war.

Die Vögel sangen da längst nicht so laut und kreischend wie hier, sondern eher sanft und scheu.

Sie hatten lange Zeit einen Grünspecht beobachtet, und ihr Vater hatte ihr erklärt, daß er zu den Klettervögeln gehörte. Irgendwie war es so, daß ein Sprecht einen Baumstamm hinauf- und hinunter laufen konnte, aber das wußte sie nicht mehr so genau.

Aber an die Brombeeren erinnerte sie sich.

Blauschwarz wurden Hände und Zähne und Lippen davon.

Abends zu Hause hatten sie sich um die Wette die Zähne geputzt, und sie hatte unbedingt Schlämmkreide haben wollen.

Sie wußte heute nicht mehr, wie alt sie damals gewesen war, ob sie schon zur Schule gegangen war oder nicht.

Sie wußte nur, daß sie bestimmt noch keinen Busen gehabt hatte, denn am liebsten schlief sie immer bloß in den Pyjamahosen, und das hätte ihre Mutter bestimmt nicht erlaubt, wenn sie schon erwachsen gewesen wäre.

Und Oma Weinberg erst recht nicht.

Oma Weinberg in Wien, die immer Karlsbader Oblaten aß, die so süß nach Mandeln und Zucker dufteten und in schwarzweißen Blechschachteln zweimal im Monat aus Karlsbad geschickt wurden. Süße hauchdünne Waffeln und dicker brauner Kakao mit Schlagobers.

Und sonntags mußte sie weiße, gehäkelte Handschuhe anziehen und mit Großmutter Weinberg in die Kirche gehen, den Stephansdom.

Auf dem Platz davor gab es viele Tauben, und schon damals hatte sie gewünscht, ein Vogel zu sein.

»Wien, Wien, nur du allein«, orgelte es von der Straße herauf im Sommer, in der Drechslergasse, wo das große alte Haus von Oma Weinberg stand. Mit grünen Fensterläden und rosarot gestrichen.

Und der Messingknauf an der Wohnungstür wurde jeden Freitag mit Schlämmkreide poliert.

Schlämmkreide, Schlämmkreide ...

Der Wolf im Märchen aß Schlämmkreide, um eine weichere Stimme zu bekommen, und Oma Weinberg schwor auf Schlämmkreide für die Zähne.

Iris lachte und schüttelte den Kopf und rieb sich die Wangen von den Tränen trocken.

Sie ließ sich auf das Bett zurückfallen und starrte zu der Decke hoch, die wie die Wände weiß geschlämmt war.

Das Fenster drüben hatte Gitter, und dahinter konnte sie die Spitze einer Zypresse sehen, und direkt obendrauf, wie ein Weihnachtsengel, saß ein gelbgefiederter Vogel.

»Flieg, Vogel, flieg,
dein Vater ist im Krieg,
deine Mutter ist in Pommerland,
Pommerland ist abgebrannt,
flieg, Iris, flieg!«

Sie wußte nie, ob sie wirklich sang oder nur in ihrem Kopf.

Manchmal glaubte sie auch, ihre Stimme komme aus ihrem Bauch oder aus ihren Händen, und einmal, da war sie ganz bestimmt aus ihren Füßen gekommen. Das war furchtbar komisch gewesen.

Und irgendwie unheimlich.

Bis dahin hatte sie nämlich gar nicht gewußt, daß Füße sprechen können.

Iris hob ihre Füße an und betrachtete sie.

Heute blieben sie stumm.

Sagten keinen Ton.

Blöde Füße.

Iris rutschte auf dem Bett so weit hinunter, bis sie mit den Füßen gegen die untere Wand stieß. Sie trampelte dagegen, bis die Zehen zu bluten anfingen.

Aber sie lachte dabei.

Geschah den blöden Füßen recht!

Es tat auch überhaupt nicht weh.

Das war gut!

Denn vor Schmerzen hatte sie eine furchtbare Angst.

Als es anfing weh zu tun, kam die Frau mit dem kurzen grauen Haar und der dicken Hornbrille.

»Iris«, sagte sie, »was hast du denn schon wieder gemacht?«

»Ich? — Gar nichts!«

»Was hast du mit deinen Füßen gemacht?«

»Nichts.« Sie zog die Beine schnell an, zerrte den Saum ihres Leinenhemdes darüber.

»Ich werde sie dir gleich verbinden«, sagte die Frau. »Komm, gib mir zuerst deinen Arm.«

Iris sah zu ihr auf.

Die Augen hinter der Brille sahen aus wie die von Oma Weinberg.

»Ich möchte Kakao mit Schlagsahne«, sagte Iris, »und schöne dünne Waffeln.« Und mit einem schlauen Lächeln: »Weil heute Sonntag ist. — Ich gehe auch mit in die Kirche, ich verspreche es. Und ganz früh heute abend zu Bett.«

»Du bist ein braves Kind«, sagten die grauen Augen. »Du bekommst alles, was du willst.«

Als es dunkel wurde, verstummten die Vögel im Innenhof des ehemaligen Forts und Klosters St. Patrice.

Und wenn man sehr genau hinsah, konnte man überhaupt noch ihre im Schlaf kugeligen Federleiber in den dichten Zweigen der Zypressen entdecken.

Diesmal war es nicht Iris Kane, die die Vögel beobachtete, sondern Dr. Monique Valliers.

Sie lehnte in der Fensternische ihres Zimmers, vor sich auf dem breiten Holzsims das Glas mit dem Pernod.

In der Rechten, zwischen Daumen und Zeigefinger, die gelb vom Nikotin waren, hielt sie die ewige Zigarette.

Sie blickte in den Hof hinunter, wo — außer Iris — die Patienten ihren abendlichen Rundgang drehten.

Sie waren allesamt jung, keiner von ihnen war älter als fünfundzwanzig.

Aber die ausgemergelten Gestalten, die gebeugten Schultern, die apathisch Schritt um Schritt schlurfenden Füße ließen sie wie Greise erscheinen.

Junge Greise, Greise für den Rest eines Lebens, das noch Jahrzehnte währen konnte.

Und ich bin mit schuld daran, dachte Dr. Valliers.

Ich habe Teil daran, daß sie so sind und daß sie so bleiben. Ich, als Ärztin.

Sie leerte ihr Glas, ließ den kühlen Geschmack des Pernod ihre Zunge überfließen.

Rauschgiftsüchtige, Abschaum der Menschheit, Ausgestoßene.

Ihnen ist nicht zu helfen.

Das weißt du doch.

Du kennst alles, ihrer aller Krankheitsgeschichte.

Du weißt, daß ihnen nicht zu helfen ist.

Du kannst ihnen das lange Ende nur erträglicher machen, wie du es Iris heute nachmittag erträglicher gemacht hast.

Sie ist am schlimmsten dran.

Und die Eltern sind froh, daß sie ihre Kinder los sind. Sie bezahlen viel Geld, um sie in deiner Obhut zu wissen.

Die Eltern wissen, daß ihre Kinder verloren sind.

So wie ich es gewußt habe, als ich Florina fand im Treppenflur in meinem Haus in der Rue des Ursulines in Paris.

Paris...

»Maman, ich bin so glücklich«, hatte Florina gesagt. »Maman, ich fliege. Halt mich nicht fest, Maman, bitte. Ich komme ja doch immer wieder zu dir zurück, liebe Maman.«

Und zehn Minuten später war Florina tot.

Blaß und kalt und tot.

Und sie, Monique, war in die Straßen gelaufen.

Sie hatte die gesucht, die dafür verantwortlich waren.

Und sie hatte jeden einzelnen von ihnen mit ihren bloßen Händen umbringen wollen.

Aber sie hatte niemanden umgebracht.

Statt dessen hatte sie Abdul getroffen.

Abdul, der sagte: »Sie können sich nicht rächen. Sie können nur zu helfen versuchen. Sie können jungen Menschen helfen.«

Deswegen war sie hierhergekommen, nach Ileda. Sie hatte sich am Anfang alle Mühe gegeben.

Sie hatte gegen die Sucht dieser jungen Greise dort unten angekämpft mit der Verzweiflung einer Löwin, die ihre Jungen bedroht sieht.

Bis sie gewahr wurde, daß die Medikamente, die sie von Abdul geschickt bekam, gefälscht waren.

Daß die herzstärkenden Ampullen zum Beispiel harte Drogen enthielten.

Eine der jungen Greisinnen, ein Mädchen von siebzehn, war ihr unter der Injektion gestorben, und seitdem hatte Abdul sie in der Hand.

Sie hatte einen Mord begangen.

Sie hatte einen Menschen getötet, weil sie keine gute Ärztin war.

Das hatte sie unterschrieben.

Unterschrieben, weil sie die Folter nicht aushielt, der Abdul sie unterzog.

Dr. Valliers goß sich einen neuen Pernod ein, vergaß, Wasser hinzuzufügen, merkte es zu spät, schüttelte sich nach dem scharfen Anisgeschmack.

Sie war zur Trinkerin geworden.

Es gab keine Nacht, in der sie nicht betrunken zu Bett ging. Über ihre eigenen Füße stolpernd, mehr als einmal am anderen Morgen neben ihrem Bett aufwachend und Schlimmeres noch.

Sie schloß die Augen, und jetzt trank sie den Pernod mit Absicht pur.

Ich wünschte, ich hätte wenigstens den Mut, mit mir selbst Schluß zu machen, dachte sie.

Das Motorengeräusch eines Flugzeugs ließ sie zusammenzucken.

Sie blickte zum Fenster hinaus.

Da war schon wieder diese kleine Maschine.

Zog erneut ihre Schleife.

Es sieht fast aus, als ob dir jemand auf die Sprünge gekommen ist, Abdul, dachte sie.

Und hoffentlich ist es so.

Ja, hoffentlich. Denn vielleicht, vielleicht ist noch einer von meinen jungen Greisen dort unten zu retten. Wenigstens ein einziger.

Alles andere ist mir ja längst egal.

13

Der Himmel war grau über dem Meer an diesem Freitagmorgen, und der Regen fiel in dichten grauen Bahnen. Als sie sich im Hubschrauber der Insel Ileda näherten, wurde die Sicht immer schlechter. Nur Ilan, dem Piloten, schien dies nichts auszumachen, er pfiff ›Shalom aleichum‹. Wenn er nervös war, so merkte man ihm das ganz und gar nicht an.

Robert spürte, wie sich jedesmal sein Magen verkrampfte, wenn der Hubschrauber von einer Windbö erfaßt wurde.

Salomon machte regulären Gebrauch von der für diese Fälle vorgesehenen Plastiktüte, und er sah aus, als habe er die Gelbsucht im akutesten Stadium.

Nur Ilans Freunde, Abi und Unis — letzterer ein Araber aus Akko — schienen ebenso unbeeindruckt von dem schlechten Wetter wie Ilan selbst.

»Im Fort werden sie gar nicht damit rechnen, daß ihr Hubschrauber heute kommt«, sagte Robert.

»Um so besser«, grinste Ilan. »Überraschung ist immer die beste Angriffstaktik.«

Sie waren allesamt bewaffnet — Salomon hatte darauf bestanden.

Seine Erkundigungen, so erklärte er, ließen jede Vorsicht angeraten sein.

Robert störte die schwere Pistole in der rechten Tasche seiner Lederjacke.

Ich wünschte, wir hätten es schon hinter uns, dachte er.

Er dachte auch an Circe und daß er sich nicht verabschiedet hatte.

Daß er sie verlassen hatte, als sie noch schlief.

Und er dachte daran, daß er um seiner Tochter willen womöglich das Leben der anderen hier im Hubschrauber gefährden würde.

Es erfüllte ihn mit einer gewissen Scham, daß ihm auch dieser Preis nicht zu hoch schien.

»Noch fünf Minuten«, sagte Ilan, »dann müssen wir über Ileda sein.«

Plötzlich riß vor ihnen die Regenwand auf.

Unter ihnen lag die Insel, grün und weiß, wie Salomon und Ilan sie zum erstenmal gesehen hatten.

Ilan summte jetzt ein Lied, das wie ein Kriegsmarsch klang. Seine beiden Freunde fielen ein.

Sie kurvten auf das Fort St. Patrice zu.

Und drei Minuten später landeten sie in der Mitte des Innenhofs.

Es war Punkt neun Uhr morgens.

Zuerst blieb alles still. Nichts regte sich hinter den vergitterten Fenstern, den schweren Bohlentüren des rechteckigen Forts.

Sie blieben im Hubschrauber sitzen, nach allen Seiten äugend, bis die Rotorflügel stillstanden.

Robert dachte daran, daß die eigentliche Mannschaft des Hubschraubers von Alexander Dophilis auf dem Flughafen in Athen wegen angeblichen Startverbots aus Witterungsgründen festgehalten wurde.

Schließlich öffnete sich die Tür des Pförtnerhauses, und zwei Männer traten heraus.

Sie waren athletisch gebaut und »stadtfein« angezogen, wie Ilan grinsend bemerkte.

Sie kamen auf den Hubschrauber zu, während Ilan und Robert die Türen öffneten, heraussprangen, dann Salomon und die beiden Israelis rasch folgten.

Die Männer riefen etwas für alle — außer Salomon — Unverständliches auf Griechisch.

Salomon antwortete geschliffen und gewandt.

Hatten sich eben noch Überraschung, Zweifel und Vorsicht in den Gesichtern der Männer gemalt, so lachten sie jetzt die Fremden an.

Sie traten rasch näher, gaben ihnen allen die Hand, den zwei Israelis als letzten, und gleich darauf fanden sich die beiden Männer im Staub des Hofes auf dem Rücken wieder.

Die Israelis ließen rasch die von Salomon besorgten Fesseln um ihre Handgelenke schnappen.

Während dies noch geschah, fielen von der östlichen Seite des Forts her Schüsse.

Aber der Schütze zielte zu kurz; etwa vier Meter vom Hubschrauber entfernt schlugen die Kugeln in den Boden, wirbelten kleine Staub- und Steinfontänen auf.

Robert, Ilan und Salomon gaben den beiden jungen Israelis Feuerschutz, während sie zum östlichen Hausflügel hinüberliefen, im Zickzack, quer über den Hof.

Erst als die Jungen sicher die Hauswand erreichten, merkte Robert, daß er den Atem angehalten hatte.

Die Tür dort war offensichtlich verschlossen. Unis schoß rasch das Schloß entzwei.

Ilan blickte auf seine Uhr.

»Ich gebe ihnen fünf Minuten«, sagte er. »Wetten, daß dann alles vorbei ist?«

»Hoffentlich«, murmelte Robert.

Mit einemmal kam er sich alt und nutzlos vor.

Da ließ er zwei junge Burschen seine Arbeit machen.

Nicht er, sondern sie würden Iris und ihre Leidensgenossen befreien.

Aber Salomon hatte es so entschieden, und obwohl Robert sich sonst gern auf lange Argumente und Streitreden einließ — man kann nur daraus lernen, pflegte er zu sagen —, hatte sein Widerspruch diesmal nichts genützt.

Nach fünf Minuten kamen Unis und Abi aus dem Haus: schoben zwei Männer vor sich her, die schon die Stahlschellen trugen.

»Na, was hab' ich gesagt?« meinte Ilan grinsend. »Die Wette ist mein!«

»Was willst du haben?« fragte Robert.

»Einen Kasten französischen Champagner«, sagte Ilan

prompt, und ohne falsche Bescheidenheit. »Wir haben in Athen ein paar Mädchen aufgetan, die sind einfach Klasse und sogar zugänglich. Außerdem kenn' ich französischen Champagner nur vom Hörensagen.«

»Okay, zwei Kisten Schampus«, sagte Robert. »Macht euch ein paar schöne Stunden.«

Sie lachten sich alle drei an und gingen Unis und Abi mit ihren Gefangenen entgegen.

»Salomon, frag sie mal, ob sie noch mehr Kumpane hier haben«, sagte Unis. Er trug seinen Karabiner immer noch schußbereit.

Salomon vernahm die vier Wächter des Forts.

Sie schworen Stein und Bein, daß sie die einzigen Männer hier seien.

»Okay, dann schließen wir die vier jetzt vorn im Pförtnerhaus ein, und ihr könnt die Eingeschlossenen suchen«, entschied Abi.

Unis und Abi ließen ihre vier Gefangenen vor sich hermarschieren.

»Wo fangen wir an?« fragte Robert Salomon.

»Am besten in dem Flügel, aus dem die beiden geschossen haben.«

Ilan blieb beim Hubschrauber zurück.

Robert und Salomon traten durch die aufgebrochene Tür; rechts und links ging ein langer, düsterer Flur von einer kleinen Halle ab.

Eine Zimmertür reihte sich an die andere.

Salomon probierte die erste; sie gab ohne Schwierigkeit nach.

Er blickte in eine weißgetünchte Zelle mit einem einfachen Schrank, Tisch, Stuhl und Bett.

In dem Bett lag ein zum Skelett abgemagerter junger Mann. Das braune Haar hing ihm bis auf die Schultern herab. Er sah sie weder überrascht noch interessiert an.

Einfach so.

Salomon sprach ihn auf Griechisch an: er reagierte nicht.

Salomon versuchte es in einem halben Dutzend anderer Sprachen, erhielt jedoch keine Antwort.

»Der Junge scheint auf einer weiten Reise zu sein«, sagte Salomon und trat zurück, hinaus in den Flur.

Das gleiche Bild bot sich ihnen in allen Zellen, in die sie hineinschauten.

Stets waren die Insassen jung und wie durch schlimmste Krankheit abgezehrt, häufig waren ihre Gesichter mit verschorftem Ausschlag bedeckt.

Und nicht einer von ihnen reagierte auf sie, als Freunde.

Im westlichen Flügel waren die Zellen mit jungen Mädchen belegt; auch hier bot sich der gleiche Anblick.

Weder Robert noch Salomon sprachen es aus, aber sie dachten beide an ein Konzentrationslager.

Und schließlich, im letzten Raum des westlichen Flügels, fanden sie Iris.

Sie war einmal so jung und schön und frisch gewesen, daß es Robert Kane jedesmal einen Stich des Erstaunens gab, seine Tochter anzusehen.

Er war stolz auf seine Tochter, dieses junge, blühende Mädchen an der Schwelle zur Frau.

Aber jetzt saß sie da auf diesem schmalen Eisenbett, im Schneidersitz. Ihre Knie stachen spitz durch den Stoff ihres Leinenhemdes, das einem Anstaltskittel glich.

Sie spielte mit ihren Händen, schien unsichtbare Scherenschnitte an eine unsichtbare Wand zu werfen.

»Da bist du ja«, sagte sie. »Hast du meine Vögel schon gehört? Und mir Brombeeren mitgebracht?«

Er konnte nicht antworten.

»Warum schaust du mich so an — gefalle ich dir etwa nicht?«

»Doch, Iris, doch!«

»Sieh nur, da sind sie wieder . . .« Erst Entzücken in ihren Augen, dann Schrecken und Angst vor dem, was nur sie allein in der Mitte des Zimmers sah.

»Iris, weißt du, wer ich bin?« fragte Robert. Er griff nach ihren Händen und drückte sie fest.

»Sicher. Du bist der neue Arzt!«

Und dann, mit einem schlauprobenden Augenaufschlag: »Oder bist du mein Vater?«

»Iris«, sagte er, »ich bin dein Vater. Ich bin gekommen, dich hier herauszuholen!«

»Warum denn? Mir gefällt es hier. Ich kann tun, was ich will. Ich kann soviel träumen, wie ich will. Geh weg . . .« Sie zog heftig ihre Hände an sich und stieß ihn zurück. »Ich mag dich nicht! Geh sofort weg, du bist böse!«

»Iris . . .«

»Lassen Sie sie«, sagte Salomon und berührte seinen Arm. »Wir müssen weiter, die Ärztin suchen.«

»Aber wenn Iris inzwischen davonläuft?«

»Das kann sie ja nicht. Die Tür hat innen keine Klinke.«

Draußen im Flur blieb Robert stehen und lehnte sich gegen die Wand.

Salomon zog eine Taschenflasche Kognak aus seiner Hüfttasche. Er schraubte sie für Robert auf, hielt sie ihm an den Mund, weil dessen Hände ihm nicht gehorchten.

»Das Wichtige ist doch, sie lebt«, sagte Salomon.

»Aber in dem Zustand?«

»Wir werden sie in ein gutes Krankenhaus bringen«, sagte Salomon.

»Ja, sicher . . .«

»Kommen Sie jetzt.«

Sie beendeten ihre Runde durch das Fort schnell. Die übrigen beiden Flügel im Süden und Norden waren unbelegt.

Als sie zu ihrem Ausgangspunkt zurückkamen, wartete dort die Ärztin auf sie.

Sie stand auf kräftigen Beinen da, im weißen Kittel, die Hände in den Taschen zu Fäusten geballt.

»Neugier befriedigt?« fragte sie auf französisch.

»Wer sind Sie, und wie heißen Sie?« fragte Robert.

»Ich bin Dr. Valliers. Die jungen Menschen, die Sie hier gesehen haben, sind meine Schutzbefohlenen.«

»Wo ist Ihr Büro?«

»Kommen Sie.« Dr. Valliers ging ihnen voran in den ersten Stock.

Hier waren nur offene Wandelgänge, bis auf ein kleines Appartement, in das die Ärztin sie führte; daran schloß sich ihre Praxis an.

»Was zu trinken?« fragte sie und bediente sich selbst aus einem schwarzlackierten Barschrank sehr nervös mit Pernod.

»Ist außer Ihnen noch jemand hier im Fort?« fragte Robert.

»Die Köchin und zwei Zimmermädchen. Wie ich sie kenne, haben sie sich längst in den Keller geflüchtet. Unsere Männer haben Sie ja schon in Eisen gelegt.«

Die Ärztin war deutlich angetrunken; es äußerte sich in ihrer Sprache und im Ausdruck der Augen hinter der dicken Hornbrille.

Es waren wäßrige, trübe Augen, die entgegen ihren Worten ständig um Entschuldigung baten.

»Wir werden auch Sie festnehmen müssen«, sagte Salomon. »Sie stehen einem illegalen Krankenhaus vor — aber man könnte es auch anders nennen.«

»Von mir aus können Sie es die Hölle auf Erden nennen. Und das ist noch zu wenig. Aber ich habe getan, was ich konnte!« Sie hob ihr Kinn.

»Das haben wir gesehen«, sagte Robert.

»Was Sie gesehen haben, ist nichts im Vergleich zu dem, in welchem Zustand die jungen Leute hier angekommen sind. Ich gebe ihnen nur noch so viel von den Drogen wie nötig, damit sie mir nicht zusammenklappen. Damit sie überhaupt am Leben bleiben. Sie wissen doch, daß plötzlicher Drogenentzug zum Kollaps und Tod führen kann?«

»Kann ich von Ihrem Apparat aus telefonieren?« fragte Salomon.

»Bitte«, sagte die Ärztin. »Sie können Athen sogar direkt anwählen.«

»Und wem haben wir das zu verdanken?« fragte Robert.

»Einer Bestie in Menschengestalt.«

»Den Namen!«

»Wenn Sie Abdul Rifekos nicht kennen würden, wären Sie doch nicht hier!«

»Persönlich kennen wir ihn noch nicht«, sagte Robert, »aber wir werden bald das zweifelhafte Vergnügen haben.«

Die Ärztin zuckte die Schultern, trank von ihrem Pernod und blickte zum Fenster hinaus.

Salomon telefonierte mit Athen.

Er sagte nur drei Worte: »Spartakus kann anlaufen.«

Eine halbe Stunde später füllte sich der Himmel über der Insel Ileda mit dem Geknatter und Rotorrauschen einer Staffel Hubschrauber, die zur ›Operation Spartakus‹ zur Verfügung gestellt worden war.

Wieder einmal bewahrheitete es sich, daß Salomon überall Freunde besaß.

Zuerst wurden die vier Wächter sowie Dr. Valliers und die drei Hausangestellten abtransportiert. Sodann die insgesamt achtundzwanzig jungen Rauschgiftsüchtigen.

Manche von ihnen wehrten sich mit jener verzweifelten und übernatürlichen Kraft von psychisch gestörten Menschen, und ihre Schreie schrillten laut durch das Fort.

Sie alle würden in eine Klink gebracht werden. Allerdings nicht in Griechenland — soweit reichte die Freundschaft nicht. Von offizieller Seite wollte man damit unter gar keinen Umständen etwas zu tun haben.

Aber in Athen stand eine Maschine der El Al bereit, die die Kranken nach Jerusalem bringen würde.

Auch Iris war unter den achtundzwanzig armseligen kranken jungen Menschen, die nach Einbruch der Dunkelheit von Alexander Dophilis und den jungen Israelis Abi und Unis zum Flugzeug geführt wurden.

»Robert, du darfst Iris erst wiedersehen, wenn es ihr besser geht«, hatte Salomon entschieden. »Du machst dich sonst kaputt — und das darfst du nicht. Sei vernünftig, Robert. Denk auch an Circe!«

»Ich denke die ganze Zeit an sie«, sagte er, »und daß ich es ihr nicht zumuten kann, mit einem Kind wie Iris zu leben.«

»Wir haben ein altes polnisches Sprichwort«, sagte Salomon nur. »Nächte vor sonnigen Morgen sind immer düster.«

Sie sahen zu, wie die El-Al-Maschine zur Startbahn rollte und bald darauf abhob.

Sie konnten noch eine Weile die Scheinwerfer und die Positionslichter des Flugzeugs erkennen und dann nichts mehr.

Robert und Salomon fuhren mit einem Taxi in die Stadt zurück.

Vor Circes Haus blieb Salomon im Wagen sitzen.

»Heute nacht muß ich mich mal richtig ausschlafen«, sagte er lächelnd. »Deswegen geh' ich ins Hilton.«

Aber was er meinte, war: Du mußt jetzt mit Circe allein sein.

»Danke«, sagte Robert. »Danke für alles. — Nur eine Frage noch? Wann kriege ich Rifekos zu sehen?«

»Wenn er auf der Anklagebank sitzt. Du willst dir doch nicht die Finger an ihm schmutzig machen?«

»Aber der Prozeß...«

»Wird kurz und schmerzlos sein«, sagte Salomon. »Menschenraub und -schmuggel, Rauschgifthandel, Waffenschiebung und so weiter, und so weiter. Eines ist vielleicht noch in diesem Zusammenhang interessant: Rifekos hat keine Kinder, und er kann auch keine bekommen. Deswegen haßt er junge Menschen. Besonders wenn sie schön und klug sind. Und er zerstört sie, um sich an den Eltern zu rächen, die sie zur Welt gebracht haben.«

»Ein Verrückter also«, sagte Robert.

»Unter anderem. Dem nur Macht und Geld etwas gegolten haben. Von einer Rücksichtslosigkeit sondergleichen!«

»Was wird mit ihm beim Prozeß passieren?«

»Er wird für unzurechnungsfähig erklärt werden und in eine Anstalt kommen.«

»Lebenslänglich?«

»Das ist zu hoffen. Aber jetzt geh und denk nicht mehr daran.«

»Gute Nacht, Salomon.«

»Gute Nacht, Robert. Und grüß Circe von mir.«

»Sehen wir dich morgen?«

»Ja, morgen.« Salomon nickte und lächelte, jetzt sehr müde und erschöpft.

Robert stieg aus dem Taxi. Er blieb stehen und blickte dem Wagen nach, bis er um die nächste Straßenecke bog.

Dann ging er ins Haus, fuhr mit dem Aufzug hinauf.

Er betrat den Dachgarten, und Circe kam ihm entgegen.

Schmal und jung und blaß, und die Augen waren riesengroß.

Er sah die Freude in diesen Augen, das Glück, ihn wiederzusehen.

Sie stürzte in seine Arme.

Und er hielt sie fest, so fest er nur konnte.

Er würde ihr viel zu erzählen haben — alles, was sich an diesem Tag ereignet hatte.

Aber das hatte Zeit, das konnte warten.

Diese Nacht sollte frei davon sein.

Wenn es Abend wird in Jerusalem, scheinen die Wolken auf die Dächer zu sinken. Darüber bleibt der Himmel hoch wie ein Dom. Und Wind erhebt sich, als müsse er diese Stadt aus gelbem Stein und Fels der Nacht in die Arme treiben.

Man denkt an Golgatha und an die Schlachten und Kriege, die diese alte Stadt erlebte.

Man sieht die neue Stadt, so stolz und jung, wie im Trotz entstanden.

Aber die letzte Sonne trifft die alte Stadt, die goldene Kuppel der Al-Aksa-Moschee, das Grün der Bäume vom Ölberg, spinnt silberne Netze um die Türme der christlichen Kirchen.

Aus dem Viertel ›Mea-She'arim‹ strömen die Orthodoxen in ihren seidenen Kaftanen und ihren pelzverbrämten Hüten mit den Schläfenlocken darunter zur Klagemauer.

Ockerfarbene Felsquader sind es, die wie aus Bronze geschmiedet stehen und Moos wie Grünspan angesetzt haben.

Aber Jerusalem, das sind auch die lauten Cafeterias und Snackbars und die Kinos mit dem Nonstopprogramm, den jungen Burschen, die wie auf Urlaub wirken und es meistens auch sind, und den Mädchen, die Myriam und Rachel und Delila heißen.

Jerusalem, das ist auch die Universität und der große Bau der neuen Knesseth und die Hospitäler.

Im Habima-Hospital lag Iris Kane.

Sie hatte ein Einzelzimmer bekommen, während der ersten Stadien ihrer Drogenentziehungskur, und dann aus eigenem Willen gebeten, nicht mehr allein zu sein.

Judith war nun bei ihr, ein Mädchen so blond wie ein pommersches Weizenfeld.

Judith hörte Iris zu, wenn sie tastend die Vergangenheit beschwor: einen Urlaub mit ihren Eltern in Spanien, einen Stierkampf in der sonnendurchgluteten Arena von San Feliu. Eine Fahrt durch die Provence — da war ihre Mutter schon krank gewesen, hatte gewußt, daß sie sterben würde.

»Ich wußte es auch«, murmelte Iris. »Niemand hatte es mir gesagt. Alle verschwiegen es. Aber ich sah es in ihren Augen, wie sie alles in sich aufsog: das Land, die Menschen, die Stiere in der Camargue, die weißen Hütten mit den dunklen Rieddächern, in denen die ›Guardians‹ hausten. Und in Avignon tanzte sie zum letztenmal. — Später lag sie im Hotel, und der Arzt wußte nicht, wie er sie aus der Bewußtlosigkeit zurückholen sollte. Sie lag in dem mit grauem Samt verbrämten Zimmer wie in einem Sarg. Und ich wußte, daß ich nie so sein würde wie sie, weil sie zu früh starb und weil mein Vater sie zu sehr geliebt hatte und es verhindern würde, daß ein Ebenbild nach ihr geschaffen würde.

Nein, Judith, er ist nicht schuld, daß ich mit Hasch angefangen habe. Es war Neugier. Ich wollte ihm und meiner Mutter etwas voraus haben. Denn auch am Schluß, als sie so starke Schmerzen hatte, da nahm sie keine Drogen, kein Morphium. Sie wollte bis zum letzten Augenblick leben, bewußt leben!

Ich weiß nicht, wie ich von Hamburg nach Athen gekommen bin. Ich weiß, daß ich in Athen glücklich war. Mit einem blonden netten jungen Mann, den ich im Alsterpavillon in Hamburg zum erstenmal gesehen habe. Ich glaube, er hieß Sven. Aber dann brannte es plötzlich, wir waren da in einer Ferienkolonie. Und danach kann ich mich an nichts mehr erinnern, bis ich in einem Keller aufwachte. Ich wußte sofort, das war im Orient. Die Teppiche und das Messinggeschirr. Und dann kamen die Neger.«

Iris legte die Hand vor ihre Augen. Sie wiegte sich in stummer Qual hin und her, wie es die Beduinenfrauen tun.

»Es war alles ein Alptraum, bis wir zu den Nomaden kamen. Da war das Leben so einfach, da war es noch so frei. Und ich kriegte gerade so viel Stoff, daß ich nicht daran kaputtging.

Aber dann, eines Tages, wurden wir abgeholt — zwei junge Männer und ich — und auf diese Insel gebracht. Per Schiff. Und ich war die ganze Zeit seekrank.

Und dann, dann war da diese Ärztin. Sie hatte so komische Augen. Immer so, als wollte sie mich um Entschuldigung bitten.

Und dann kam mein Vater und hat mich da rausgeholt, wie in einem Krimi.

Es war furchtbar aufregend, aber ich habe mich so geschämt, wie ich aussah, und ich habe so getan, als merke ich das alles nicht, als sei ich verrückt.

Und jetzt kommt er nicht mehr. Jetzt kommt er nie mehr!«

»Natürlich kommt er«, sagte Judith. »Sobald es dir besser geht. Wenn du dich weiterhin so gut hältst, wird es schon sehr bald sein.«

»Woher weißt du das?«

»Weil ich es selbst erlebt habe. Siehst du, die Ärzte lassen unsere Eltern nicht zu uns, weil sie glauben, daß wir durch ihren Besuch seelisch von neuem gestört werden könnten. Aus Schuld oder Trotz.«

»Glaubst du wirklich, daß mein Vater kommt?« fragte Iris.

»Ja, du kannst ganz sicher sein.«

Iris legte sich auf ihr Bett zurück und verschränkte die Hände im Nacken.

»Ich werde so lange davon träumen, bis es Wirklichkeit wird«, sagte sie leise.